QUESTIONS

D'AUJOURD'HUI ET DE DEMAIN

A la vérité par la lumière, à la lumière par la vérité.

EXCELSIOR : Plus haut, toujours plus haut.

QUESTIONS
D'AUJOURD'HUI
ET DE DEMAIN

SOUS—PRÉFECTURES
RÉFORME ADMINISTRATIVE — LIBERTÉS CIVILES
COLONISATION — CLÉRICALISME, ETC.

PAR

ÉMILE CARREY

Député de Seine-et-Oise.

PARIS

CALMANN LÉVY, ÉDITEUR
ANCIENNE MAISON MICHEL LÉVY FRÈRES
RUE AUBER, 3, ET BOULEVARD DES ITALIENS, 15
A LA LIBRAIRIE NOUVELLE
—
1878

Mai, 1878.

PRÉFACE

—

Ce livre devait paraître, il y a un an, fin mai 1877.

Il n'attendait plus que sa couverture, pour passer de l'imprimeur chez le libraire : lorsque feu l'ordre moral ressuscita le 16 mai, pour l'entreprise électorale que vous savez ! Cette orgie légale d'iniquités légales, qui, cinq mois durant, mâchonna la France, pour la forcer à subir ce qu'elle hait le plus au monde : une théocratie jésuitique dissimulée sous un prête-nom quelconque.

A cette réapparition soudaine, à laquelle je m'attendais d'ailleurs, ainsi que ce livre même en est la preuve, ma première idée fut de le faire paraître de suite, comme une protestation toute trouvée contre les fauteurs véritables de l'acte du 16 mai, les ultramontains.

Mais un de mes amis, à qui je dois plus d'un bon conseil et à qui j'en demanderai longtemps encore, j'espère, me fit observer :

Que le seul fait d'attaquer notre maître secret, le jésuitisme, suffirait pour rendre mon travail tout rempli des attentats les plus noirs contre la religion, la famille et la propriété ! Un vrai péril social enfin !

Que sous des ministres qui naguère s'intitulaient eux-mêmes *ministres de combat* et dont la renaissance n'annonçait rien de bon, nous serions fatalement poursuivis, puis condamnés, par invitation supérieure du chef de la Justice !

Que cette condamnation, outre l'amende, pourrait emporter de la prison ; c'est-à-dire l'impossibilité au moins relative, peut-être même absolue, de me représenter devant mes électeurs :

Et qu'un retard de quelques mois apporté à ma publication serait, à coup sûr, moins préjudiciable à la cause républicaine que le succès du candidat officiel dans mon arrondissement.

L'observation était juste. De plus, mon imprimeur et notre éditeur futur allaient se trouver, par mon fait, exposés avec moi aux sévices probables de nos adversaires. C'est la loi : l'une des plus iniques de notre époque, dans tous les cas où l'auteur d'un livre se présente, en état de subir les responsabilités de son œuvre.

Je courbai la tête, laissant passer l'orage et condamnant mon volume au sommeil, jusqu'au jour vengeur des élections.

Mais ce ne fut pas sans regrets, veuillez le croire.

C'était, à mon sens, l'ajournement d'un devoir, dans une heure de péril où je me devais tout entier à la cause que je sers; dans une heure, où mon intérêt électoral lui-même me commandait ce devoir, et que, sentant mon arme sous ma main, je n'avais qu'un mot à dire pour la lancer comme le meilleur de mes traits dans la lutte imminente où j'allais m'engager.

De plus, il nous en coûte beaucoup et sans cesse à nous tous écrivains, de ne pas publier une œuvre prête, la dernière — celle-là même toujours sur laquelle nous comptons le plus ! C'est notre parure que nos ouvrages: belle ou laide? Nous ne le savons qu'au jour de la rampe — mais notre parure, pour plaire à nos contemporains.

Or, je vous le demande à vous-mêmes, Mesdames, qui blâmerez le plus ce livre et à qui cependant je l'adresse autant qu'à nous, pour le moins.

« Seriez-vous contentes, s'il vous fallait garder au porte-manteau, pendant des mois, une robe dont vous espérez merveilles de séductions — pour le bon motif. — Ne me croyez pas capable de présumer autre chose ! Nous savons bien que jamais, à commencer par notre première mère, aucune de vous n'a cherché à nous séduire que dans notre intérêt : pour nous faire goûter avec vous le meilleur des fruits, le fruit défendu ! »

Donc, sans que j'insiste davantage, vous comprenez, n'est-ce pas, que si j'ai dû m'abstenir de paraître à la date même de l'impression de ce livre : c'est ce que je ne pouvais ni ne devais.

Tant que dura la période électorale, j'eus autre chose à faire que de m'occuper de publications. Mon élection à mener contre les manœuvres de l'ordre moral suffit amplement à mes efforts. Préfet, sous-préfet, estafiers de tous acabits, haute et basse pression, calomnies imprimées, calomnies de vive voix,

outrages même, menaces et jusqu'à tentative
de séduction, rien ne me manqua, comme à
presque tous mes collègues des 363.

Sans vanité, je puis même dire que sous ce
rapport, je fus, par différentes causes, un
des mieux partagés; comme je le raconterai
peut-être quelque jour, en détail, pour montrer
le dessous des cartes d'une élection officielle !
Quelque chose d'assez laid, je vous assure, et,
comme toujours, d'intérêts personnels, bien plutôt que politiques ! Les seuls pourparlers d'a-
vant le choix de mon adversaire sont tout un
poëme avec lequel je vous amuserais bien, mes
chers électeurs, si j'étais Balzac, et si nous
en avions le temps !

Mais, aujourd'hui, il nous faut passer rapidement sur cette curée d'ambitions de tous
genres, qui, sous prétexte de défense sociale,
vint s'abattre sur notre pauvre patrie encore pantelante de guerre étrangère et de
guerre civile ! Vraie nuée de vautours des
lendemains de carnage, tombés sur nous
pour becqueter nos restes, sans même manger ! Car leurs vrais instigateurs-guides, les
jésuites seuls, eussent profité de l'aventure,
tout prêts à nous saisir, pour ensuite nous

mener sur Rome, à quelque restauration papale, leur rêve ! La trinité de vieux partis qu'ils
avaient galvanisée pour cette lutte n'a été que
leur cormoran de chasse : la machine presque
inconsciente, hors d'état de marcher seule, incapable, malhabile et n'ayant pas seulement le
courage des audaces qu'elle rêvait. Le chauf-
feur, le machiniste, l'ingénieur, la compagnie
qui a mis tout en branle contre nous pour nous
asservir, c'est la compagnie de Jésus.

Si vous en doutez, repassez un à un les divers
agissements de l'aventure, depuis sa conception
jusqu'à son lendemain. Prétexte hypocrite de
salut social; libertés subrepticement confisquées;
poursuites jésuitiques de tous genres ; élections
frelatées sans bruit : constitution jésuitiquement
violée ; cramponnement clérical au pouvoir que
leur arrachent à la fois la volonté nationale, la
loi, le salut du pays : tout cela sent le jésuite à
chaque coup de griffe, à chaque page ; comme
la caque sent le hareng !

Les dignes héritiers d'Ignace de Loyola, voilà
les vrais auteurs de chacune des tentatives illibérales et anti-françaises qui se succèdent en France
depuis 1870 ; du 13 mai 1873 comme du 16 mai
1877, ce bouquet avorté de tous leurs complots.

Œuvre maudite, plus fatale à notre nationalité que la Commune elle-même : parce que, bien plus que la Commune, elle a semé dans les esprits le mépris des lois et de l'autorité, la duplicité légale, l'habitude du mensonge, la défiance, la crainte, le trouble politique venant d'en haut et désorganisant tout sans souci de l'existence même de la France.

Œuvre sans nom, ni légale, ni illégale, plagiat des ordonnances jésuitiques de 1830 ; coup de force et coup de loi ; coup de ruse et coup de constitution; *pronunciamento* de tartufes que l'étranger, le pays et jusqu'aux coupables eux-mêmes ont déjà jugé, puisqu'aucun d'eux ne veut en être l'auteur.

Les vrais auteurs, les jésuites, se sont éclipsés, effondrés, rentrés sous terre; comme ils font, lorsqu'il le faut, avec leur dextérité de taupes. On ne parle pas plus d'eux aujourd'hui, à propos du 16 mai, que si le 16 mai tout entier n'était pas éclos, ne s'était pas tramé, fabriqué dans leur officine. Leurs trois émissaires rejettent, chacun de leur côté, la faute sur les deux autres : ainsi que pour ces crimes sans nom dont chaque coupable pris en flagrant délit, impute à ses complices la pensée première et l'exécution.

Œuvre sinistre par les désastres qu'elle pouvait produire et qu'elle eût certainement produits sans la prudente habileté de nos chefs républicains et surtout le bon sens, le calme, la confiance dans sa force que le pays a montrés. C'est une des plus difficiles épreuves par lesquelles ait jamais passé la France; quand on réfléchit à la guerre civile et à la guerre étrangère qui pouvaient surgir de là toutes les deux ensemble : dans le pays surexcité par ces violences à froid, à un moment où le canon précurseur d'une longue guerre, grondait à l'autre bout de l'Europe et où nous pouvions inopinément être jetés dans la tempête sans armée prête, sans parlement, et jusque sans la passion patriotique, cette première armée de la France quand elle se rue au combat.

Certes, je suis de ceux qui tiennent la Commune et ses attentats pour une des plus coupables folies ayant jamais pris des hommes. Mais quand Dieu, qui nous jugera tous, fera défiler devant lui les communards ivres du lendemain du siége brûlant Paris et les gens du 16 mai sacrifiant la France à leurs ambitions, je vous demande en conscience, quels seront ceux qui tomberont le plus bas dans les cercles d'enfer entrevus par le Dante ?

Quels seront les plus punis des criminels de
la Commune ou des criminels du 16 mai ? Des
fous féroces ivres de poudre, de vin, de tabac, de
famine, de patriotisme déçu, qui pillent, brûlent
et tuent, comme des taureaux voyant rouge et
tuant sans savoir ce qu'ils font ! Ou des ambitieux à froid, qui froidement saisissent la France,
l'étouffent et risquent sa vie, sans autre but que
celui de gorger leur soif de pouvoir !

Tous deux, grâces à Dieu, ont succombé en
quelques mois ! Les uns sous la loi, par le
glaive; les autres sous le mépris public, par le
verdict de la France !

De plus, ces derniers (juste punition de la
Providence) ont eu cette bizarre fortune que
leur coupable tentative a servi l'œuvre même
qu'ils voulaient détruire : notre œuvre de création républicaine.

Venus de tous les bouts de la France et des
sentiments politiques les plus divers : sans autre
lien que l'ardent désir de fonder solidement la
République, parce que nous la regardons comme
le salut et l'avenir de la patrie : nous étions,
nous républicains de la veille et du lendemain,
disparates entre nous, désunis ou plutôt non

encore liés, défiants les uns des autres comme
des hommes qui ne se connaissent pas. L'acte
du 16 mai nous a tous confondus sous le même
uniforme patriotique, nous a liés, nous a fait
nous estimer et nous aimer. L'ennemi commun,
la réaction cléricale, a été notre soudure. Notre
union est son œuvre. Grand merci à vous, Messieurs du *combat!* Merci, comme au geôlier
qui délivre !

Enfin, tout finit ; l'invasion, la Commune et
la nuit douloureuse du 16 mai ! Octobre puis
décembre sont arrivés et, avec eux successivement, le crépuscule, puis le jour !

J'avais toute liberté de paraître.

Eh bien ! me dira-t-on, pourquoi n'avoir pas
paru de suite, dès décembre ?

Ici, souffrez que je me recueille un peu pour
réfléchir mieux et voir si je dois répondre ? Car
je n'y suis point forcé, n'est-ce pas ? Vous con-
viendrez même avec moi que très-probablement
vous n'eussiez pas pensé à ce retard dont vous
vous souciez assez peu, si je ne vous l'avais
pas moi-même indiqué.

Toutes réflexions faites, je réponds.

Cela sera une leçon pour beaucoup de nous,

maris, frères, amis qui sont dans mon cas et parfois finissent par se laisser dominer tout à fait, comme il a failli m'arriver.

Vous, qui me lisez, avez-vous de par le monde une mère, une femme, une sœur, une amie, votre Egerie à degré quelconque et, comme telle aussi habile qu'ardente à vous diriger dans les voies qu'elle croit les meilleures — pour elle puis pour vous, par conséquence ?

Oui, n'est-ce pas ?

C'est le lot de la plupart d'entre nous, et, je répute comme les plus malheureux de nous ceux qui n'ont pas au cœur une affection profonde dont ils relèvent, pour ensoleiller les ténèbres moisies d'ici-bas !

Si cette souveraine est catholique et catholique moderne, c'est-à-dire toute affolée de sentimentalisme religieux, chauffé à blanc par les Jésuites, avec leur machiavélisme ordinaire, n'avez-vous pas avec elle une lutte sourde, incessante, qui se traduit sous mille formes diverses ? Lutte que nous devons tout entière au cléricalisme, — sachez le bien, mes compatriotes, et agissez en conséquence !

Aujourd'hui, c'est parce que vous avez oublié la messe, ou n'avez pas voulu assister au ser-

mon du révérend père, je ne sais qui, de je ne
sais où!

Demain, parce que vous avez grommelé en
mangeant le poisson ou l'herbe à laquelle vous
êtes condamné par des règles usées de vétusté.

Hier, parce que vous avez regimbé à mettre
vos enfants chez les frères ou les sœurs, ou les
pères ! — Car, de par leur hypocrisie ordinaire,
tous ces gens sans famille usurpent nos doux
noms de famille : afin de nous prendre par notre
sentiment le plus doux de tous, l'amour de la
famille!

Bref, qui vous soyez, quoi que vous pensiez
ou fassiez, si votre Directrice est catholique
moderne, elle cherche à faire de vous ce que
l'Église moderne autrement dit, les Jésuites, ont
fait d'elle-même. Elle cherche à vous embégui-
ner d'une façon quelconque : vous enrégimen-
ter dans la confrérie où ces capteurs d'âmes
l'ont enrôlée à leur profit.

C'est la vérité n'est-ce pas ? Auscultez-vous
sans pitié de vous, sans vanité surtout : puis
dites-moi si vous n'en êtes pas là par un côté
quelconque ?

Quelques-uns, pas beaucoup, résistent. La
plupart cèdent plus ou moins, tôt ou tard. C'est

si difficile de résister tous les jours à cette pression incessante de la femme, incessamment
pressée elle-même par tous les multiples
moyens dont le prêtre catholique dispose sur
elle ! C'est si impossible de dire NON, toujours,
à qui on aime, à qui vous aime et vous le
prouve par le fait même de l'active tendresse
qu'elle déploye pour vous faire la suivre dans sa
voie prétendue sainte ! Cette voie qu'elle suit en
aveugle, par éducation, par mœurs, par habitude, par soumission féminine à ce confesseur-
directeur, prêchant au nom du ciel l'obéissance
passive à ses ordres : c'est-à-dire à tout ce qu'il
croit utile pour garder cette âme façonnée de
longue date à la servitude !

« Peu nous importe que vous croyiez ou non,
vous autres hommes, me disait un jour mon
curé de campagne dans un accès de vérité :
pourvu que vos femmes croyent, c'est tout ce
qu'il nous faut. »

Telle a été mon histoire. Celle de tout notre
monde catholique, à peu de chose près.

Dès le soir même de mon ouvrage parcouru :
car il nous faut toujours montrer chaque ouvrage avant la lettre.

« Ah! quel livre ! Heureusement que vous

pouvez y supprimer des pages entières ! »

« Impossible. Cela est imprimé pour paraître; tous les exemplaires sont tirés. »

« Alors vous ne le publierez pas. Que diraient de vous les bons frères, les bonnes sœurs ? Que diraient-ils de moi qu'ils savent votre amie ? Que dira le monde autour de nous ? Votre famille elle-même vous tournera le dos : sans compter comme cela troublera votre vie. Mais qu'est-ce qu'ils vous ont donc fait ces bons pères, etc., etc. »

Vous entendez cela d'ici n'est-ce pas ? c'est le même langage chez chacune d'elles ; ce qui doit être, car il part de la même fabrique jésuitique et romaine.

Le pire est que vous faites, comme j'ai fait.

Vous maris, vous suivez à l'église, ou vous laissez aller vos enfants chez les jésuites.

Vous publicistes, vous suspendez votre livre.

Est-ce que vous pouvez faire autrement quand tout cela vous est dit par votre mère ou par la sœur de votre choix et de votre affection qui vient :

plaintive et caressante
poser en chuchotant la main sur votre cœur.

J'ai suspendu mon livre, me disant que les

choses changeraient peut-être à la mort du Pape et que le Pape était bien vieux : que je pouvais attendre jusque là pour l'amour d'une mère ou d'une sœur !

Et j'ai attendu.

Mais le pape est mort. Tout recommence comme devant, beaucoup plus dangereux même : parce que le nouveau pape est plus jeune, plus politique et beaucoup plus habile que son irascible prédécesseur.

Le devoir doit l'emporter sur l'affection même fraternelle, même filiale.

Chacun de nous, ceux-là surtout qui sont honorés d'un mandat de leurs concitoyens pour suivre les intérêts de la France, se doivent à la France d'abord. Or, sa vie, et plus que sa vie, la civilisation moderne dont elle est le flambeau, sont en jeu aujourd'hui, menacés par le jésuitisme, devenu tout-puissant du haut des trésors et du pouvoir dont nos faiblesses l'ont laissé nous dépouiller à son profit.

Quelque peu d'échos que puisse avoir le cri d'alarme que je jette en ce moment par ces pages, je dois le pousser. C'est mon devoir de sentinelle, et souvent il suffit d'un seul cri pour éveiller le troupeau fatigué, qui désire dormir.

Puisse ce livre avoir ce résultat !

Je sais bien, je sais très-bien qu'à moi personnellement il nuira plus qu'il ne servira, parce qu'il me sera beaucoup reproché par nos adversaires et par les timides de notre parti. Nul, pas même la plus légitime des défenses, ne remonte impunément le courant des idées à la mode ; or, le sentimentalisme religieux est encore en grande vogue, bien qu'il commence déjà de décroître. Nul, pas même un chétif tel que je suis, marchant isolé, ne s'attaque impunément à une congrégation comme celles des jésuites, munie de toutes armes, entr'autres *la calomnie* ! Mais je n'ai jamais été, je ne serai jamais, j'espère, de ceux qui hésitent, quand leur devoir est tracé. Or, le mien l'est, par le fait surtout de mon séjour en Italie pour le gouvernement français ; je vous dois la vérité, ou ce que je crois être la vérité ; comme un soldat doit le service à son régiment.

Quant à vous, qui m'avez connu dans un autre parti que celui que j'ai embrassé depuis 1867, croyez que si j'ai agi et si j'agis aujourd'hui par ces pages dans une autre tendance, c'est que j'ai la conviction ardente que la République est le seul avenir de la France ; comme le cléricalisme est présentement son plus grand danger. Donc ne m'en voulez pas, et quelle que soit votre irritation à la lecture de ce livre, réfléchissez. J'en appelle de vous, passionnés de parti, à vous-mêmes pensant aux vrais intérêts du pays autrement dit de nous tous ; car le pays c'est nous tous, vous, moi, nos femmes, nos sœurs, nos enfants, tout nous !

Ne m'en voulez pas, vous non plus, malgré qui je publie ? Soit ici-bas, soit sur un monde meilleur où on se retrouve, vous savez bien qu'il faut rien moins qu'un sentiment de devoir, pour me faire commettre œuvre qui vous déplaît.

Enfin, quant à vous de mon parti, républicains de la veille, ou seulement du lendemain, tels que moi, qui trouverez ce livre déjà vieilli, comme sont les choses d'un an par le temps d'électricité où nous vivons, ne vous en étonnez pas. Cette préface vous en dit la raison. Plus d'une année entière a passé sur ce travail, et sans que mes idées de fond aient changé, quelques-unes se sont modifiées dans la forme et les détails.

Qui vous soyez, adversaires ou amis, tenez

pour absolument certain que je n'ai pas avancé
un seul fait, émis une seule idée, que je n'aie
crue vraie ; pas une que je n'aie dite, et laisse
envoler aujourd'hui, dans l'intérêt de la France,
pro patriâ.

PREMIÈRE PARTIE

La question des sous-préfectures

A Messieurs

les Electeurs de l'arrondissement de Rambouillet

(Seine-et-Oise).

Versailles, mai 1877.

PROLÉGOMÈNES

I. Raisons d'être du présent travail. — II. Excelsior.
— III. Un malentendu.

I

Dès qu'une question, quelle qu'elle soit, se pose
devant l'opinion, le devoir de tous les hommes compétents et de ceux-là surtout auxquels vous avez
confié le soin de vos intérêts politiques est d'aller à
l'apparition : de l'examiner, d'en causer, d'en
écrire, chacun selon ses idonéités ; puis, l'heure
venue, de s'efforcer à une solution équitable, pratique et opportune.

Telle est la raison d'être du présent travail sur
les sous-préfectures, le cléricalisme, et, incidem-
ment, sur diverses autres questions qui occupent
le pays.

1

C'est le devoir d'agir ainsi, et, comme *toujours*
en cette vie, c'est en même temps l'intérêt collectif
et particulier de chacun de nous : parce qu'en suivant strictement cette marche, on est à peu près
certain d'éviter à la fois des malaises et des révolutions, suites de ces malaises.

En effet, par cela seul qu'on aborde et discute
au grand jour toutes les affaires importantes occupant l'opinion, le pays n'est jamais surpris par rien.
Aucune question ne grossit jusqu'à pénétrer l'ordre
moral ou matériel et ainsi l'étioler ou le révolution-
ner. Il ne reste sur l'horizon national que des nuages
légers qui passent sans troubler l'atmosphère : parce
que le paratonnerre de la discussion leur a sans
cesse soutiré leur électricité.

C'est de l'hygiène sociale.

Pour ne prendre, à l'appui de mon assertion, que
des exemples contemporains, donc indiscutables :
si Charles X, en 1830, n'avait pas voulu étouffer la
liberté de discussion ; si Louis-Philippe, en 1848,
avait admis l'adjonction des capacités, la grosse
question d'alors ; si Napoléon, en 1870, ne s'était
pas jeté dans la guerre, afin d'éviter les réformes
promises et nécessaires, aucune des trois révolutions de 1830, de 1848 et de 1870 n'eût éclaté. Chacun
de ces souverains eût, il est vrai, vu son pouvoir se
transformer peu à peu sous les efforts de l'idée républicaine, née du mouvement progressiste qui nous
entraîne : c'est l'évolution naturelle de notre ère,
mise en branle dans le monde, en 1789, par notre

nationalité. Mais aucun d'eux n'eût été assailli, traqué, puis chassé pour finir, comme tous trois l'ont été successivement par leurs fautes ; comme le sera, dans l'Europe moderne, tout gouvernement qui ne saura pas supporter cette nécessité moderne des nations vivantes — la liberté de discussion.

II

La raison de ce fait, indéniable par quiconque réfléchit sans parti pris, est d'ailleurs très-simple.

L'expansion des idées républicaines en 1789, la vapeur, l'électricité, les chemins de fer, les quantités d'or récemment découvertes et surtout l'imprimerie à vil prix, ont absolument changé depuis un siècle la condition de l'humanité. Les masses, qui ne savaient pas, savent ; et, il faut compter avec elles de plus en plus chaque jour. Or, elles veulent devenir de plus en plus heureuses, autrement dit plus libres et vivant mieux. Pour arriver à ce but, elles cherchent, à tâtons souvent, à l'aveugle, selon le sort fréquent de l'homme : mais elles cherchent sans cesse. Malheur à quiconque essayera de les arrêter dans ces légitimes efforts ; parce qu'ayant à la fois pour elles le droit, la raison et la force, elles briseront comme paille tout ce qui fera obstacle à leur volonté réfléchie.

Cherchantes, tâtonnantes, ces masses veulent

avant tout s'éclairer : et elles ont raison. De quel
droit prétendez-vous les conduire encore au bâton,
vous, classes jusqu'ici dirigeantes ? Elles savent
comme vous, mieux que vous souvent, en vertu de
leur instinct de foule qui voit, sent et réfléchit par
des millions d'êtres. Vous croyez-vous d'une autre
essence qu'elles, pour vous faire leurs bergers sans
les consulter ? C'est votre prétention, je le sais bien,
mais c'est stupide. Quatre mots de latin, appris au
hasard, ne vous constituent pas plus un droit qu'un
motif de gouvernement supérieur.

En l'espèce, elles ont d'ailleurs raison, cent fois
raison, de vouloir tout discuter librement. Il n'y a si
bizarre idée qui ne puisse contenir un germe de fruit.
Leur large instinct de masse les faisant y voir de
plus haut, donc plus loin que vous, leur dit qu'il n'y a
entre les hommes le plus souvent, surtout entre les
hommes de même nation, que des malentendus. Ces
malentendus, la discussion seule peut les empêcher
de dégénérer en guerre civile. Car, croyant avoir
raison comme vous, pourquoi voulez-vous qu'elles
cèdent plutôt que vous, sans discussion préalable
suivie d'un vote?

C'est aujourd'hui la seule manière de sortir de
tout, même des questions les plus difficiles, celles
qui troublent l'humanité depuis son origine probablement : ainsi la question du paupérisme.

Entre les riches et les pauvres disputant là-dessus
depuis qu'ils ont une langue, il y a encore plus de
malentendu que de divergence d'intérêt. Est-ce qu'il

y a un riche, un seul — je parle de ceux dans leur bon sens — qui souhaite de voir les pauvres mourir de faim ? Est-ce qu'il y a un pauvre, un seul — je parle de ceux dans leur bon sens — qui souhaite d'égorger tous les riches : comme si cela donnerait du pain aux uns, du confort de plus aux autres ? Mais on ne s'entend pas sur les moyens de diminuer le paupérisme : voilà la grande difficulté. Or, pour s'entendre à cet égard et arriver, je ne dis pas à une solution parfaite, divine en quelque sorte, parce qu'il n'y a pas de solution divine aux choses d'ici-bas, mais pour arriver à un état social meilleur et s'améliorant sans cesse, que faut-il ?

Chercher ce mieux sans cesse, à toutes ses sources quelles qu'elles soient, amies ou ennemies : l'examiner sous ses diverses faces et à maintes reprises, à chaud dans la fièvre de l'invention, à froid dans le silence de la réflexion, en causeries, en réunions publiques : puis, quand on est fixé, l'adopter ou le rejeter et passer à un autre mieux. C'est la vie que cette recherche, cet examen, cette discussion tranquille, sans se jeter à la tête ni gros mots, ni intentions coupables. *Excelsior* : comme a dit Longfellow, le grand américain.

C'est la vie et c'est la paix de notre avenir français : soyez en persuadés, vous surtout, conservateurs ultra, ne voulant rien entendre à rien de nouveau, sans autre raison que la peur irréfléchie qui vous hallucine. Discutez du moins avant de repousser tout, discutez, au lieu d'injurier ? Nous ne de-

mandons pas autre chose. Discutez, vous verrez que
vous n'avez pas besoin pour vivre, d'arrêter les
feuilles de pousser, de tuer les enfants qui naissent,
de clouer le temps qui marche, et que, le voudriez-
vous faire vous ne pouvez empêcher rien de tout
cela de vous remplacer.

Amis, réfléchissez donc au lieu d'imiter l'au-
truche inconsciente enfouissant sa tête affolée dans
un sable d'oubli, sans oreilles et sans regards. Il n'est
pas probable, je ne crois pas quant à moi, que nous
soyions ici-bas simplement pour vivre comme des
bûches ; nous devons avoir une mission quelconque,
un devoir à remplir, pendant ce court passage de la
naissance à la mort. Ce devoir est l'amélioration de
notre sort humain. Le progrès est une loi de vie.
Il faut le chercher sans cesse, l'appliquer, et, quand
vient l'heure du repos ou d'une vie meilleure, léguer, content, ce progrès à ses enfants. Voilà le devoir : *Excelsior*.

Cherchons, causons, discutons, travaillons la
politique, comme nous travaillons nos champs ou
nos machines : c'est le grand apaisement social, la
seule manière de conjurer les dangers, d'où qu'ils se
lèvent sur notre nationalité. Dès qu'on discute de
bonne foi, souvent même avec l'homme qu'on regardait en ennemi, la plupart des dissentiments
s'effacent ou au moins diminuent, parce que les
malentendus se dissipent d'eux-mêmes sous les
rayonnements du bon sens, ce soleil de notre France.

Nous sommes si raisonnables, quoi qu'en pré-

tendent nos gouvernants tombés! mais raisonnables quand on sait nous gouverner :

Quand on ne s'endort pas, comme ces grands,
mais fatigués Bourbons ;

Quand on ne ruse pas comme les d'Orléans ;

Quand on ne nous trompe pas comme les Napo-
léons ;

Quand on ne fait pas litière de la patrie vaincue,
pour y vautrer ses hypocrites et stériles ambitions :
comme a fait la race sans nom de *l'ordre moral de
combat.*

Quand on n'attermoye pas les solutions, comme
viennent de faire des amis, cependant; comme j'ai
peur que ne fassent encore d'autres amis....

Mais gardons l'espérance. Il se peut que, pour
rester voilée sous la nuée noire des éternels ennemis de la liberté, les Jésuites, l'aurore libérale,
cette vieille prometteuse, rayonne à la fin. Déjà,
sous le grand homme qui a sauvé la France, après
1870, des jours meilleurs étaient venus. Faisons
crédit à l'un de ses ministres les plus aimés de lui
— et venons-en à nos premiers moutons, messieurs
les sous-préfets, que l'ogre du progrès veut avaler
tout crus, sans autres raisons sérieuses que son besoin d'ogre, son besoin de manger sans cesse le
bien comme le mal, tout ce que ses faméliques instincts sentent à leur portée.

III

Vous savez comme moi qu'il est depuis longtemps question de supprimer les sous-préfets, en les
remplaçant par les préfets directement et les maires
des chefs-lieux de canton, auxquels on donnerait
certaines attributions directrices de leurs collègues
des communes rurales. Singulière réforme quand
on y regarde de près ! Mais enfin une idée de réforme qui a germé, poussé, grandi, au point qu'il
est temps de la mettre à exécution, ou au panier,
avec les idées baroques et les vieux papiers.

Telle qu'elle est devenue peu à peu, faute d'avoir
été combattue dès son origine, c'est, malgré ses inconvénients graves, théoriques et pratiques, une des
questions les plus bruyantes du jour, parce qu'elle
éveille ou froisse des intérêts nombreux et touche
à la base même de notre organisation sociale. De
plus, comme tout le monde connaît à certain degré
la matière, bien que peu de personnes la connaissent à fond, parce qu'il est rare qu'on s'en soit
occupé spécialement, tout le monde en cause. Enfin,
chose étrange, les plus ardents pour la suppression
de ce rouage administratif seraient probablement
les plus ardents à le défendre, s'ils savaient bien
son fonctionnement dans cette grande machine à
engrenages solidaires qu'on nomme gouvernement.
Cela par la raison même de leur *desiderata*, comme

j'essayerai de le démontrer dans les pages suivantes.

En d'autres termes, c'est encore un malentendu
plutôt qu'autre chose, et un malentendu complet à
mon sens. Il y a bien une divergence d'intérêts au
fond de la question, comme dans toute affaire humaine : mais cette divergence n'est pas la raison
dominante de l'importance que la question a prise,
surtout dans les derniers temps.

Il m'a donc semblé utile de vous entretenir de ce
sujet longuement, en détail, comme cela est nécessaire pour toutes les affaires complexes et, par
écrit, avant la discussion au parlement ; parce que
c'est, je crois, la meilleure manière d'opérer pour
vivifier ou enterrer une question.

Nous sommes, vous et moi, très-autorisés à nous
en occuper ; non-seulement par intérêt, mais par
devoir, ainsi que je l'ai dit au début. Cela est de
mon devoir, comme député, de mon métier comme
maire, conseiller, publiciste, m'occupant de politique sous une forme ou sous une autre, depuis quarante ans bientôt. Quand même l'affaire vous en-
nuierait, mes chers commettants, je vous tiens, il
vous faut m'écouter ; car elle est deux fois votre, en
général et en *particulier*.

C'est une des affaires *générales* du pays, donc
une de celles dont nous devons nous occuper tous,
entendez bien, tous, chacun selon ses idonéités,
parce que nous devons désormais faire ces affaires
nous-mêmes, sans une bonne-empereur ou roi pour

nous mener en lisières. Cela coûte trop cher ce genre de bonnes ! Sans compter les anses du panier, les verges, les batailles, la honte que la dernière nous a values ! Passons-nous-en comme de grands garçons que nons sommes devenus, émancipés par de grands hommes, nos aïeux. Les premiers temps sont et seront difficiles : je vous le dis franchement. C'est toujours comme cela quand on passe d'un état social à un autre, d'été en automne, de jeunesse en maturité. Mais on se fait vite à tout, surtout à la liberté. On sait toujours où on en est de son bien ; d'où suit qu'on ne se réveille pas ruiné — pourvu qu'on règle ses dépenses, ce qu'il nous faudra faire. Enfin, on a le sentiment de sa fierté humaine, de son libre arbitre, de n'avoir plus sur le dos un monsieur galonné, botté, l'éperon aux pieds et se disant votre maître ! Qui vous fait piaffer, traîner, courir pour lui, comme des chevaux inconscients, que tôt ou tard, il mène à l'abattoir, Waterloo ou Sedan !

Vous aimez donc bien cela, vous qui voulez le reprendre ?

C'est de plus, en l'espèce, une de vos affaires *particulières* : puisque nous sommes gens de sous-préfectures, *tous du bâtiment*, donc tous plus ou moins intéressés à bien connaître l'état de la maison, pour la consolider ou la jeter bas, selon ce que nous aurons vu qu'elle vaut. Le moment est venu de nous décider ; car, un jour ou l'autre, la question va surgir dans le Parlement. Déjà même, il y un coup de pioche, donné à la légère, selon moi, et que nous eussions mieux fait de différer pour le moins. Mais enfin, les deux sous-préfectures de Sceaux et de Saint-Denis sont à terre. Il faut voir si nous voulons conserver les autres, et, pour ce faire en connaissance de causes, les visiter de la cave au grenier.

Entrons. Cela vaudra bien d'aller au théâtre ou de lire un roman. C'est une boîte très-compliquée qu'une sous-préfecture, une mécanique à ressorts multiples dont nous avons sans cesse besoin, donc plus utile à étudier que les banalités à sensation de la littérature actuelle. Est-ce que nous n'en avons pas assez des histoires de feu mon ami du Terrail ou des rocamboles de Madame ***, tuée ou non par son époux, selon qu'il prend bien ou mal la chose ? Ce dévergondage babillard de désœuvrés futiles est écœurant à la fin, et, malgré ses prétentions moralisantes, ne mène à rien qu'à fomenter des passions malsaines.

Aux affaires, aux affaires ; en robuste nation que nous sommes. C'est plus sain, plus utile, plus digne de notre grande et bonne race de France.

CHAPITRE PREMIER

État de la question.

I. La suppression des sous-préfets entraine la suppression des arrondissements. — II. Buts divers de cette réforme. — III. Ses propagateurs.

I

Avant d'entrer, posons bien la question, pour savoir au juste ce qu'on demande, comment, pourquoi et qui le demande. C'est le point capital en toute discussion. Comment s'entendre sur quoi que ce soit si on ne sait pas au préalable ce dont il s'agit.

On veut la suppression des sous-préfets : puis, par conséquence immédiate et fatale, la suppression des arrondissements. Car, en partant, chaque sous-préfet ou représentant du pouvoir entraînera forcément avec lui son cortége de fonctionnaires : et vous verrez plus loin combien ce cortége est utile et nombreux. Ces hôtes partis, à quoi bon l'hôtel, le chef-lieu, l'arrondissement ? Il faudra les supprimer, ne fut-ce que pour édifier avec leurs débris les auberges cantonales que projettent vaguement quelques démolisseurs plus aptes à briser qu'à construire. C'est 275 villes à déposséder, sans rien ou presque rien donner aux chefs-lieux de canton, et, toute notre organisation secondaire de département à bousculer.

Nous examinerons tout à l'heure les avantages et les inconvénients de cette vaste démolition à conséquences multiples. Quant à présent, je me borne à bien préciser la question.

II

Les buts divers, avoués ou latents, de cette réforme sont de simplifier l'administration des affaires, en supprimant un des rouages par lesquels elles passent : de diminuer le nombre des fonctionnaires ; et, sur toutes choses, d'affaiblir au profit de chaque chef-lieu départemental les influences des arrondissements en les morcellant. Mais cela on ne le dit pas. Je vous expliquerai l'affaire, en traitant le côté politique de la question.

III

Pour arriver à cette réforme, une sorte de croisade tacite s'est formée, passionnée, comme est toute question à laquelle des personnalités sont mê-

lées, nombreuse et très-variée d'adhérents à visées
diverses. Presque partout on entend plus ou moins
déblatérer contre l'institution et citer à son compte
quelques méfaits réels ou supposés. Si tel chemin
est mauvais, ou ne se fait pas : si telle école est trop
étroite, ou telle église trop couteuse : si l'affaire
du voisin ou la sienne propre n'avance pas, c'est la
faute au sous-préfet ! Leur faute toujours et pour
tout, comme au pauvre Gringalet de cette admirable farce qu'on nomme : Les saltimbanques.

Que voulez-vous ? Notre fatalité à tous plus ou
moins du beau pays de France, et, d'ailleurs, ras-
surons-nous, est d'avoir absolument besoin d'une
tête de Turc à frapper, un diable, un démon, souvent fort innocent, qui paye pour tous et reçoit les
coups. L'invention de Satan, le grand maudit, qu'on
retrouve la même invariablement dans toutes les
religions humaines, ne doit pas avoir d'autre origine. Il nous le faut, à peine de prendre sa nostal-
gie, quand il n'apparaît pas sous une forme quelconque. Naguères, c'était la non séparation de l'E-
glise et de l'Etat qui faisait tout le mal. Demain ce
sera autre chose. Nous devons nous y habituer.

Seulement, il y a, chemin faisant, mes chers compatriotes, une morale à tirer de cela : c'est que bon
nombre de ces questions soi-disant vitales ayant
grondé sur nous sans être résolues, et, la France ne
s'en portant pas plus mal, il faut avant tout être
patients ! Au fond des choses, voyez-vous, la plupart de ces différends ne valent pas la bile qu'on se

fait pour elles. C'est si peu de chose, en général, que nos malentendus ! En dehors de quelques grands débats où l'honneur, la famille, la patrie sont directement intéressés, et que ceux-là il faut trancher avec résolution, la question cléricale, par exemple, aucun des autres ne vaut que nous nous querellions jusqu'aux dents, comme des chiens sur un os souvent tout nu.

Quoi qu'il en soit de ses raisons d'être bonnes ou mauvaises, la croisade existe et si bizarrement composée que les deux grands partis qui se disputent le monde : savoir, le passé et l'avenir, le despotisme et la liberté, semblent conjurés contre ces innocents. Chacun les veut tomber : républicains, monarchistes, bonapartistes, à n'importe quel degré, tous font rage contre l'institution. Trève sur cette proie. Dévorons-la de compagnie : comme si c'était la Pologne hier, la Turquie demain !

Liberté, mon amie, ne banquetez pas trop avec le despotisme, même pour manger du sous-préfet. Il est, voyez-vous, des repas et des alliances dont il faut se garder !

Les libéraux, voulant avec raison diminuer la bureaucratie, ce funeste éteignoir de la France, et regardant les sous-préfets comme les premiers clercs de l'éteignoir, demandent leur suppression immédiate. Les absolutistes, malgré leur désir de buraliser jusqu'aux moindres battements du pays, pour le tenir mieux, jettent volontiers cette pâture au progrès, se disant que dès qu'ils seront redevenus nos maîtres, ils nous reprendront plus encore par l'action combinée de leurs préfets à poigne et de sous-tyranneaux de canton édifiés par nous.

Joignez à cela que des intérêts politiques de premier ordre et des ambitions diverses, privées et publiques, sont mêlés à la question. C'était une des machines de guerre du parti républicain, et, comme le corollaire du scrutin de liste : ainsi que nous le verrons en traitant la question sous son grand aspect de politique générale. Quelques chefs-lieux de canton, moins éclairés que pressés de grandir, s'imaginent qu'ils profiteraient à récolter certaines dépouilles des sous-préfectures : et, leurs maires en tête, sont pour ce partage. Enfin, divers préfets, et surtout leurs bureaux prêchent volontiers cette suppression, à laquelle ils pensent gagner du pouvoir, des places, des traitements meilleurs, etc., tout ce qu'on rêve dans un changement !

J'ai même entendu un préfet de l'empire replâtré de l'ordre moral, dire :

« Il n'y a plus besoin de sous-préfets. Avec *mes* bureaux, *mon* télégraphe et *mes* gendarmes, *moi*, je *me* charge de tout dans *mon* département. »

Césars-lilliputs ! grêles pachas à queue bureaucratique, et souhaitant de l'augmenter encore, sans savoir ce qu'ils souhaitent ! Comme si l'empois faisait le linge et la morgue le pouvoir !

Mais n'anticipons pas. Le cas des mauvais préfets viendra plus tard. Qnant à présent, la question

est posée. Il s'agit de démolir ou non les arrondissements.

Vous qui me lisez, vous tenez peut-être contre
eux : moi je tiens pour. Le temps où nous eussions
brisé une lance pour trancher la question et faire
plaisir aux dames, est passé. Voulez-vous que nous
en causions simplement, mais à fond, comme de bons
bourgeois jasant de leurs affaires, le soir, après
dîner ? C'est moins poétique, mais plus pratique
pour décider avec sagacité, si nous devons rester
en arrondissements homogènes ayant une vie propre, ou nous fractionner en cantons sans cohésion
entr'eux, donc à la merci des bureaux de préfecture ?

CHAPITRE II

Ce qu'est une sous-préfecture.

I

Examinons d'abord ce que c'est qu'un chef-lieu d'arrondissement avec ses hôtes-fonctionnaires au service de l'Etat.

Connu, direz-vous. C'est vrai : eh bien, passez ce chapitre. Mais pour défendre ma boîte et vous demander de la restaurer, au lieu de la briser, je dois au préalable vous la montrer en détail. Si, comme j'en suis convaincu, pour la bien connaître, elle vous apparaît ainsi qu'à moi, vraiment utile et très-bien conçue, notre cause sera déjà plus d'à moitié gagnée.

C'est une capitale : comme, au-dessus d'elle, Paris est aux départements et les préfectures à leurs sous-préfectures : comme, au-dessous, chaque chef-lieu de canton est à ses communes et chaque chef-lieu communal à ses hameaux, écarts, etc.

Dans cette capitale de troisième rang, vivent ou dorment, selon leurs natures particulières :

Un agent-voyer d'arrondissement, qui veille bien ou mal sur les chemins et les agents-voyers de cantons :

Des directeurs, conservateurs ou receveurs d'impôts, d'enregistrement, des contributions indirectes et d'hypothèques, pour centraliser les affaires de leurs ressorts :

Un tribunal avec ses juges, son ministère public, son greffier, ses avoués, tout ce qui gravite autour de lui.

Enfin, un sous-préfet, ou délégué du préfet, délégué lui-même du ministre, du pouvoir, de cet être impersonnel qu'on nomme l'Etat, c'est-à-dire vous, moi, nous tous : puisque par la grâce de Dieu et de la raison humaine grandissante, la nation n'est plus aux mains d'un seul homme, comme une meute de chiens au fouet d'un veneur. L'Etat n'est plus Louis XIV : c'est nous, nous libres, avec les priviléges, mais aussi les devoirs des hommes libres, dont le premier est de se bien connaître pour se bien mener.

Cette capitale, ce cœur-cerveau, cette lumière administrative et judiciaire rayonne sur 4 à 6 cantons, ou réunions d'une vingtaine de communes, ayant chacun lui-même à sa tête une petite capitale avec quelques fonctionnaires d'ordre subsé-

quent, tels que juge de paix, agent-voyer cantonal,
etc., pour administrer de plus près le canton : véritables lieutenants des capitaines résidant à la
sous-préfecture, près de leur commandant le sous-
préfet, détaché là par le colonel ou préfet, qui
occupe le chef-lieu du département.

C'est le centre de cinquante à cent communes,
cinquante à cent mille habitants, cinquante à cent
mille hectares en moyenne : c'est de plus toujours
le chef-lieu d'un canton.

II

A ce centre de troisième ordre, créé sur le mo-
dèle des deux premiers, aboutissent toutes les affaires en dehors de la vie quotidienne du canton et
de la commune. Ainsi, la surveillance supérieure
des communes en tant qu'administration; leurs différends entr'elles et ceux des conseils municipaux
avec leurs maires, ou de ceux-ci avec les différentes
branches de l'administration; la police générale de
l'arrondissement, ce qui, n'en déplaise à vos instincts — et aux miens — peu favorables à toute
police, n'en est pas moins indispensable à notre sécurité particulière et nationale, etc., etc. En d'autres termes, le sous-préfet, assisté de ses fonctionnaires d'arrondissement, est pour sa circonscription,
comme le tribunal en premier ressort auquel tous
faits d'administration, en dehors du maire, viennent

aboutir. C'est lui qui les doit régler, sauf recours du patient au préfet, comme à une cour d'appel, susceptible elle-même d'un jugement de cassation rendu par le ministre.

Il y est le chef local en première ligne de chaque arrondissement, parce qu'il y est le représentant de l'Etat : de même qu'au-dessus de lui le préfet, dans le département, et au-dessus de ce dernier le président pour le pays tout entier. Autour de lui, comme les satellites de sa petite planète lumineuse ou devant l'être, gravitent tous les autres fonctionnaires, y compris les juges, dont les devoirs sont de l'assister, de l'éclairer, de l'aider à ses fonctions gouvernementales. Dans sa capitale ou sous-préfecture tout se trouve ou doit se trouver, comme dans la préfecture pour le département ; parce que cette capitale est ou doit être l'astre lumineux autour duquel doit graviter l'arrondissement.

Quand ce foyer est large, en bon état de ville, bien situé au centre de la circonscription qu'il a devoir d'éclairer, de chauffer, de vivifier ; quand il est bien garni de bon combustible rayonnant, autrement dit de bons fonctionnaires, faisant chaude besogne dans la cheminée administrative et non de bûches fumeuses, puantes, rechignantes, impossibles ; quand il fait bien son œuvre, enfin, tout va bien ; sinon tout va mal.

Exactement, comme tout va mal dans la préfecture, quand le préfet et autres ne valent rien ; comme tout va mal, plus haut, dans l'Etat, quand les ministres et président sont insuffisants; comme tout va mal chez nous, dans la ferme, la boutique, la maison, quand le patron n'est bon à rien.

Parce que depuis nombre d'années, ces fonctionnaires de divers ordres sont généralement choisis à l'aveugle, peu ou point dirigés et habitués à se mêler de tout de par notre tendance nationale à toujours vouloir tout mener, cela veut-il dire que cette organisation sociale est bonne à supprimer? Parce que la lampe n'éclaire pas comme elle devrait éclairer, parce que le bois de la cheminée ne chauffe pas, cela veut-il dire qu'il faille casser la lampe ou démolir la cheminée? Quand vous aurez fait des débris avec l'une et l'autre, croyez-vous que vous y verrez plus clair et que vous aurez plus chaud?

Mais n'anticipons point sur les chapitres suivants, où je compte vous expliquer en détail les utilités administratives et politiques des sous-préfets. Quant à présent vous connaissez l'intérieur et le fonctionnement d'une sous-préfecture, aussi bien que moi, mieux que moi-même, puisque vous avez votre savoir personnel ajouté au pauvre mien : je résume le présent chapitre par une comparaison.

III

Qu'est-ce qu'un arrondissement, envisagé sous un aspect d'ensemble, comme si nous le regardions du haut de son sommet le plus élevé; à la façon dont on juge Paris et sa banlieue du haut du Panthéon ?

C'est une ville environnée d'autres villes plus petites, de bourgs et de villages de toutes grandeurs, avec chacun son territoire agricole ou industriel : autrement dit une réunion d'êtres et de choses ayant un point central commun, leur chef-lieu, auquel chaque parcelle de cette réunion apporte et reprend tour à tour sa part d'existence. Comme la France entière apporte et reprend à Paris la vie commune de notre nationalité ; comme le corps humain reçoit du cœur et lui renvoie sans cesse la séve commune, le sang ; comme la chair d'un fruit agglomérée autour d'un noyau vit de ce noyau et le fait vivre.

Gardez-vous de désagréger cette pulpe, de toucher à ce noyau, d'affaiblir ce cœur ; car ce serait l'étiolement de l'être entier !

Passons maintenant aux avantages et inconvénients des sous-préfectures, ce sera matière d'un long chapitre, je vous en préviens. Donc si, présentement, vous êtes comme moi, fatigués de votre visite, il faut faire comme moi, vous reposer... pour nous reprendre bientôt...je ne vous tiens pas quittes. Qu'est-ce que diraient MM. les sous-préfets, mon Dieu, si, depuis dix pages que je les accommode pour les rajeunir, je les laissais là, sous le savon, sans les achever ? Ainsi, *good night*, jusqu'au chapitre suivant.

CHAPITRE III

Inconvénients et avantages des sous-préfectures au point de vue administratif.

I. Compte en partie double. — II. Passif ou griefs. — III. Un évêque d'Italie. — IV. Actif ou discussion des griefs. — V. Saints et sous-préfets.

I

Comme toute chose d'ici-bas, les meilleures et les pires, les sous-préfets ont leurs bons et mauvais côtés. Il n'y a rien ni personne sous le soleil qui ne soit dans ce cas. Le christianisme a les jésuites, et feu Troppmann travaillait pour sa famille ! C'est la fatalité terrestre ; les sous-préfets n'en sont point exempts. Il s'agit seulement de savoir s'ils ont plus d'inconvénients que d'avantages, pour les garder ou les supprimer, après balance faite. Ouvrons donc leur compte en partie double, actif et passif.

II

Les griefs d'abord. Je les sais, car j'ai moi-même, un temps, prêché la suppression de ce rouage : pas très-fort, mais enfin je l'avais mise au bilan des réformes à faire? Comment, pourquoi, ai-je un jour abandonné cette velléité destructive? En travaillant la matière, tout simplement, comme nous faisons là, moi écrivant, vous lisant, car on se crée souvent une montagne du travail, politique surtout! Mon Dieu! il suffit de lire, puis de réfléchir à ce qu'on a lu. Ce n'est pas plus difficile que cela.

« Les sous-préfectures, dit-on, sont des superfétations. La mieux menée d'entr'elles embrouille les questions au lieu de les résoudre. Cela a été de tout temps : mais c'est bien plus sensible aujourd'hui que l'électricité et les chemins de fer multiplient les relations; donc les affaires, donc les opérations administratives, nécessitent des solutions plus promptes qu'autrefois. Les communes d'arrondissements seraient bien mieux administrées, s'il ne leur fallait passer par l'inutile boîte aux lettres qu'on nomme un sous-préfet. »

« Toutes les questions dépendent des préfectures et doivent être résolues par elles ; dès lors, pourquoi ne pas les envoyer de suite à leur moulin de mouture, sans les faire moisir par une sorte d'entrepôt intermédiaire? On éviterait ainsi beaucoup de

temps et de fonctionnaires dépensés en pure
perte. »

« Plusieurs communes sont plus rapprochées de
leur chef-lieu départemental que de leur sous-préfecture. D'autres sont reliées à ce chef-lieu par un
chemin de fer, donc par des relations multiples,
tandis qu'elles sont au contraire sans liens avec
leur centre d'arrondissement. Beaucoup, pour porter leurs affaires à ce centre, ont à retourner en
arrière comme à une étape en recul, d'où ces affaires devront revenir ensuite, en repassant même
quelquefois par leur lieu d'envoi originel. »

Puis, citant des exemples, nous disions : « Pourquoi voulez-vous obliger nos bons amis de Neauphle,
entr'autres, à s'en aller à Rambouillet, en arrière
d'eux, presqu'en dehors de leurs intérêts et de leurs
habitudes; au lieu d'aller à Versailles, tout droit,
par leur chemin de fer et en s'adressant directement au préfet, sans passer par l'inutile filière
d'un sous-préfet établi à Rambouillet, d'où il les
régit sans autre raison de le faire que : cela est
ainsi? (Une bonne raison souvent, je vous assure,
et vous le prouverai quelque jour, quand nous aurons le temps.) »

Puis, nous indiquions dans le même cas ou ap-
prochant : Dourdan, chef-lieu de deux cantons, véritable capitale elle-même par les lumières, l'activité, la séve de vie qui circule en lui ; Chevreuse en
communications incessantes avec Versailles ; Mar-
coussis, à plus de trente kilomètres de Rambouillet

et n'y ayant que des relations forcées d'administration ou de procès ; etc., etc., toutes les localités enfin, dont les situations géographiques ou autres pouvaient être invoquées en notre faveur.

III

Voilà ce que nous disions, à grand renfort d'arguments étrangers, de clameurs, d'injures même probablement, à l'adresse des sous-préfets : parce qu'en France aucun parti ne se prive de cela. Histoire de tempérament. Le moins méridional de nous l'est encore souvent, sans même s'en douter, à rire de lui huit jours après, si on lui présentait la photographie de ce qu'il a pensé !

Il y a d'ailleurs, du bien fondé dans ces griefs : et, par suite à réformer, comme nous essayerons de l'indiquer au cours même de ce chapitre. Mais nous n'avions évidemment regardé qu'une face exceptionnelle de la question, autrement dit un point blessant, l'épine de la rose, soit dit pour mesdames les sous-préfètes ! Autre histoire de tempérament, succédanée de la précédente, en vertu de laquelle nous nous emballons sans cesse dans des émotions exagérées ; puis, par conséquent, dans des règlements, des décrets, des lois, à ne savoir laquelle suivre, et souvent pour rien, une lampe qui éclate ou un chien qui se noie ! Besoin de changer, comme en faits de modes, engouement, *furia franceze*,

très-bonne en guerre, mais à réprimer en politique
et en ménage ; parce qu'elle nous coûte fort cher
en robes, bibelots et lois inutiles, dont nous sommes
ensuite si encombrés que, tous les quinze ans, il
nous faut bousculer cette friperie par une révolution forcément suivie de faiblesses à trépasser !

Si vous me demandez, et je vous prie de le faire
pour que je vous réponde, comment, moi Français
jusqu'au bout des ongles, donc ayant de nature
cette tendance, je m'en suis aperçu, puisqu'il est
convenu qu'on ne voit jamais ses défauts, je vais
vous le dire.

Ce sera, pour notre présent travail, un hors
d'œuvre, et peut-être que vous n'aimez pas ces petits plateaux ? Laissez-moi cependant vous servir
celui-là ; les sous-préfectures ne sont pas réga-
lantes par elles-mêmes, il faut les assaisonner. Puis
cela vient d'Italie : et c'est si doux l'Italie ! Quand
on la connaît, n'importe ce qu'on fait, n'importe où
on est, quelques-unes de ses séductions vous remontent à l'esprit, comme les souvenirs d'une
femme aimée ! Celui-là me revient, à propos de ma
conversion. Je vous le raconte *con amore*.

Un soir, à Florence la divine, sur les bords di-
vins de l'Arno, cette Seine de Florence, nous devi-
sions religion, un évêque italien et moi. Car, soit
dit, en passant, les évêques là sont bons princes
avec tout le monde, même avec les mécréants de
libres-penseurs. Si l'un d'eux s'avisait de ne pas
vouloir siéger à côté de Littré, tout le monde leve-

rait les épaules ou lui rirait au nez : pour mal
jouer son rôle, faire le déshonoré de ce qui l'ho-
nore : la compagnie d'un grand penseur et d'un
homme de bien.

C'est qu'en Italie un évêque est un homme comme
un autre, exerçant un métier comme un autre, seulement plus profitable et plus doux! Personne ne
le croit et aucun d'eux ne se croit d'une essence à
part, sortie de la cuisse de Jupiter au lieu de la
côte commune d'Adam.

Aucune femme ne perd la tête au seul aspect de
sa soutane violette et si l'une de ses ouailles lui disait sérieusement : « Votre Grandeur » en lui parlant, il croirait qu'on lui veut mendier. Le pape
même, à Rome, n'est Dieu que pour pèlerins et
pèlerines à loupes de foi. Vous ne me croyez pas,
mes dévotes électrices? C'est cependant la vérité
On peut causer avec lui sans éblouissements, malgré sa robe blanche. Il ne rayonne pas : vrai de vrai.

Donc, nous n'étions pas en France, et nous causions religion, d'une façon toute mortelle, je vous
assure, comme d'un moyen de civilisation, à modifier selon les temps et les pays : rien de divin. Il
cherchait à me démontrer l'utilité humanitaire de
Jésus-Christ, en vue de rattacher l'homme à Dieu:
donc l'utilité d'y faire croire les hommes. Il ne disait point d'injures, raisonnait fort juste et ne rou-
lait pas de grosses phrases, contre ces misérables
républicains, qui préfèrent leur patrie au pape! Au
pape, dispensateur du chapeau de cardinal, cet es-

poir hallucinateur de Nos Seigneurs nos évêques !
Je l'écoutais par suite avec grande attention, comme
un homme distingué qu'il était sous tous les rap-
ports, et, ne le controversais que rarement : car je
vous déclare en toute franchise que souvent, dans
nos longues causeries, il m'a fait voir à la religion
des côtés humanitaires que je n'avais pas même entrevus avant notre rencontre.

Tout à coup, à l'un de mes arguments, un bon
sans doute, il s'arrête, m'interrompt contre son
habitude et me dit avec cette volubilité italienne,
affable et charmante, qui leur permet de tout vous
dire, même vos vérités les plus crues :

« Vous êtes de singulières gens vous autres Français, ne regardant jamais qu'un côté des choses !
Toute question est une boule qui a maintes faces.
Quand on vous en présente une, vous vous jetez
dessus, comme un enfant sur un joujou neuf. Vous
regardez un côté vite et bien : si bien que de suite
vous le connaissez mieux que personne : et aussitôt
vous adoptez la boule, sans autre examen. Nous
autres Italiens, nous la tournons et retournons sous
toutes ses faces, la regardant en détail d'abord,
puis dans son ensemble, et alors seulement nous
la prenons — ou non. »

Et il ajouta, avec cette vanité italienne immo-
dérée qui les grise encore plus que nous la nôtre :

« Voilà pourquoi nous vous avons toujours été
et nous sommes encore supérieurs : vos maîtres
avec César, vos maîtres avec Pie IX. »

Je me tus, pour ne pas discuter, ni encore moins admettre cette supériorité prétendue. Mais sentant que son reproche à notre genre d'esprit était fondé, j'ai fait mon profit de la leçon. Si vous voulez en faire autant, mes compatriotes lecteurs, je crois que cela est bon.

IV

Pour commencer, retournons la boule. Nous savons son contenu, ses inconvénients. Examinons ses avantages, puis son ensemble, et alors nous nous déciderons. Jusque-là ne cassons rien : je vous en supplie, dussé-je être traité, comme cela m'arrive souvent, de conservateur-borne, par mes amis les républicains ; d'affreux démolisseur par les champions attardés de royautés ou d'empires morts. Soit : *virtus in medio*. C'est la première loi du gouvernement des hommes.

Est-il vrai d'abord que toute sous-préfecture soit une boîte aux lettres, avec postier spécial, le sous-préfet, qui garde les affaires quelques jours de plus sans les résoudre : et voilà tout ?

Oui, cela est vrai, quand le sous-préfet est un petit monsieur, gommé, musqué, coldcréamé, précieux et ridicule, passant sa vie à Paris, sur le boulevard, entre Mabile et Peters, comme il est quelques exceptions. Mais j'espère que la république en finira avec ce genre d'inutilités délétères que l'em-

pire germait de plus en plus chaque jour, comme de
l'ivraie qui se resème d'elle-même. On prendra des
hommes : ou si on n'en prend pas, dame — ce sera
la faute des ministres et non de l'institution.

Tout sous-préfet, loin d'être une boîte aux lettres, doit être et sera — j'espère — une délégation,
un *alter ego* du préfet : un commandant en garnison, dont le colonel est à Chartres, Tours, Mar-
seille, et le général à Paris. Ce commandant a devoir d'examiner, d'écouter, de décider pour le
préfet : et ne s'en refère à ce dernier que dans des
cas exceptionnels graves ou dont la loi ordonne le
règlement par le colonel, et même le général.

Voilà ce que doit être un sous-préfet. Pensez-
vous que l'armée irait mieux, si on lui supprimait
ses commandants ? Pensez-vous que si à Rambouillet — prenons-le pour exemple — il n'y avait plus
rien : ni sous-préfet, ni tribunal, ni receveur, rien
que les quatre murs enfin, on y verrait plus clair
et on serait plus à l'aise dans l'arrondissement ?

Pensez-vous que si demain, les maires des 119
communes de Rambouillet qui, en moyenne, vont
trois ou quatre fois l'an à la sous-préfecture pour
les affaires de leur commune, étaient obligés d'aller
à Versailles, ils iraient aussi souvent ? Et s'ils n'y
allaient pas, arrangeant ainsi en dix minutes ce
qui demanderait dix lettres et deux mois, pensez-
vous que les affaires iraient mieux ?

On me répond qu'il est parfois plus court et souvent plus facile d'aller à Versailles qu'à Rambouil-

let, témoin Neauphle : qu'en allant à Versailles, on
fait souvent d'une pierre deux coups, ainsi que
faisait Voltaire avec Piron — histoire à rire que
je ne puis vous conter : qu'il vaut mieux, toujours,
avoir affaire au bon Dieu qu'à ses saints et qu'on
voit du moins le préfet, le colonel, le chef qui vous
règle votre affaire de suite, au lieu de vous la mar-
chander comme fait le sous-préfet, par force, puisqu'il n'est pas le chef.

Au risque de me voir accuser de papisme intolé-
rant qui ne tient pour raison que ce qu'il admet,
je répondrai à mes contradicteurs, donc à moi-
même, quand je disais cela :

« Autant d'hérésies que d'idées. »

D'abord, pour la grande généralité des communes, il est beaucoup plus court d'aller au chef-lieu
d'arrondissement qu'à celui du département, surtout quand le pays est sillonné de chemins de fer,
tel que le serait notre pauvre Seine-et-Oise, si mesdames les grandes Compagnies daignaient nous
permettre d'en avoir selon nos besoins ! Si, comme
il est honteux que cela ne soit pas, la grande banlieue de Paris, était tracée de voies circulaires, per-
mettant à Paris le dimanche, à cette banlieue la
semaine, d'aller de la ruche à tous les points de sa
circonférence et *vice versa*, par mille chemins en
tous sens, les mailles ferrées d'un vaste filet. Mais
puisqu'elles ne le veulent pas les grandes Compagnies ! et qu'elles sont nos maîtres, quoique créées
et fonctionnantes pour nous : attendons ! C'est

l'usage du beau pays de France que tout fonctionnaire se regarde comme le maître du public qui le
paye.

Donc, vous soutenez que, pour choisir encore
un chef-lieu comme exemple, il nous est plus facile
d'aller à Versailles qu'à Rambouillet !

Veuillez prendre une carte, la première venue. Il
y a cent dix-neuf communes. Regardez et comptez.
Les cinq sixièmes au moins de ces communes ont
intérêt de distance, de temps et d'argent à aller
à Rambouillet, parce qu'elles y vont, quelques-unes
en se promenant, sur deux cigares : bon nombre,
entre le déjeuner et le dîner, avec leur cheval ou
celui du voisin, le jour du marché en allant à l'a-
voine ou au faisan, et sans dépenser d'argent de
route, chose importante partout. Il n'y en a peut-
être pas dix dans l'arrondissement qui soient forcées
de découcher ; mais celles-là sont tellement excen-
triques — par géographie ! honni soit qui mal y
pense — qu'il leur faut absolument découcher,
quand elles vont à une ville. C'est un malheur —
et un avantage, car elles sont plus tranquilles, —
auquel je ne vois d'autre remède que celui de profiter de leur isolement pour vivre en paix, leurs
calmes sommeils. C'est si bon parfois de reposer à
son gré, seul, sans personne à vous éveiller, du
— dormir et rêver — qu'a chanté Musset.

Quant à celles qui ont vraiment plus d'avantages
à divorcer au profit d'une préfecture ou d'un arrondissement voisins, cela est très-simple ; elles

n'ont qu'à faire efforts continus pour obtenir ce résultat. La loi a prévu le cas : et, pour être difficiles
à réussir, ces séparations s'obtiennent. Les communes n'ont qu'à s'adresser à l'administration, aux
conseils généraux, aux chambres. Quelque sourds
que ces trois pouvoirs paraissent être à certains
plaideurs sans raison souvent, l'un des trois finira
par entendre, si la demande est juste. Les deux
autres suivront ; cela est de fatalité. Mais j'en ai
déjà tant vu, de communes, de cantons — et de
femmes — qui se plaignent et seraient bien pris
si leurs vœux d'une semaine de mauvaise humeur
étaient exaucés ! Il en est de cela comme du divorce.

Voici pour la raison du plus près, du plus commode, du plus pratique. Je veux bien devenir don-
neur d'eau bénite, voire même gardeur de souliers
à la porte d'une mosquée, où au lieu de s'asperger
on se déchausse, si jamais le plus éloquent de nos
moines ou de leurs derviches me prouve qu'il est
plus agréable d'aller au loin, chez les autres, que
de rester chez soi. Calculez donc l'ennui de ne rencontrer qu'étrangers qui, ne vous connaissant qu'à
peine, pour vous voir une fois l'an, ne s'occuperont de vous qu'à peine, en passant, comme vous
faites vous-même pour eux ! Au lieu de vous arranger commodément, en bons voisins, avec gens
qu'on voit tous les jours, qu'on connaît, qui savent
qui vous êtes et ne fût-ce que par espoir de réci-
procité, ont intérêt à vous obliger. Il n'y a que les

oiseaux mal installés chez eux et geignant toujours comme le coucou, qui vont au nid d'autrui. Le sien propre est si commode ! seulement il faut s'y arranger bien : tout est là.

V

J'arrive maintenant au dernier argument invoqué contre les sous-préfets : à savoir que mieux vaut s'adresser au bon Dieu qu'à ses saints et qu'en conséquence, il faut supprimer ces derniers.

Continuons la comparaison, pour suivre ce dicton sur son terrain divin, et, en démontrer la fausseté au moins fréquente.

C'est chose entendue : les sous-préfets et les saints sont supprimés. Chacun casse le sien. Je renie avec mes adversaires M. A. Brun, notre sous-préfet et saint Pierre mon patron, qui me pardonneront tous deux, j'espère, cette peccadille de supposition : l'un, en souvenir du Maître miséricordieux, qu'il a renié par trois fois, l'autre, parce que ses morceaux deviendraient préfet.

Et puis après ? Qui est-ce qui devant Dieu et le préfet, intercédera ensuite pour nous ? Qui ? Vous et moi ? Mais nous ne sommes pas du ciel, mes chers électeurs, nous ne serons pas écoutés. Pour parler utilement là, il faut avant tout être de la partie. L'administration et le pape, seuls brévetés d'en haut, sont seuls infaillibles, donc seuls ont le droit et le pouvoir de se faire entendre.

Sur cette idée, vous désirez peut-être, en contribuables curieux que vous êtes peut-être, savoir comment l'Eglise et l'Etat ont pu découvrir les capacités surhumaines des saints et des sous-préfets, pour leur avoir délivré leurs brevets ?

Car enfin, il est au vu de tout le monde que beaucoup d'entre eux ne sont pas de *primo cartello*, comme on dit en Italie, des sujets de première catégorie. Plusieurs sous-préfets passent pour n'être point des anges : et, quant aux saints, mon éloquent collègue, M. de Montjau, nous a demontré l'autre jour avec Grégoire de Tours, que Clovis lui-même, un des plus célèbres, s'était, de son vivant, assez mal conduit avec sa famille, en l'envoyant dans l'autre monde avant l'heure.

Quelque naturelle que soit votre demande, puisque saints et sous-préfets sont institués à notre usage et payés ou enchâssés à nos frais, attendez encore pour la faire. Aujourd'hui on vous répondrait encore, comme M. de Talleyrand à son tailleur s'informant quand il serait payé : « Vous êtes bien curieux. »

C'est une réponse qui date de si loin dans les traditions humaines ! Vous seriez obligés de vous en satisfaire, ni plus ni moins que des miracles, qui poussent comme cresson dans les fontaines de Lourdes ou de la Salette : cela est céleste ou gouvernemental, par suite inexplicable. Patience donc. Il

suffit d'un nouveau pape et d'un nouveau ministre
pour régler le tout : instituer des examens préala-
bles pour les fonctionnaires, sarcler de la religion
les miracles et leurs fabricants, les jésuites.

Ainsi, va pour les saints, tels qu'ils sont et croyons
en Clovis lui-même, pour l'amour de Clotilde, la
douce reine. Tous les saints sont bons, tous les sous-
préfets des anges : pourvu qu'ils intercèdent pour
nous ! Car en notre temps d'affaires sans nombre
avec l'Etat, nous avons plus que jamais besoin d'intermédiaires pour les arranger. L'office des sous-
préfets est indispensable aux populations qu'ils ré-
gissent du milieu d'elles ; dont en conséquence ils
peuvent seuls, avec savoir et autorité, expliquer les
besoins, les mœurs, le pays, les nécessités locales,
et ainsi obtenir pour chaque affaire, la solution la
meilleure. Tout sous-préfet, exerçant bien son métier, est le trait d'union naturel entre l'Etat et les
habitants de son arrondissement. S'il fait le despote
ou l'indifférent, le gouvernement, dans son propre
intérêt, doit le renvoyer à ses choux ou à son oisiveté ; mais jamais, au grand jamais, ne supprimer
son emploi à cause de cela. C'est comme si, dans un
parc, on supprimait tous les arbres qui ont des
branches malades. Emondez, mais n'arrachez pas !
C'est si long à pousser un pouvoir ou un arbre ! Le
plus souvent, dès qu'on l'a supprimé, on le regrette !

CHAPITRE IV

Suite du chapitre précédent au point de vue des préfets.

I. Aherissement préfectoral. — II. Exemple a l'appui. — III. Le comte de Rambuteau et ses signatures.

I

Nous n'avons encore examiné les sous-préfets qu'à leur point de vue direct. Regardons-les maintenant au point de vue des préfets, ce qui a encore plus d'importance, parce qu'en administration, comme en tout, il faut d'abord veiller au chef, à la tête, au cerveau qui fait mouvoir le reste.

Quel est le préfet capable de se passer absolument de sous-préfets, en voyant tout par lui-même et par ses bureaux, c'est-à-dire en ne voyant rien, puisque ni l'un ni les autres n'ont et surtout n'auraient le temps d'aller nulle part ? Chaque préfet a, chaque année, des affaires à régler par milliers. A moins d'être dieu, — et, malgré les olympiennes prétentions de quelques-uns d'entre eux, je ne pense pas qu'aucun le soit encore devenu, — comment pourrait-il répondre sciemment, je ne dis pas à tous ses administrés, mais à tous ses maires seulement, si quelqu'un ne l'avait pas renseigné au préalable ? Et comment serait-il renseigné avec toutes raisons de confiance, si ce n'est par un délégué direct, de même acabit que lui, mais hors sa dépendance absolue et dont l'administration est le métier ?

Quelques préfets, du genre soi-disant à poigne, dont je vous ai parlé plus haut, et, par suite, ayant en fait de pouvoir plus grands yeux que grands ventres, souhaitent de n'avoir plus de sous-préfets. Tristes sires ! Pardonnez-leur, mon Dieu, car ils ne savent pas plus ce qu'ils veulent que ce qu'ils font !

Ceux qui souhaitent cela n'y voient pas très-clair évidemment : donc, ont besoin de guides. Comment iraient-ils, Seigneur, quand ils n'auraient plus pour se diriger les yeux de leurs sous-préfets ? Mais ils briseraient leurs têtes creuses dès le premier jour, à force de se casser le col : et, malgré leurs bureaux qui, si souvent, conduisent leurs patrons, comme font des chiens d'aveugles, en courant aux intérêts particuliers ou aux amis qu'ils rencontrent sur leurs routes !

Après cela, il faudrait nous voir à ce métier des bureaux, nous qui parlons ; nous voir mal nourris, toujours en laisse et résistant toujours à toutes les tentations !! *Qui sine peccato est vestrum primus in illos mittat lapidem.* Et ce ne sera pas moi. Je m'insurge contre 'eux, ces braves caniches, parce qu'il y en a trop ; mais je rends toute justice à leur probité générale, ils le verront par mes conclusions ! Sapristi ! Je les réclame trop souvent et me trouve trop bien de leur obligeance, pour me faire une querelle avec eux. Ils n'auraient qu'à me lire ! Je serais joli après cela ! Tout ce qui porterait ma griffe serait remis aux calendes grecques !

II

M'étant pardonnée cette digression dans mon intérêt, revenons à nos préfets et prenons un exemple, notre département, Seine-et-Oise, que vous connaissez le mieux, je pense.

Nous avons 685 communes, réparties en 6 arrondissements, savoir : Corbeil, 93 ; Etampes, 69; Mantes, 125; Pontoise, 165; Rambouillet, 119; Versailles, sous-préfecture, 114. Chacune de ces diverses communes correspond avec sa sous-préfecture ou avec le secrétariat général pour l'arrondissement de Versailles. Si nous supprimons les cinq sous-préfectures, elles iront toutes à Versailles, au préfet. Le moindre maire ayant le nez pris et n'osant ou ne pouvant se moucher seul, ira trouver le préfet pour lui demander de l'aider ou de lui donner un mouchoir.

Croyez-vous que le préfet, fût-il aussi pourvu que les grrrands magasins du Louvre, pourra suf-

fire à tant de demandes? Que ses employés, fussent-
ils zélés comme le sont ceux de la préfecture de
Versailles, pourront satisfaire la foule? Que notre
foule en sera mieux servie? Et que nous aurons du
meilleur, parce que nous irons tous à ces grands
magasins, l'une des plaies de l'époque, avec les
grands hôtels, tous ces caravansérails-omnibus où
l'acheteur perdu dans l'immensité des passants n'est
plus qu'une fourmi, à qui on jette sa marchandise
en lui disant : Va-t-en.

« Va-t-en et garde-la, bonne ou mauvaise, durable ou non, trop large ou trop étroite, tachée ou
non. Tu l'as demandée, payée , reçue. Va-t-en. A
un autre. Toi tu ne comptes plus, tu n'existes plus
que le jour où il te faudra autre chose, et pour que
tu aies besoin de cette autre chose le plus tôt possible, tu verras comme c'est cousu ! Va-t-en. »

Cet encombrement funeste, fertile en confusions
de toute sorte, aura lieu, comme de raison, non-
seulement aux préfectures, mais dans toutes les
autres branches d'administration supprimées avec
les arrondissements. Chaque département n'aura
plus qu'un seul receveur, un seul conservateur
d'hypothèques, un seul tribunal, etc. Autant d'économies, c'est vrai. Mais avez-vous calculé ce qu'il
faudra créer d'employés secondaires pour chacun
de ces services ; et l'encombrement des affaires,
des papiers, des procès? la nécessité de tout envoyer au chef-lieu départemental, tout : son démêlé
avec le voisin pour un mur mitoyen, son compte

avec le livre hypothécaire, l'enregistrement, le
receveur, etc. C'est la centralisation de la centralisation, c'est-à-dire, en perspective, Babel avec la
tyrannie de Byzance !

Quant aux préfets, croyez-vous que leurs têtes
tiendront à porter ce poids multiple et tracassier de
cinquante visiteurs par jour? Fussent-elles de caout-
chouc, et il faut qu'elles en soient de nos jours,
est-ce qu'elles pourront rebondir à tout cet aria?
Est-ce qu'elles pourront garder utilement les empreintes de tous les coins multiples, que leurs visiteurs se seront efforcés de leur enfoncer dans la
tête, pendant ces journées de calvaire quotidien?

Non, non. Ce qui fait en partie le défaut d'hommes en France, la faiblesse des ministres, la faiblesse des préfets et de tous les hauts fonctionnaires à la tête d'une grande institution, c'est qu'on
surcharge trop ces hommes de broutilles, d'insignifiances locales ou générales, qui incombent à
leurs seconds et fatiguent le chef, au détriment des
grandes affaires. Nous avons la manie de vouloir
que tout passe par les mains du directeur, jusqu'aux moindres poussières : comme s'il avait le
temps et la force de regarder ces détails de ménage! Et à quoi bon le plus souvent? Pour rien :
pour ordre, dit-on. Mais l'excès d'ordre lui-même
est un mal, comme tout excès en quoi que ce soit.
Ainsi en voulez-vous une preuve palpable?

III

Il n'est pas un ministre, pas un préfet, un sous-préfet, un maire même, qui ne soit devenu peu à peu, sans raison, une machine à signatures : et il y a des années sinon des siècles que cet usage subsiste. Je me souviens qu'à la Chambre des Pairs, où j'étais attaché à la bibliothèque, M. de Rambuteau, de grande mémoire préfectorale, me dit un jour en arrivant avec une liasse de papiers, si lourde qu'un garçon de préfecture les lui portait :

« Voulez-vous me prêter la moitié de votre bureau, pour que je donne des signatures. »

Et pendant deux heures, il signa, signa, tant et tant, qu'en finissant, il me dit :

« Mon cher enfant (j'étais jeune alors), croyez-vous que ce soit un métier? »

J'étais jeune : mais j'ai emmagasiné ce souvenir, et aujourd'hui quand je signe ou vois signer des paperasses, je pense à l'ennui du bon vieillard. A quoi cela rime-t-il par exemple que chaque maire signe tous les bulletins de vote, de prestation, etc. Des milliers de signatures par an ! Chaque sous-préfet, préfet, ministre en a vingt fois comme nous : et à quoi bon? Je vous le demande.

Déchargez-les, déchargez-nous de toutes ces œuvres de machines, qui nous fatiguent en pure perte de temps et de force. Réservez vos hommes pour les grandes choses ; si vous voulez que ces choses aillent vite et bien, si vous voulez surtout avoir ce qui nous manque plus que jamais : des hommes, des hommes !

Déchargez vos préfets. Chargez vos sous-préfets de choses utiles; au lieu de les supprimer, parce que vous ne savez les occuper qu'à des choses inutiles. Chargez vos maires de chefs-lieux de canton, tous vos maires même, en fortifiant par une indemnité plus forte leurs secrétaires de mairie qui sont ridiculement payés. Mais en même temps, faites que pour lever un pavé ou employer quatre sous à n'importe quoi, le sous-préfet, le conseil municipal et le maire suffisent : sans être forcés pour cela de s'adresser au préfet et de dépenser plus d'efforts, de démarches et d'encre que s'il s'agissait de constituer l'Europe en fédération : ce qui sera.

Cet ordre d'idées m'amène naturellement à l'excès de réglementation, qui est une des plaies de la France, et me paraît mériter un chapitre à part : annexe de celui-ci.

CHAPITRE V

Martyrologue des maires.

I.

« Nous ne trouvons pas de maire, » disent à l'unisson des centaines de communes : et il est certain que notre denrée municipale devient de plus en plus demandée chaque jour. Ce n'est pas pour lui donner du prix que je le constate ; n'étant point à vendre, je n'ai nul intérêt à surfaire notre valeur. C'est un simple hommage à la vérité. On ne trouve plus de nous en maints endroits que tout juste. A qui ne le sera pas. *Rara avis.*

Pourquoi ?

Parce que le métier n'est plus tenable ; d'abord à cause de vous, messieurs nos administrés — et, vous savez bien que je ne dis pas cela pour vous, chers et bons amis de notre pauvre commune ! car depuis dix-huit ans que nous sommes en ménage, jamais différend n'a fait surgir entre nous l'ombre même du divorce.

Mais il n'en est pas ainsi partout. Dans maintes communes, vous nous changez sans cesse, comme les mauvais maîtres changent sans cesse de serviteurs. Cela vous avance bien ! Vous allez à droite, à gauche, sans suite, sans but, gaspillant vos forces et votre argent : chariot mal mené, qui court des embardées d'un bord à l'autre de la route et n'avance pas, tout en faisant le double des efforts et du chemin que fait un char bien conduit.

Ailleurs, vous nous perdez la tête, à force de nous réclamer pour tout. Nous croyez-vous de fer, pour nous piétiner ainsi sans trêve d'exigences, de menaces, de reproches même si souvent injustes ? Nous ne sommes que de bois : vous nous usez vite et vous avez tort, parce que peu à peu vous ne trouverez plus de nous qui vaillent de vous conduire. Or, voyez-vous, nous avons du bon, quoique chacun en pense *in petto*. Puis nous sommes de vous, votre essence, la chair de votre chair — comme je dirais si j'étais en chaire. Prenez garde qu'un jour, quand nous serons tout-à-fait à bout, quelque loi ne vous mette des maires à gages, variétés de commissaires ; vous verriez alors !

Le métier n'est plus tenable : parce que, vous, gouvernement, vous nous assommez d'instructions, de prescriptions, d'objurgations, de circulaires, de

tableaux, de statistiques, de surveillances, de fonctions de tout genre et à propos de tout. A force
d'être requis pour n'importe quoi, par n'importe
qui, nous devenons à l'état normal ce que nous
étions au temps des Prussiens ; les maîtres Jean,
valets à tout faire, non-seulement de nos adminis·
trés, mais du moindre mandarin qui bourdonne autour du coche gouvernemental. Ministres, préfets,
collecteurs d'impôts, gardes, passants, chiens er-
rants, etc., chacun nous requiert.

Messieurs nos maîtres à boutons de tous genres,
d'os ou de cristal, vous nous abîmez la bouche à la
fin ! Si dure que nous l'ayons par nature ou fonctions, l'Aliboron le meilleur d'entre nous devient
rétif à force de se sentir grimpé par le premier
venu, tiré de ci, de là, dans tous les sens, sans
autre avoine jamais que les satisfactions de sa conscience !

Ainsi voulez-vous des faits à l'appui de ma plainte
résignée d'ailleurs, sous les coups de l'habitude et
de l'âge ?

En voici trois, cocaces, que je vous recommande,
pour les citer à vos amis incrédules. Je les choisis,
cela est vrai. Mais si vous saviez combien j'en sens
d'autres errer dans ma mémoire ! Ma plume n'a
que l'embarras du choix.

II

Un de nos derniers préfets de police — dont je
ne veux certes pas médire, c'est un de nos bons
collègues — nous a, par circulaire, prescrit d'avoir
à visiter tous les nourrissons qu'on apporterait
dans nos communes et à lui rendre compte de leur
état, chaque mois, je crois.

Voilà qui est bientôt dit, et, à premier aspect,
rien n'est plus simple. Un poupon arrive. Je le dois
savoir. Comment ? C'est mon affaire et non celle de
monsieur le préfet. Soit : mais je veux bien si je le
sais les nourrir tous, moi-même.

Enfin, je le sais ; je vais l'examiner : rien de plus
simple encore. Toutefois mon nouveau maître en
visites aura beau dire : je voudrais le voir les mains
là dedans ! Nous ne sommes pas médecins pour
tout deviner rien qu'à la mine. Il nous faudra dé-
langer, et je vous assure que l'idée seule de ces
visites qui, dans une commune importante, peuvent
passer la vingtaine par mois me chiffonne désagréablement le cœur ! Je me sens, deux, trois fois par
semaine, allant de poupon en poupon, après déjeuner, par exemple ! Peuh !

Et puis, les mœurs ! C'est gros de suites cela ! Car
il y a aussi les nourrices à visiter. Je ne me souviens plus si l'injonction, pour être conséquente,
nous impose les agissements de Sganarelle dans *le*

4

Médecin malgré lui. Mais, qui veut la fin veut les moyens. Comment savoir d'une façon précise que le nourrisson est bien nourri, si nous ne visitons pas sa cantine ? C'est le premier acte de toute inspection militaire et laïque : je n'ajouterai pas cléricale. L'État n'oserait visiter quoi que ce soit appartenant au clergé.

Or, le cas est grave, je vous en avertis, mes chers collègues en épreuves municipales, grave et difficile ; prenez-y garde. Dès notre premier coup d'œil, Lucas, le mari, pourra nous dire :

« Ah ! vartigné, monsieur le maire, que de lantiponnages ! »

Nous aurions beau répondre avec Sganarelle :

« Il faut que j'essaie un peu le lait de la nourrice et que je visite son sein. »

Lucas se fâcherait disant, toujours comme dans Molière :

« Je ne veux pas qu'il te tâte, moi ! »

Lucas est le maître de la cantine. Vous seriez obligés de renoncer, donc de dresser un état incomplet. Puis que d'embarras, de mécontentements certains à récolter ! Voyez.

Lucas, votre électeur et Jacqueline, sa femme, électrice secrète, qui vous en voudraient, l'un de la tentative, l'autre de n'avoir pas visité sans rien dire.

Le préfet de police, en même temps préfet des mœurs, également mécontents tous deux et vous trouvant : le premier, sans zèle : le second, trop zélé.

Le poupon même que cette visite fera crier comme

un ultramontain, et qui, futur électeur peut-être,
se vengera par son vote !

Abstenons-nous et déléguons le plus proche doc-
teur ou le curé. Tout est permis en fait de visites
au prêtre et au médecin. Si ce dernier est trop loin
et si, comme dans notre commune, le curé est un
digne homme ayant gardé intacte l'antique vertu
de nos prêtres d'autrefois ; vous avez bien sous la
main quelque moine rouge, blanc, noir : capucin, do-
minicain, franciscain, mariste, lazzariste, jésuite et
tutti quanti ! Il y en a tant, qu'on ne sait même
plus leurs noms et jamais leurs destinations : mais
les capucins, si ma mémoire est fidèle, sont les plus
aptes en l'espèce. Nous avons même sur eux en re-
liquat du bon vieux temps, où on pouvait se gaudir
des moines sans passer pour un scélérat, certaines
chansons qui font foi de leurs aptitudes à cet égard :
—*Père capucin, confessez ma femme*......, etc.
Quiconque a cheveux blancs en sait long sur leur
chapitre. Mais aujourd'hui, on n'oserait ! C'est si
mal porté de parler de ces messieurs autrement
qu'à genoux.

Donc, croyez-moi, mes chers collègues, remettez
l'affaire au clergé. D'abord il n'y a rien de tel que de lui
passer parole quand on est embarrassé : parce qu'il a
des solutions pour tout, même pour les mariages entre dissidents, défendus gratis, mais permis quand
on paye. De plus vous aurez paré à l'avenir pour
rester dans vos mairies, lorsqu'il nous aura repris
les actes de l'état civil, comme il s'efforce à le faire :

Parce que nos curés, dont nous nous serons fait bien venir par cette délégation, nous prendront volontiers comme adjoints !

C'est même, quand j'y réfléchis, une vraie trouvaille que cette idée ! J'acheterais brevet pour l'exploiter, si je ne préférais vous la donner gratis, en bon collègue.

Voyez donc ! nous satisferons tout le monde : comme si nous étions louis d'or !

Nous-mêmes d'abord, qui nous serons tirés d'un pas difficile, tout en gagnant quelque billet de paradis ; parce que les hommes de couvents comme ceux de théâtre, doivent en avoir plein leurs poches et nous en donneront.

Le ménage Lucas, y compris le nourrisson, que le capucin caressera bien un peu en passant ses mains d'inspection. Car Jacqueline satisfaite prouvera facilement à son mari que le moine étant son confesseur — visiteur, doit tout voir — en son âme, — la bonne âme !

La capucinière voisine et le pape lui-même ! parce qu'outre les payements en nature, chair et vin, que le moine s'appliquera, il saura bien soutirer au ménage, sous le nom de bonnes œuvres, quelques bons écus sonnants pour envoyer à Rome.

Enfin, tous nos gouvernants, y compris le nôtre en particulier, femme, sœur, amie, qui se pâmera de contentements futurs, en apprenant que vous avez pris un capucin pour vous suppléer.

« Ces bons pères ! Ils feront cela bien mieux que

toi, mon ami ! Les capucins et les jésuites, il n'y a
que cela ! Ce sont de vrais saints, qui ne veulent
que notre bien ! » (Oui, pour l'ajouter au leur.
Comme au temps de Molière. Oh Tartufe !)

Pauvre patrie ! Ce n'était pas assez qu'il y eut
dans chaque ménage, sous le nom de confesseur-
directeur, un homme ayant mission de tout savoir
et régler : sans que Rome envoyât encore chez nous
son clergé séculier, les moines, chargés directement par elle d'agir, de voir et surtout de collecter
pour elle ! Mais n'anticipons point ; je vous expli-
que cela plus loin.

Présentement, tout étant pour le mieux dans le
meilleur des mondes, selon Voltaire, soyons satisfaits
de notre découverte, puisque nous aurons contenté
tous nos maîtres — excepté vous peut-être, lecteurs,
qui trouvez que je m'égare sans cesse hors mon sujet, à la suite de la question cléricale.

Maîtres, vous avez raison : mais je n'ai pas tort.
Caton, qui n'était pas une bête, finissait chaque discours par :

Ergo delenda est Carthago : traduction libre ; il
faut en finir avec l'empiétement clérical et monastique. Point d'Etat romain dans l'Etat français !

Voici pour mon premier exemple, dont la morale
est que le ministre de l'Intérieur doit seul commander à ses maires, et que ce n'est pas notre métier
de visiter les poupons ni même les nourrices.

Et d'un. Je vous en ai promis trois. Passons au
second.

III

Vers la même époque, le porteur de contraintes de notre canton est venu m'apporter ses papiers bleus, en me demandant de les lui faire distribuer. Je n'aime le papier du fisc, ni pour mes adminis-trés, ni pour moi. Cela vous a toujours je ne sais quelle odeur de grimoire timbré, faisant le mal par nature, comme les puces sucent les chiens.

Je refusai de me constituer son facteur, et d'au-tant plus sèchement que, pendant le siége, ce même estafier avait travaillé pour les Prussiens, avec un zèle qui a dû lui mériter nombre de florins, kreut-zers, etc., cette sale monnaie de l'invasion.

Il insista, prétendant que les maires avaient entr'autres devoirs celui de porter ses papiers bleus. Et, à l'appui de son dire, il me cita de mémoire différents textes de lois ou ordonnances qu'il pour-rait m'apporter, ajoutait-il, et en vertu desquels tous les maires, excepté moi, se soumettaient à sa demande.

Je me suis débattu de mon mieux contre ce nou-veau maître et crois même que, comme il avait fini par le prendre de haut, je l'ai prié de s'adresser à la porte. Mais notre garde champêtre a succombé, de bon gré d'ailleurs, après entente préalable d'in-demnité, cimentée le verre en main. Tout s'arrange partout au cabaret ou en dîners ; ce qui est le même mode de procéder en fin de compte, le verre en main !

Et de deux.

IV

Peu de temps après, l'*Officiel* m'a apporté un décret émané du ministère de la guerre, qui prescrit au maire de toute ville que daignera visiter, pour la première fois, le général commandant une circonscription, d'avoir à se rendre au logis dudit général, et là, de l'y attendre.

Ce nouvel ordre, bien que visant plus gros gibier que nos pauvres villages, donc passant au-dessus de ma tête, m'a, je l'avoue, chatouillé désagréablement l'épiderme, quelque blasé qu'il soit. Nous sommes tous plus ou moins solidaires entre nous, nous qui portons la commune sous-ventrière. Qui touche l'un nous frappe tous. Je me sentais atteint et, par suite peut-être, très-perplexe sur les causes réelles de ce bizarre coup de fouet.

Car enfin, je comprends bien pourquoi le préfet de police veut que je visite les poupons. Son idée a même du bon : c'est un commencement d'intervention en faveur des nourrissons, dont l'Etat ne s'occupe pas assez.

Je comprends aussi pourquoi l'homme aux papiers bleus veut que je lui fasse sa besogne. On ne doit pas le recevoir partout comme un billet de banque. Il ne serait pas fâché de nous repasser le paquet, y compris l'ennui de la distribution.

Mais pourquoi diable, le maire de Châteaudun, par exemple, peut-il bien être forcé d'aller faire le pied de grue chez un général qu'il ne connaît pas, venant à l'aventure, et lui enjoignant d'aller l'attendre à son logis, comme un écolier fautif que son maître veut sermonner seul à seul?

On donne souvent sa langue au chat pour rébus moins difficiles.

Ce ne peut être pour que la noble ville aille, en la personne de son maire, rendre hommage à son visiteur, elle qui ne s'est pas rendue aux Prussiens victorieux, qu'ils ont dû brûler pour entrer dans ses décombres! Qui donc, même parmi les moins civils des militaires, prétendrait la faire venir à la botte, comme on dit? Cela ne se peut.

S'il en était ainsi, d'ailleurs, le décret réglerait cela franchement, à la française, non à la jésuite ; en ordonnant à toute ville par où passera le général commandant une circonscription, d'aller attendre ce général à la porte de la ville, et là de se tenir prosterné comme au temps des dieux Césars et de l'empire romain.

Mais je divague, nous sommes en république. Le *Cedant arma tojœ* doit régner plus que jamais, non-seulement parce qu'il est de droit fondamental chez toutes nations civilisées, mais parce qu'il est la loi de la raison même. C'est le cerveau qui commande au bras et le bras à l'épée, l'intelligence à l'arme, le président de la République aux maréchaux.

Est-ce pour lui apporter les clefs de la ville sur un plateau, comme on présentait à Napoléon les clefs d'Ulm et autres cités conquises? Mais cela se fait aux lendemains d'Austerlitz et non de Sedan : pour les généraux vainqueurs et non vaincus, auxquels rien ne sied si bien que la modestie! Et je vous jure, oh! mes chers amis de notre armée mutilée avec nous dans notre grand désastre, que ce n'est pas une plume ennemie qui vous adresse ces lignes. Si vous en doutez, lisez mes écrits.

Votre chef d'ailleurs et le nôtre nous a donné de trop nobles exemples sous ce rapport, pour qu'aucun de vous les oublie. Chacun se souvient de sa laconique dépêche du lendemain de Frœschwiller: « J'ai perdu la bataille » où le vainqueur de Magenta ne cherche même pas à pallier sa défaite. Et mieux, naguères encore, lorsque oubliant ses préférences, ses amitiés mêmes les plus proches, il a changé de ministres à deux reprises au gré de la France; malgré les suggestions de quelques vampires tombés, encore tout baillant d'espoir autour du portefeuille échappé à leur impuissance.

En vérité, plus je cherche, moins je trouve... *Eurêka!* C'est une affaire de bureaux !

Voyez-vous ce que c'est que de chercher! Cherche et tu trouveras, a dit l'église, l'ancienne, la bonne, celle de nos pères, non celle du *syllabus* et des jésuites.

J'ai trouvé, vous dis-je. Suivez mon raisonnement !

Les bureaux de la guerre sont, de nature, affiliés aux états-majors des divisions militaires. Tous cousins, comme les Auvergnats, ils ont cousiné sur notre dos de maires. Voici comment :

Ils se sont dit, les bons parents, nés malins, en bons Français qu'ils sont :

« Ces pauvres cousins des états-majors de province ne s'amusent pas, à suivre leurs généraux de ville en ville. La province à l'état normal n'est pas d'une gaîté folle. »

« Veillons à ce qu'ils aient bons gîtes sur leurs routes. Quand on a bon lit, bonne table, hôtesse jolie, le voyage est un miel. Or, le maire de chaque ville donne les billets de logements. Forçons-le à venir croquer le marmot au logis du général. Il s'y ennuiera comme un Ministre dans les Chambres. »

« Mais pendant ce temps, nos cousins, les officiers, feront connaissance avec lui. On boira l'absinthe, on médira du patron qui se fait attendre : et d'absinthe en ennuis partagés l'amitié venant, notre bourgmestre donnera un bon billet 'de logis à chacun de ses collègues d'attente. »

Vous souriez ou haussez les épaules, selon votre humeur ou vos opinions ? Si vous saviez comme cela tient souvent à peu de chose, les grandes choses d'ici-bas ! J'ai peut-être dit la vérité en riant. Bien des décrets, des lois même, n'ont pas eu d'autre mobile que de satisfaire tel ou tel personnage du bnreau ou de l'alcôve !

Quoi qu'il en soit, si c'est là la raison, on devrait nous la dire par quelque circulaire explicative du décret. D'abord cela nous empêcherait de chercher, comme je viens de le faire. De plus, nous pourrions, dans ce cas, accomplir trois devoirs à la fois : Porter à leurs adresses les billets bleus de l'estafier fiscal ; chemin faisant, introduire les moines chez les nourrices ; enfin, visiter les logements à choisir, de façon à ne pas mettre nos amis, les officiers, dans les maisons occupées par les capucins. Car, malgré certaines ententes rêvées entre les deux castes qui se ressemblent le moins au monde, moine et soldat, paresse et courage — il y aurait du bruit chez Jacqueline.

Et de trois. J'ai tenu ma promesse en échantillons de supplices par trop de maîtres. Passons maintenant à un autre genre de tortures municipales.

« Mais, me direz-vous, ce n'est pas un livre que le vôtre : c'est un martyrologue de maires. »

Il est vrai. Mais ce n'est pas ma faute. Pauvres mulets de somme, nous portons le bât, non-seulement pour tout le monde, comme vous venez de le voir, mais pour tout. J'ai encore sur le cœur un chapitre entier de souffrances : c'est bien le moins que vous nous entendiez jusqu'au bout, vous, nos administrés, pour qui nous souffrons.

CHAPITRE VI

Suite du précédent et conclusions.

I. Paperasserie administrative ou les cailloux d'une commune. — II Employomanie. — III. Gardons nos sous-préfets et la femme que nous avons.

I

Quoi qu'insignifiante en apparence, la paperasserie administrative est une des maladies les plus sérieuses de la France, parce qu'outre ses inconvénients spéciaux, elle engendre une mousse bureaucratique née de ce besoin, qui, sous sa couche parasite, épuise le vieil arbre de notre nationalité. Nous sommes, nous, maires et secrétaires de mairies, les principales victimes de ce mal toujours croissant. Il est des jours où nous recevons une telle avalanche de papiers imprimés en blanc, venant des quatre points cardinaux du ciel administratif et tous réclamant notre labeur municipal, que je me demande chaque fois : comment en pourra sortir notre laborieux instituteur, entre son école à faire, la messe à chanter et tout ce fatras à débrouiller.

Qu'il soit donc permis à l'un de nous de crier; cela soulage et puis, si, par aventure, une fois en mille ans, ma plainte allait éveiller quelque ministre nouveau-né, encore mal endormi !

Savez-vous, comme on dit à Bruxelles, savez-vous qu'à l'instar de feu Titus lui-même, je n'aurais pas perdu ma journée ?

Au lieu de finir par les exemples, je commence par là, pour nous changer : et je choisis un fait tiré de la commune même, ou, comme je l'ai dit plus haut, je porte l'écharpe depuis dix-huit ans. Un grand bail ! Je le répète ici, à dessein, non pour montrer mes chevrons, mais afin de vous prouver que j'ai du moins quelques raisons de connaître ce casse-tête bizarre, vrai bezig chinois, qu'on nomme l'administration.

Par ce fait-là jugez des autres. Je n'ajoute pas un fétu à la vérité.

Il s'agit de dépenser à l'ordinaire 980 fr., coût annuel de l'entretien des chemins vicinaux de la commune de Vieille-Eglise, population 216 habitants. Après que le budget où figure toute dépense communale s'est religieusement promené pendant 8 mois entre les divers fonctionnaires de préfecture et sous-préfecture chargés de l'éplucher, l'agent-voyer cantonal prépare, en vertu de ce budget, un devis pour dépenser lesdits 980 fr. Il envoie ce devis au maire qui l'approuve et le soumet au sous-préfet. Puis, vous croyez, vous, profanes en chinoiseries, que la paperasse finit là et qu'on se met en besogne : ce que réclament à l'envie les chemins et les contribuables !

Ah bien oui ! Cela ne fait que commencer.

Le sous-préfet saisi renvoie le devis à l'agent-voyer d'arrondissement, qui le renvoie au sous-préfet, qui le renvoie au préfet, qui le renvoie à son chef de division, qui le renvoie à son chef de bureau, qui le renvoie à son employé, qui le renvoie à l'agent-voyer du département, qui le renvoie à ses employés, qui le renvoient à leur chef, qui le renvoie au préfet, qui le renvoie au sous-préfet, qui le renvoie au maire, qui le renvoie à l'agent-voyer cantonal ! La litanie des *Kyrie eleison*, enfin ! Puis, l'adjudication a lieu.

Vous croyez encore que c'est fini ? Non. La caravane reprend entre agents-voyers, préfet et maire pour approuver l'adjudication ; simple formalité encore plus inutile que les précédentes.

Cela fait, les travaux commencent : mais, aussitôt achevés, le susdit devis, avec ses quittances, reprend vers la Cour des comptes une nouvelle course à étapes presqu'aussi interminable que la première : d'où il termine enfin sa carrière à la hotte, sa bière ! Quand je dis la hotte, je n'en suis pas sûr, en réfléchissant ! car il y a peut-être aussi pour cela des archives avec une autre escouade d'employés, pour cataloguer, tablifier, compulser cette nomenclature de cailloux *ad majorem glo-*

riam de l'administration française que le monde
envie ! Une drôle d'idée qu'il a là le monde, s'il l'a
jamais eue ?

Je pose en fait que souvent l'argent de nos
communes coûte plus cher à l'Etat en papier, im-
pressions , locomotions, employés et bâtisses
pour loger le tout, que ne valent les choses mêmes
qu'il est destiné à payer. En d'autres termes, la
sauce et une sauce inutile, si longue qu'elle noie
tout dans son déluge, coûte plus cher que le rôti.
On attend ce rôti pendant des semaines et Dieu sait
ce qu'il faut broyer de déconvenues, d'attentes,
d'ennuis de toute sorte, avant que le plat appa-
raisse sur la table, prêt enfin pour le contribuable,
qui s'en prend au maire si le chemin n'est pas ré-
paré à temps. Mais le moyen d'être servi vite avec
la foule d'employés chargés de goûter ? Je m'étonne,
moi, que chaque plat n'ait pas disparu en route,
absorbé par ses servants sans nombre.

II

Ce mal, arrivé à un état grave, entravant l'essor
de notre nationalité, a une cause originelle, qu'il
importe de bien préciser, afin de pouvoir y remédier : *Sublatâ causâ, tollitur effectus.* La cause
enlevée, l'effet disparaît.

Cette cause est notre manie autoritaire. On dirait

que chacun de nous a, de naissance française, un besoin de réglementation active et passive.

Ainsi, d'une part, chacun veut commander, administrer, ordonner tout. Si vous en doutez, rappelez-vous ce que vous entendez dire, dans n'importe quelle classe de notre société, à propos du moindre fait anormal.

« Il n'y a donc pas de loi, pour empêcher pareilles choses ! »

Or, Dieu sait si nous avons des lois ! Nous pourrions en tenir boutique pour le monde entier, et, chaque année, nous sommes des centaines à ne faire que cela !

Dès qu'une mouche vole de travers, même par hasard, chacun s'émeut, et s'ingéniant pour la faire voler droit, réclame une loi, une ordonnance, un sergent de ville !

D'autre part, nous appelons l'autorité à notre aide pour tout et à propos de tout. D'un bout à l'autre de chaque département, c'est à qui invoquera le préfet pour intervenir, régenter la commune ou le voisin, ou soi-même. On dirait, à nos demandes perpétuelles, que nous sommes des bébés et que chacun de nos administrateurs est une nourrice avec biberon et toile cirée.

Or, que résulte-t-il de là naturellement ?

C'est que l'autorité arrive à nos appels. Elle obéit, tout en ayant l'air de nous commander. Elle fait des lois, prend des arrêtés, pond des circulaires, envoie des instructions, des tableaux , des comp-

tes, etc., paperasses en un mot. Et il n'y a pas à lui
en vouloir, au contraire. La pauvre incriminée n'a
fait que ce que nous lui demandions : obéir à nos
appels.

Est-ce que, comme je vous le disais en commençant
cet écrit, nous ne sommes pas enfin assez grands pour
aller seuls, sans bonnes le plus souvent possible ?

Est-ce que nous ne pourrions pas nous rendre un
peu plus flegmatiques ? Ne pas nous émouvoir à propos de tout, ne pas nous mêler de tout et laisser
chacun se débrouiller dans la vie, comme il l'entend ?

Cela serait d'autant plus utile, que nous diminue-
rions non-seulement la paperasserie, mais sa conséquence ou sa créatrice, comme vous voudrez,
l'employomanie ! Le vilain mot d'une vilaine tendance, qui va nous rongeant chaque jour un peu plus.

L'autorité, sans cesse excitée par nous à écrivas-
ser, a sans cesse besoin, pour exécuter nos désirs,
de plumitifs toujours croissants ; puisque nos demandes croissent toujours. Elle crée naturellement
bureaux sur bureaux, employés sur employés, si
bien que le fonctionnarisme devient de plus en plus
chaque jour, l'horizon principal de la nation. Il
n'est pas une famille, si riche qu'elle soit, dont le
père ne rêve pour ses enfants un emploi de l'Etat ;
cette vache à lait que chacun rechigne à nourrir et
que chacun veut traire.

Comme il nous faut une armée de fonctionnaires et que si on les payait cher, cela coûterait
des sommes énormes, bien au-delà de leurs uti-

lités, on ne les paye presque pas : de quoi ne point
mourir de faim.

Comme ils ne sont payés qu'à peine, ils n'en font
que pour leur argent, c'est-à-dire le moins qu'ils
peuvent. Tout est réciproque en la vie.

Et ainsi, peu à peu, par un double cercle vi-
cieux, mais en fin de compte, par notre faute originelle, nous devenons, comme jadis le triste empire
byzantin : une nation d'employés, de scribes sur
tout ! Notre vieille France d'autrefois, la France des
aventures, qui semait le monde de ses hardis pionniers, l'Asie par Dupleix, l'Amérique par Montcalm,
s'endort en bureaux ; triste cul-de-jatte gratte-pa-
pier, qui ne sait plus faire autre chose que ce triste
métier. Abeilles voyageuses nous avons coupé nos
ailes, nos belles ailes de richesse et de liberté,
pour nous faire cloportes endormis, au fond du
fumier natal.

Nous nous moquons des Hindous, se mettant cinquante pour donner à un maître : l'un, la pipe,
l'autre, le mouchoir ; celui-ci, le riz, celui-là le sel,
etc. De telle sorte que des millions d'hommes végé-
tent à en servir quelques milliers : coûtant peu,
mangeant encore moins, il est vrai, mais qui, s'ils
étaient employés mieux, pourraient avoir des vies
meilleures, en rendant meilleurs services à l'Inde.
Nous nous moquons. Examinons-nous. C'est exactement la même chose chez nous pour l'Etat, en pure
perte de forces vives, au détriment de la nation et
de l'humanité entière.

Il ne faudrait pas croire, d'ailleurs, que ce bizarre état de choses soit particulier à notre génération. J'ai eu entre les mains un compte manuscrit des dépenses domestiques de Louis XIV : c'était pire que dans l'Inde. Naguères encore, sous Louis-Philippe, M. Duchâtel, je crois, avait nommé un inspecteur des copies des portraits du roi ! Sous le dernier Empire, cela n'avait fait que croître et embellir ; il y avait pour porter les fusils de Sa Majesté, quand elle daignait exécuter ses abattis de basse-cour, décorés du nom de chasses, un capitaine des chasses, trois sous-officiers gardes et un armurier, le suivant tous pas sur pas, comme ses ombres ! Une vraie parade de tréteaux !

Le mal, ne datant pas d'hier, il faudra du temps et de la volonté pour l'extirper. Mais l'occasion est bonne, parce que tout nouveau régime est, plus qu'aucun autre, en passe de se réformer. La République a belle d'inaugurer en France celles des améliorations les plus utiles qu'elle puisse établir. Le ministre, qui, la serpe en main, émondera d'abord l'écrivasserie administrative, puis à la suite, pour cause d'inutilité, bon nombre des employés qui l'entretiennent, aura rendu au pays un service signalé. Casimir-Perier second, que la mort a empêché d'imiter son énergique père, avait commencé cette réforme. Qui le suivra dans cette voie pénible pour le ministre, mais féconde pour la France ? Je ne sais, mais ce que je sais bien, c'est que cela est nécessaire.

Fais ce que dois, advienne que pourra !

III

Sur ce dernier sous-chapitre, quelques lecteurs se disent peut-être *in petto :*

« Comment se fait-il que cet écrivain-réformateur demande une vaste suppression de paperasserie et d'employés, dans le livre même par lequel il demande le maintien des sous-préfectures, ces boîtes d'employés et de paperasserie ? Il y a là une inconséquence manifeste. »

Possible à première vue ! J'y ai même pensé comme vous, puisque je vais au-devant de l'objection. Mais en la réalité des faits, les sous-préfectures ne sont que l'officine intermédiaire par laquelle passent ces paperasses ; et, le plus souvent leurs employés se bornent à les répandre. Elles sont les victimes, non les causes du mal qui provient d'au-dessus d'elles, des préfectures et surtout des ministres.

Pour s'en bien convaincre, il suffit d'y regarder avec un peu de soin.

Le ministre de l'intérieur, par exemple, commet un décret avec circulaire explicative, pour désorganiser, sous rubrique d'organiser, les compagnies de sapeurs-pompiers. Il envoie un exemplaire de son œuvre à chaque préfet, qui s'en serait bien passé. Le préfet l'envoie au sous-préfet, pour qu'il en mande à son tour un exemplaire à chaque commune, soit 119.

Puis, aussitôt, ce dernier a 119 maires sur le dos à protester contre le malencontreux décret, parce qu'ils perdent leurs pompiers.

Or, tout cela, pourquoi? Parce qu'il a plu à un employé de l'intérieur de légiférer dans une journée de loisir sur les sapeurs-pompiers, qui cependant ne lui avaient rien fait, que je sache.

Est-ce encore une raison pour supprimer les sous-préfets? Non. Il faut, au contraire, les maintenir en leur donnant à faire le plus possible, mais des choses sérieuses, à étudier sur place, avec le concours de leurs fonctionnaires d'arrondissement, que les bureaux des préfectures annihilent de plus en plus chaque jour, au grand détriment des affaires et des administrés. Il faut les vivifier en leur rendant ce que ces bureaux ont pris ; enjoindre à tous, préfets, sous-préfets et bureaux, de laisser faire à la commune ce qui la concerne directement, sans s'en mêler que par une surveillance muette, et n'intervenir que le moins possible, quand les intérêts généraux de l'Etat sont en question. Alors, dans ce cas, agir vite, brièvement, comme doit agir l'Etat, quand il a devoir d'intervenir. On ne saurait trop le répéter : les préfets ne sont pas des nourrices et nous ne sommes pas des fanfans. Les détails de la caserne sont affaire des sergents et caporaux, de nous, maires et gardes champêtres. Les colonels ont devoir d'y regarder ; mais en passant, de haut, sans tatillonner sur tout, le balai ou l'arrosoir à la main, comme des bonnes à tout faire!

Enfin, ne supprimez pas les sous-préfets, vous surtout qui clamez avec raison contre l'omnipotence irresponsable des bureaux, des ponts-et-chaussées, des agents voyers, etc.; de tout ce qui est d'une caste à part, formant corps. La première conséquence de votre mesure serait de redoubler ces omnipotences : parce que les préfets n'ont pas la science infuse. Si vous supprimez leurs lieutenants départementaux, il faudra que les affaires de ces lieutenants soient casées ailleurs, dans les bureaux de préfecture. Et alors que se passera-t-il, par fatalité d'affaires multiples ?

C'est que chaque ingénieur ou agent voyer en chef, chaque chef de division de préfecture surtout deviendra un potentat départemental tenant tout et bâclant tout. Sans savoir qu'à peine où sont situés les pays de son pachalick, s'ils sont plaine ou montagne, rouges ou blancs, industriels ou agricoles. Sans savoir par suite leurs besoins, ni leurs mœurs, sans en connaître aucun *de visu*, la seule manière de connaître un pays : parce qu'il n'aura qu'à peine le temps de leur cuisiner la pâture quotidienne, du fond de son bureau, sans jamais en sortir, que pour fuir, chaque dimanche, la roue de Sisyphe qu'il roule pendant la semaine.

Alors, comme vous serez avancés d'avoir supprimé vos sous-préfets, détruit les petits hôtels pour créer de grands caravansérails, ruiné un tas de petites villes sans profit pour quelques grandes, tué maintes ruches utiles, vivantes, rayonnantes,

pour agrandir encore les ruches-mères ! Comme
vous serez avancés d'avoir contemplé un préfet dans
sa splendeur, une ou deux fois l'an, mais d'y voir
ensuite bien moins clair qu'avant ; parce qu'il aura
oublié votre affaire sous la multiplicité de ses devoirs.

Ah ! si vous pouviez faire que les préfets, comme
autant de soleils, pénètrent jusqu'aux fins fonds de
leurs départements et de leurs rayons vivifiants
éclairent le moindre village, rien de mieux et je
vous dirais :

« Le soleil est là : supprimons les étoiles. »

Mais nos préfets sont des hommes comme nous,
pas plus, malgré les prétentions de quelques-uns.
Ce ne sont ni des dieux comme vous l'avez vu plus
haut : ni même des soleils, car alors ils seraient
d'autre essence que nous. Or, nous avons besoin
de lumière plus que jamais : de lumières vigilantes
et vives pour éclairer sans cesse et partout le chaos
dangereux, mais germinant, j'espère, dans lequel
nous a jeté la démence de notre dernier César.
Nous franchissons une de ces passes difficiles ; heures de crises, où les nations meurent ou se relèvent d'un sublime effort ! Pour nous relever, sans
trébucher, puis retomber encore plus meurtris qu'a-
vant, il faut nous soigner de toutes les manières,
au moral comme au physique : c'est-à-dire nous
bien nourrir d'idées et de réformes justes, nécessaires, opportunes et ne pas chevaucher cent remèdes
d'empyriques pires que la maladie même. La con-

valescence est en bonne voie : ne la troublons pas,
ne l'enrayons pas en voulant trop faire à la fois et
surtout en commettant l'imprudence de changer
brusquement de régime. Rien n'est funeste en convalescence comme de s'emporter à des excès de
quoi que ce soit.

Sachons donc garder ce que nous avons et entre
autres choses nos quinquets de sous-préfectures.
Ils éclairent parfois assez mal, je ne dis pas le contraire ; il faudra remplacer les mauvais. On les
change trop souvent, ce qui trouble l'éclairage et
nécessite de les allumer sans cesse au détriment du
travail. Il faut aviser à cela par des avancements
sur place. D'ici là, soyons sages ; c'est la première
nécessité de la France actuelle. Gardons ce que
nous avons en l'améliorant peu à peu, comme on
améliore peu à peu les outils, les machines, tout,
même la religion : sans supprimer rien avant d'a-
voir sous la main un remplaçant certain, tout
prêt et bien examiné. Si mal marié qu'on soit — et
c'est l'exception quoiqu'en prétendent certains maris fautifs — on n'a pas plus tôt tué sa femme qu'on
la regrette ! Puis, pour la remplacer, puisqu'il en
faut une à ce triste cœur dont elles sont les souveraines, c'est le diable à rencontrer ! Chacun sait ce
qu'il a, nul ne sait ce qu'il prend ; d'où j'arrive naturellement aux remplaçants projetés des sous-
préfets, les maires des chefs-lieux de canton.

Mais avant de m'occuper d'eux, laissez-moi tâcher
d'entraîner tout-à-fait vos convictions, par un cha-

pitre anecdote de circonstance. Vous y verrez comment Napoléon I⁰ʳ, de sanglante mais grande mémoire, entendait les arrondissements. Or, qu'on
aime ou non cette saisissante figure, on ne peut lui
dénier un des plus prodigieux génies qui aient éclairé
le monde, en brûlant, comme Attila, les derniers
vestiges d'un ordre social disparu.

Cela nous servira de sorbet, milieu de repas,
après les lourdeurs des chapitres que vous venez
d'avaler — si vous avez mangé, ce que j'espère. Je
pourrai, grâce à cela, vous montrer Rambouillet,
votre sous-préfecture, et vous faire assister à la
façon dont notre arrondissement a failli naître, en
vertu d'une opération césarienne, qui eut gravement déformé le nouveau-né.

CHAPITRE VII

Un arrondissement à la Napoléon.

I

Si vous ne connaissez pas Rambouillet, croyez-moi, allez-y passer huit jours, au printemps, quand les feuilles des bois sont en fleurs : la première semaine de vos amours, licites ou autres ! Vous ne regretterez pas votre choix, je vous le promets.

D'abord c'est votre chef-lieu : vous lui devez une visite de noces. Puis c'est une gente ville au nom célèbre, qui serait propre, coquette, éveillée, grandissante, au gré de ses habitants, si sa municipalité actuelle daignait la laisser s'éveiller, s'approprier, se répandre de l'eau, croître comme doivent croître tôt ou tard toutes les villes-banlieue de Paris grandissant.

Il y a là, pour des visiteurs de passage et surtout des Parisiens d'été, mieux que Saint-Germain

ou Fontainebleau, car c'est plus varié que l'un et
moins encombré de monde : plus près que l'autre
et sur le chemin de fer même. Allez-y vite. Quand
le maire sera changé, vous n'y trouveriez plus de
place.

Vous verrez sa forêt, moins belle, il est vrai, que
celle de Fontainebleau, mais si multiple d'aspects
par ses sites divers, qu'on peut s'y promener huit
jours en parcourant chaque jour un site nouveau.
Aujourd'hui, Saint-Hubert : un lac dans les bois et
près de lui Gruyères et Coupe-Gorge, deux étangs
sous les arbres, suisses ou sauvages, comme leurs
noms. Demain, la vallée noire, sombre, à rêver
Méry pour elle. Un autre jour, Clairefontaine dans
son riant vallon, et au-dessus d'elle les premières
collines ondulantes de la grande Beauce monotone
et sans fin ! Puis la Celle, Chevreuse, les Vaux-de-
Cernay, Dampierre, etc., si connus, si fourmillants
de peintres et de touristes que je n'en ai rien à dire
— si ce n'est que tout cela étant mon pays, je ne
sais rien de plus charmant.

Vous verrez son vieux château, pas beau, mais
que le souvenir du grand Valois, François Ier,
éclaire d'une auréole à la fois chevaleresque et ga-
lante. Puis sa laiterie aux marbres blancs, un
bijou d'élégance laitière, où tour-à-tour Marie-An-
toinette, puis Napoléon, ont fait œuvres de leurs
natures ; l'une en berquinades prétentieuses, l'autre
en une de ces farces de tyran, dont meurent parfois
les victimes et dont faillit mourir la dame d'hon-

neur sous laquelle il ouvrit un jet d'eau. C'est une merveille que cette laiterie ! Un petit temple antique éclos de nos âges, qui, s'il était à Chypre, retrouvé d'hier dans une fouille, se verrait picorer par les archéologues comme un pré frais tondu par des nuées de cigognes.

Parcourez surtout, à deux si vous pouvez, à pas lents, enlacés d'âme et de corps en murmurant des rêves ; parcourez longuement son parc ombreux aux allées tour-à-tour droites et sinueuses, avec ses pavillons perdus dans des îles, sa grotte aux amours foudroyés, ses canaux sans fin, ses beaux mélezes, ses verts platanes, qui trempent dans le grand canal leurs branches pendantes comme des chevelures. Un parc de Venise avec des avenues de Versailles, où, quand le printemps revient, on songe solitude à deux, sans plus penser à rien qu'à l'être qu'on possède ou qu'on cherche.

II

Il est au fond de ce parc, dans son ombre la plus perdue, un pavillon enfoui sous des arbres séculaires et entouré de canaux à l'onde endormie, qui répandent des effluves si calmes de travail ou de volupté, selon l'âge, que l'âme malgré soi, va là d'une pensée à l'autre, enivrée des poésies de cette oasis mystérieuse. C'est le pavillon des Coquilles, ainsi nommé, parce que les murs, le plafond, les

portes, tout est incrusté de coquilles aux lueurs de
nacre. Le cicérone gardien de ce retiro bizarre,
vous dira que c'était le pavillon de Cythère d'un
ancien seigneur du lieu, un Penthièvre, je crois,
qui venait non pas y rêver, mais y pratiquer l'a-
mour.

Il arrivait là, au temps du régent, avec lui parfois, en brillante compagnie de grandes dames ou
de courtisanes, décolletées à la fois de propos et
d'épaules. Puis, tous ensemble, en longs soupers,
en longs baisers ruisselants de champagne, s'enivraient aux doubles ivresses de la table et de la
volupté. Tout était prévu là, disposé pour l'amour,
la salle du repas, le repos, le sanctuaire, l'autel,
l'encens, tout jusqu'aux ablutions d'après le sacrifice!

La pièce est petite. On y tenait six ou huit convives au plus. Des mets pimentés, venaison et crus-
tacés, des vins d'Espagne surtout garnissaient la
table scintillante de cristaux. Au-dessus d'elle, les
flammes des bougies, se brisant en mille feux aux
nacres des coquilles, faisaient étinceler la salle, et,
à leurs clartés, les chairs blanches des belles dî-
neuses à demi-vêtues semblaient plus blanches encore, rayonnantes de cette lueur d'épaules nues
qui, à elle seule, éclaire un repas.

La nuit avançait, vite entamée aux gais propos,
aux chaudes histoires contées d'une bouche à l'au-
tpe entre deux baisers. Peu à peu les senteurs des
mets, les fumées des vins, les pensers lascifs et ce

vague fluide répandu dans l'air par des êtres qui se
cherchent, enivraient chacun et le poussaient à sacrifier à Vénus les restes de sa raison perdue. Un
couple se levait, chancelant peut-être ; mais, le désir
dominant l'ivresse, il sortait !

Derrière lui, sans bruit, une porte retombait fré-
missante sous le verrou, comme dans cette jolie
gravure où l'amant, d'une main fiévreuse, ferme le
nid et de l'autre étreint l'idole. Ils s'aiment, affolés,
hors ce monde ! La mort les frapperait, ils ne la
sentiraient pas. Leurs êtres sont au ciel, dans cette
vision divine, d'avant et d'après nous peut-être !
Dieu seul le sait. Mais puisqu'on voudrait mourir
en ces secondes d'autre monde !...

> Un léger tremblement — une pâleur extrême...
> Quelques mots sans raison balbutiés tout bas,
> C'est tout ce qu'on voyait ; — sa maîtresse elle-même
> N'en sentait rien, sinon qu'il restait dans ses bras
> Sans haleine et sans force et ne répondait pas.
>
> MUSSET.

La chambre d'amour valait la salle du repas :
étroite, bien close, tendue d'étoffes ne laissant pénétrer ni sortir aucuns bruits. Une lampe d'albâtre
descendait du plafond, et à sa pâle lueur de chambre
nuptiale, on entrevoyait dans une alcôve, un lit,
aux fines toiles de Hollande, chères aux voluptueux ;
tandis qu'un parfum d'Orient, montant lentement
d'une cassolette d'or, se perdait au vent d'une per-
sienne close, établie tout en haut, près du plafond.

Les souffles balbutiés de l'amour et de ses frémis

sements bruissaient un instant. Puis tout s'éteignait
dans le repos perdu d'après le bonheur !

> Heureux l'homme indolent pour qui tout est fini,
> Quand le plaisir s'émousse et que la courtisane
> N'a jamais vu pleurer après qu'il avait ri...
>
> MUSSET.

Et quand l'*omne animal triste* apparaissait, prenant les époux et les ramenant sur terre, il suffisait
d'appuyer à la muraille une main languissante, pour
en faire sortir deux amours portant une psyché de
toilette — nécessaire à réparer après tant d'i-
vresses !

Le couple rentrait dans la salle du repas. Au
matin, si l'air était trop lourd au sortir de ces
chaudes nuits, si l'aurore embrasée d'un jour d'été
brûlait l'atmosphère, les convives descendaient au
prochain canal. Puis là nymphes et faunes lascifs
s'ébattaient dans l'onde rafraîchie par la nuit, jusqu'à l'heure où les douces berlines d'alors ramenaient
au château les convives fatigués de plaisirs.

L'île de la déesse adorée des dieux même, Paphos
la sainte, devait avoir de ces saintes retraites,
sanctuaires du paradis, que Jupiter habitait, que
Mahomet promet à ses fidèles. Ile enchantée qui
n'est plus qu'un souvenir dans la mémoire des
hommes et dont l'hypocrisie moderne a si bien
éteint le culte, qu'on n'ose même plus s'avouer
parmi ses adorateurs : tout en pratiquant, chacun
de son côté, le plus qu'on peut !

> Je hais les cagots, les robins et les cuistres ;
> J'aime tous les vins francs, parce qu'ils font aimer :

Mais je hais les cafards et la race hypocrite
Des Tartufes de mœurs, comédiens insolents
Qui mettent leurs vertus en mettant leurs gants blancs.

MUSSET.

III

Folle et funeste Régence, avec ses débauches, ses vices, son dévergondage de corps et d'âme : mais qui, du moins, avait la philosophique franchise de ses vices et, si elle niait Dieu ne le brocantait pas, comme article à profits ! Qui se ruinait, aimait et mourait en gentilhomme, sans se jésuiter de religion ; comme aujourd'hui ses bâtards ruolzés, les gommeux du jour, qui passent la nuit à l'orgie et, le matin, vont à la messe

.... l'odeur de la débauche aux mains.

V. HUGO.

Sans la foi d'Henri III : par costumerie de gentilhommes qu'ils ne sont pas, mais surtout par calculs d'avancement.

Folle Régence ! 93 a passé sur elle, comme Sedan a passé sur nous ! Ses heures d'ivresse sont envolées. Son pavillon du parc est debout encore avec ses souvenirs. Mais la salle s'en va : ses coquilles tombent décollées, pendantes çà et là de la muraille nue, comme les plaques de cheveux d'une momie. La chambre nuptiale est humide et froide. Les amours rouillés ne sortent plus. L'eau de ses canaux dort noire dans les écumes verdissantes de l'abandon. Les grands arbres pleins d'ombre ne sont plus, ou s'en vont, marqués de ces stigmates de mort montante, qui prennent aussi bien les arbres que les êtres à leur déclin.

Les couples amoureux dorment de l'éternel sommeil. Le parc est désert. La tristesse d'Olympio survit seule aux beaux jours envolés :

> Ton bois, ma bien-aimée, est à des inconnus !
>
> V. HUGO.

Encore un peu, tout ne sera plus que souvenirs, des ombres, comme l'ombre de François Ier, qui plane à côté de là, sur son vieux château, bâtisse transformée des générations d'après lui. Si vous voulez voir ces restes, hâtez-vous : car avant peu, plus rien n'en restera.

> ..... Holyrood, Holyrood ! fatale abbaye !
> Amours, Darnley, Rizzio ! Quel néant est le vôtre.
>
> V. HUGO.

IV.

Mais au temps du premier empire, le pavillon du parc était encore vivant. Les trois invasions des Bonaparte n'avaient pas encore piétiné la patrie. La France de nos aïeux était intacte et le premier de ces Césars maudits, rêvant la perpétuité de sa race, venait de s'installer sur nous à la place des Bourbons, comme s'il était venu là de naissance. Ses victoires et notre ivresse l'avaient presque sa-

cré Dieu, cet homme ! Nous lui avions laissé tout
faire pour nous : et il avait tout pris chez nous : le
pouvoir, le luxe, les palais et les vices de nos anciens rois ! Se nichant dans le nid Bourbon, lui et son
impure couvée, comme un vautour de passage dans
un nid de cygnes ! S'incarnant jusqu'à nous-mêmes,
avec son génie créateur, souffle de vie mais de
flamme, où nous nous sommes si longtemps brûlés !
Cyclone de mort qui nous a, tout un demi-siècle,
roulés dans l'espace perdus, de gloire ou de faste,
pour nous jeter dans la boue sanglante de Sedan !

Rambouillet, le parc et le pavillon étaient tombés
dans son domaine avec le reste. Il s'y était établi
selon ses instincts et ses mœurs, sans même en
changer la destination. Car c'était là surtout qu'on
lui amenait de temps à autres quelque belle enivrée de la gloire du maître ou de sa cassette : qu'il
y aimait à sa manière, un soir, en passant, dans le
silence des voluptés secrètes. Ce n'est guère qu'à
l'île d'Elbe, entre ses rêves finis et ses rêves de retour, qu'on trouve son cœur vraiment pris : jusqu'à
rester pendant des journées sur la plage, attendant
celle qu'il aimait ! J'ai entendu là, de la bouche de
ses contemporains ou de leurs enfants, des histoires de son cœur, prouvées par l'examen même des
lieux et empreintes d'une telle tendresse amou-
reuse, que cela m'a été sur lui comme une révéla-
tion étrange.

Mais à Rambouillet, à l'époque de sa gloire, qui
est le moment où se place notre récit, l'amour était

loin d'être son penser principal. Le travail et l'ambition de changer à son profit la face de l'Europe et du monde entier l'occupaient seuls.

> Comme l'aigle régnant sur un ciel solitaire,
> Tu n'avais qu'un regard pour mesurer la terre,
> Et des serres pour l'embrasser...
>
> LAMARTINE.

Le cabinet des Coquilles, isolé, loin des importuns, lui servait, dit-on, de véritable sanctuaire sous ce rapport. Il y venait, seul le plus souvent, travailler les questions d'Etat importantes : politique, codes, armée, administration, dont son génie créateur ciselait tour à tour les bases à la façon de Charlemagne, cette autre lumière de notre nationalité, bien autrement éclatante et utile que celle de Napoléon.

Avant chaque guerre surtout, il arrivait. C'était même si connu dans la diplomatie d'Europe, qu'on savait à l'avance que la guerre était résolue, par cela seul que l'empereur était à Rambouillet. Qui ou quoi l'attirait là ? L'ombre de François Ier, l'amoureux batailleur? ou la fatalité commune de Pavie et de Waterloo ? ces deux champs de défaite où du moins l'honneur fut sauf! Dieu seul pourrait le dire.

Quoi qu'il en soit, c'était là, dans ce pavillon, qu'il venait presqu'invariablement préparer ses plans de campagne : ces plans qu'il exécutait, lui, à l'inverse de ceux que bavardait Trochu, de sinistre souvenir. S'il avait eu cent mille hommes et Paris,

Paris debout, patriotique et résolu, quoiqu'en glosent ceux qui n'ont su que le rendre, la botte d'un étranger n'eut pas une fois de plus marqué son empreinte à nos fronts.

Ah! le général des discours et des plans! Comme, malgré sa bravoure, ce soldat de neuvaines sera traité sévèrement par l'histoire!

Donc Napoléon travaillait dans le pavillon que je vous ai dépeint. Il s'agissait de délimiter des arrondissements, entr'autres celui de Rambouillet même, m'a-t-on dit; car je n'y étais pas.

Autour de lui, les ministres, chambellans ou préfets — je ne sais qui — discutaient, discutaient pour prendre ou non telle ou telle localité, à telle ou telle circonscription voisine. Chacun donc, naturellement, préchait pour son saint; selon que Mantes, Etampes, Chartres ou Versailles lui tenaient plus ou moins au cœur, sous forme des villages qu'il voulait faire entrer dans le giron de Rambouillet. Cela ne finissait pas : il y avait des questions personnelles! Et puis, les femmes s'en étaient peut-être mêlées ; qui sait? Comme pour faire entrer nos fils chez les pères, ces bons pères jésuites, si déférents pour le sexe fort. Si c'était la mode alors?

L'empereur n'aimait ni les jésuites, ni les discussions qui n'aboutissent point. Il prit un compas : mit une des pointes sur la carte, au milieu de Rambouilllet même, et dit :

« Tenez, Messieurs, voici l'arrondissement. »

On eut grand peine à le faire revenir sur cette idée, en lui démontrant que par ce procédé ultra radical, il coupait en deux nombre de villages, de maisons même ; que cette coupure blesserait gravement dans leurs intérêts. Il répondait toujours que chaque arrondissement devait être le tour mathématique d'un compas.

Cependant, il revint là-dessus et il eut raison : parce qu'en tout l'excès même de compas mène à l'absurde ou à la souffrance. Mais il n'en est pas moins vrai — et l'anecdote précédente le démontre — que tout arrondissement, tel qu'il doit rester, est plus ou moins le tour d'une ville : comme son nom l'indique.

Les chemins de fer ayant modifié puissamment les besoins et pour ainsi dire les distances dans plusieurs contrées, il faudra tôt ou tard modifier quelques circonscriptions en raison de ces changements. Il y a, il y aura surtout certains remaniements de départements, d'arrondissements, de cantons, de communes à opérer dans l'avenir. Mais cela ne devra se faire qu'après que notre système de chemins de fer sera complet : car telles localités qui veulent aujourd'hui se séparer d'un arrondissement, seraient peut-être très-regrettantes de leur séparation, quand tel ou tel chemin en simple état de projet sera fait : ce qui s'applique à Neauphle, par exemple, que j'ai plusieurs fois cité dans le cours de cet écrit.

Je ne vois guère que le temps et un vaste tra-

vail d'ensemble longuement médité pour opérer en
toute justice ce remaniement fertile en discussions,
dont nous ne devons à aucun prix encombrer les
premiers pas de notre jeune République. D'ailleurs,
nous l'avons vu plus haut, libre à chacun se trouvant mal dans son ménage administratif, de s'efforcer d'en changer : le divorce, pour être difficile,
est permis en l'espèce. Mais la meilleure des séparations ne vaut pas le plus souvent un accommodement
amiable et surtout une bonne et sincère réconciliation. Cela est si facile de s'entendre ici-bas, en y
mettant chacun du sien !

Quoi qu'il en soit, rien de ce qui précède n'impli-
que ni ne justifie la destruction d'une des plus utiles
divisions administratives que la France républicaine
et impériale aient créées. Je crois l'avoir prouvé
dans les pages ci-dessus, corroborées par l'anecdote
précédente. Avec le canton en dessous, la préfecture en dessus, cela est, à mon sens, parfait. La
division des anciennes provinces, vieux reste
d'une féodalité qu'on ferait volontiers renaître sous
le nom de grands commandements militaires n'a
plus de raison d'être. Elle ne prendra point quoiqu'on rêve peut-être sous quelques épaulettes intéressées. Si vous n'êtes pas convaincus, je n'y
puis plus rien que vous engager encore, vous, surtout, les jeunes, à visiter Rambouillet, son parc et
son pavillon.

Allez-y de même, si vous êtes vieux ! Quand les
cheveux blanchis ne permettent plus que le sou-

venir, quand, fleur morte sur une tige séchée, les beaux sphinx ne vous cherchent plus : c'est du bonheur encore que d'évoquer les jours d'autrefois, de palper l'ombre du passé, d'égrener en silence les grains muets du chapelet de son cœur : comme au retour d'un voyage on relit d'un regard attendri les lettres éteintes d'un amour envolé !

CHAPITRE VIII

Les maires des chefs-lieux de canton, sous-préfets !

Un clou chasse l'autre, dit-on.

Pour pouvoir déloger les sous-préfets, il fallait leur trouver des remplaçants quelconques en expectative, intéressés à la réforme, donc prêts à la prôner, puis à en profiter. Il fallait surtout faire venir à soi la province, les arrondissements, qui, quelqu'aveugles qu'on les suppose, auraient pressenti la tyrannie préfectorale à résulter de cette démolition provinciale. C'est le premier acte de toute pêche. Cela se nomme appâter le poisson, en lui jetant des amorces sans hameçon, les plus appétissantes qu'on croit.

On a proposé de remplacer les sous-préfets par les maires des chefs-lieux de canton qu'on édifierait ainsi en sous-officiers-capitaines, à galons de maires avec épaulettes préfectorales. Sortes de chauves-souris administratives, lords-maires, gobernadores, beys, tout à la fois, sans être précisément rien de tout cela. Ni chair, ni poisson. Maires sous une face, préfets sous l'autre, avec deux visages, façon Janus ! chargés de par l'un d'administrer leurs villes comme devant, en simples magistrats à écharpe municipale : et, de par l'autre, de commander à leurs collègues des communes rurales, d'y voir clair dans le canton pour le préfet et au besoin de le remplacer, j'imagine, avec costume, empois, etc., tout ce qui constitue les idonéités générales et particulières du genre préfet. Comme si notre espèce maire n'avait pas déjà bien assez de tout cela par habitudes prises, sans lui en donner encore !

Eh bien ! quand on réfléchit à cette combinaison et qu'on l'étudie au point de vue pratique, ce n'est pas fort en vérité ! Voyons.

Aujourd'hui, en l'état actuel incomplet de notre loi municipale, les maires des chefs-lieux de département, d'arrondissement et de canton, sont nommés par le gouvernement. Pourquoi ? J'ai beau chercher une raison valable, je ne l'ai pas encore trouvée. Parce qu'il s'élèverait çà et là des maires trop puissants, comme les anciens maires de Paris ? Oui, cela est à craindre. Mais le moyen de conjurer ce danger n'est pas d'en créer un autre, en mijotant des conflits incessants entre ces maires et leurs conseils municipaux, à origines dissemblables. C'est de diminuer le pouvoir des maires en en faisant ce qu'ils doivent être, des administrateurs et rien de plus, les régisseurs de la commune, sous les inspirations, le contrôle et les ordres du conseil municipal.

Donc, un jour ou l'autre, il faudra revenir à la

raison, qui est que tous les maires, les régisseurs
de chaque commune, soient choisis par elle ; parce
que les communes de France, pas plus les villes que
les campagnes, ne doivent plus longtemps rester en
tutelle. Parce que cela offre encore moins d'inconvénients pour les villes que pour les villages. Parce
que c'est une lourde et inutile responsabilité que
s'ôtera le pouvoir en s'ôtant le difficile fardeau de
ces choix. Parce que moins le gouvernement heur-
tera directement d'intérêts divers, plus il sera
vraiment fort. Parce qu'enfin le vrai, le seul moyen
d'éviter des révolutions, c'est de diminuer l'ingérance de l'Etat dans tout ; de façon à ce que quand
il pleut on ne dise plus, et avec raison, puisque
l'Etat veut tout régir, « c'est la faute du gouvernement. »

Si le pouvoir ne garde plus ces nominations,
quelle force, même de simple conseil, le maire d'un
chef-lieu de canton aura-t-il sur son collègue maire
de campagne, son égal, qui ne l'a choisi ni pour
conseil, ni pour président, et qui souvent, par nature ou situation, est dans une sphère sociale supérieure à celle du maire de la petite ville ? De plus,
à un autre point de vue, ces maires n'étant plus les
hommes du pouvoir, triés, nommés par lui, comment
le pouvoir osera-t-il bien, avec ses habitudes administratives actuelles de mystères et de duplicité
souvent, comment osera-t-il leur confier ses ordres,
ses secrets, ses manœuvres à opérer dans tel ou
tel sens ? Donc, si l'Etat n'a plus ces nominations,

les maires–sous-préfets seront, d'une part, sans
force morale sur des collègues ; d'autre part, sans
la confiance de l'Etat, parce qu'ils ne seront plus
ses fonctionnaires.

Si, mettant en suspicion et en chartes privées,
donc en mécontentements, tous les conseils municipaux des villes, ce pouvoir garde ces nominations,
l'investiture d'autorité à ces maires sera plus préjudiciable encore. On fera de chacun d'eux un
sous-préfet au petit pied, sans bureaux, sans fonctionnaires pour l'aider, sans responsabilité vis-à-
vis de l'Etat dont il ne sera pas l'employé à gages,
sans force vis-à-vis de ses collègues maires dont il
sera le *primus inter pares* à titre étranger ; donc
en suspicion perpétuelle d'origine, aussi bien que
d'intérêts urbains contraires aux intérêts ruraux.

Dans les deux cas, c'est attiser, sans profit pour
le pouvoir et au détriment des forces générales du
pays, un antagonisme naturel entre les villes et les
campagnes, les citadins et les ruraux : soumettre
les uns aux autres, sans donner aux premiers une
autorité nécessaire sur les seconds, à peine de consacrer un régime d'injustices à craindre, donc à
éviter : diminuer, la grande et nécessaire et légitime autorité de l'Etat sur la commune, en établis-
sant entr'elle et lui une sorte d'intermédiaire bâ-
tard, irresponsable, juge et partie souvent, qui ne
sera d'aucun service ni au-dessus de lui, pour le
gouvernement, ni au-dessous pour les communes.

Je n'examine pas en détail où commenceraient et

finiraient les attributions nécessairement minimes
qu'on donnerait à ces maires — sous-préfets. Cela
m'entraînerait trop loin, sans compter que je serais fort embarrassé pour le faire — et vous aussi
qui voulez les inventer ? Nous serions, vous et moi,
quoique vous en pensiez, arrêtés dès la première
attribution. Ainsi, nos agents-voyers de canton et
nos instituteurs relèveraient-ils d'eux ? oui ou non ?
Si oui, quels abus de pouvoir de la ville sur les villages ! Si non, quel relâchement de tout dans l'administration !

Mais en voilà assez, je pense, sur ces fonctionnaires du rêve, sortes de caméléons, opérant gratuitement des métamorphoses incessantes entre les
tiraillements souvent contraires de la ville et des
villages. Ils auraient beau, comme le caméléon,
avoir un œil dirigé à droite, un œil dirigé à gauche,
autant de couleurs qu'il leur en faudrait changer,
des pattes pour marcher, des griffes pour grimper,
ils ne feraient que des ombres de sous-préfets sans
apprentissage *ad hoc*, sans prestige et sans autorité. Laissons-les dans les limbes, dont ils ne sor-
tiront probablement jamais : et, pour finir, arrivons
aux considérations générales : celles qui plus que
toutes autres, à mon sens, doivent nous faire non-
seulement garder, mais renforcer de notre mieux,
la très-utile institution des sous-préfets.

CHAPITRE IX.

Considérations de politique générale.

I

La cohésion, l'unité, est le premier besoin national de la France, sa loi de vie : par une raison très-simple, que voici :

Le pays, l'être que nous sommes, la France, est un être riche s'il en fût, plantureux et gras à lard, donc excellent à manger. Il n'est entouré que d'amis, c'est convenu ; mais ce n'est pas un motif suffisant pour que ces amis ne s'en appliquent à l'occasion, chacun une tranche, selon leur convenance ou leur appétit. Parce qu'on aime les gens, cela ne veut pas dire qu'on n'en goûterait pas ! Au contraire. On ne mange que ce qu'on aime, en général : à preuve, ce missionnaire, que ses convertis aimaient tant, qu'un jour, après boire, ils s'étaient mis à le manger et l'avaient trouvé si bon, qu'ils n'en avaient laissé que les os.

Cela ne se passe direz-vous, qu'en cannibalisme de peuplades primitives. Soit. Toutefois, je vous répondrai, qu'à les examiner de près, ce que j'ai fait, les cannibales sont des hommes comme nous qui ne diffèrent de nous, que beaucoup moins que vous ne pensez. J'ai vécu en amitié avec plusieurs d'entr'eux sans avoir partagé leur repas de fêtes, — ne me supposez pas plus noir que je suis — : je vous assure qu'au demeurant, c'était parfois de fort bonnes gens et de mœurs fort douces.

D'ailleurs, sans aller chercher si loin, veuillez vous rappeler qu'à Naples et en Sicile, pendant je ne sais quelle révolution de ce siècle, on a vendu de l'homme, au morceau, sur le marché, comme du vrai cochon, auquel le blanc ressemble beaucoup, dit-on, par le goût, la peau, et... Veuillez vous rappeler encore qu'en France, il n'y a pas des siècles... Mais, il est inutile de formuler des dizaines d'exemples : un seul suffit et celui de la Pologne n'est ni assez loin, ni assez éloigné de nous, pour ne pas nous servir de point de vue. Cela d'ailleurs, comme je vous l'ai dit, n'empêche pas les sentiments. Les Napolitains, les Russes et nous-mêmes, sommes de charmantes gens, aimables par excellence à l'état normal. Mais ce sont gens d'appétits :

..... L'occasion, l'herbe tendre,
Et quelque diable aussi les poussant.....

LA FONTAINE.

Ils tondent volontiers de leur voisin, l'épaisseur de la langue.

Ainsi, pour spécifier : nos bons amis de l'ouest s'appliqueraient volontiers une de nos ailes, à la bordelaise, comme jadis ; sans compter que Dieppe et Boulogne ne leur sembleraient pas mauvais avec quelque garniture normande ; un souvenir d'origine ! Deux autres amis du sud prendraient, sans trop se faire prier, chacun une cuisse, qui feraient merveilles : l'une comme complément du pays basque, l'autre au haut de leur botte. Ceux de l'est ayant un faible tout particulier pour le vin de Champagne, s'accommoderaient facilement de la seconde aile. Enfin, ceux du nord, étant les moins riches, se contenteraient de la tête : qu'ils feraient réduire sans remords dans leur Jésuitière, sous prétexte que Rome et les moines nous ont conquis avec eux. Cela se ferait en famille, comme pour la Pologne dont il n'est rien resté : ou même au besoin, en nous laissant notre carcasse, Bourges par exemple, de même qu'on avait commencé de nous faire aux lendemains de Crécy, Poitiers, etc.

Or, nous sommes au lendemain de Sedan : c'est-à-dire de quelque chose pire que Crécy, pire que Waterloo, car la garde n'y est pas morte, elle s'est rendue ! Pauvre patrie !

Sois maudit — Napoléon.

BARBIER.

Aux lendemains de ces malheurs, il faut veiller, veiller sans cesse et surtout être unis, disciplinés, n'ayant qu'un seul cœur, une seule âme avec un seul souffle, celui de la France. Pour qu'à l'heure du danger, nous soyons prêts, debout avec toutes nos forces, debout en un clin-d'œil, des Pyrénées à l'Escaut, de l'Océan à l'Alsace : sans résistance nulle part, sans mécontentement, ni mauvaise humeur : allégrement, en chantant quelque chanson nouvelle que fera l'un de nous quand sonnera l'heure. Debout avec nos pères républicains qui comme un coup de canon

> Lâchaient quatorze armées.
>
> BARBIER.

Pour que cette cohésion, grâce à Dieu, inentamée, reste entière et forte, telle qu'elle est, il faut que le pouvoir de l'Etat reste entier : que nulle part, pas plus dans la ville que dans le village, nul, si haut placé que Dieu l'ait fait naître ou monter, ne puisse entraver ce pouvoir. Que son autorité sache en une minute se faire sentir toute puissante, d'un bout de la France à l'autre ; afin qu'abeilles vigilantes, toujours prêtes, l'aile ouverte et le dard au vent, nous puissions, d'un seul vol, nous jeter, ruche ailée, sur le premier qui portera la main à la France.

Pour entretenir cette cohésion, notre loi de vie, il faut que l'Etat rayonne sans cesse jusque dans le dernier des villages : que sa main, sa force, sa toute puissance s'y fasse sentir incessamment par un de ses lieutenants, et ce lieutenant est le sous-préfet. Il ne peut y en avoir d'autre.

Ne le tuez pas, au moment où vous venez d'affranchir les maires de la nomination par l'Etat.

Ne le tuez pas, au moment où un vent salutaire pousse la France à organiser la liberté, le *self government* de tous et de chacun.

Ne le tuez pas au moment surtout où là-bas, à l'Orient, l'orage gronde et peut nous revenir, par quelque saute de vent qu'on rêve peut-être dans la pénombre de convoitises allumées par nos derniers revers. *Eia vigila Galle.* Veille, aigle républicain. Veille en aiguisant tes vieilles serres de 89 ; car demain, ce soir, peut-être, il te faudra les retrouver rajeunies !

Je n'ai pas besoin d'insister là-dessus, n'est-ce pas ? Notre cohésion et la force nécessaire de l'Etat sont en France, chez tous et chacun, une de ces convictions primordiales, instinct de vie, inutiles à démontrer. C'est comme le besoin de respirer, de manger. On le sent : cela suffit. Si vous voulez vivre en nation — et vous le voulez, n'est-ce pas ? — il faut avant tout rester unis, en faisceau formant corps homogène, soudé ensemble et prêt à marcher comme un seul homme, au doigt et à l'œil de la patrie.

Cela est même si bien dans notre essence de vie, notre instinct, donc dans notre nécessité de nation, que ce sentiment a été de tous temps celui de nos

pères, comme il est le nôtre : en vertu d'une loi
géographique probablement, qui fait qu'acculés à
l'Océan par un côté et par l'autre forcés de faire
tête à la marée humaine que la loi divine pousse
incessamment de l'est à l'ouest, nous avons de nature cet instinct primordial de cohésion pour pouvoir résister. Quoi qu'il en soit de la cause, cela
est dans notre sang comme la *furia* de la lutte. Nos
ancêtres gaulois combattaient parfois enchaînés,
pour se disjoindre moins : et l'idée de république
unitaire a su triompher presque sans lutte au siècle
dernier, malgré les efforts conjurés de l'Europe,
de la noblesse et du clergé pour nous faire dériver à la fédération.

II

L'unité, l'unité : voilà notre première loi nationale et si vous voulez un fait à l'appui de cette idée,
en voici un entre mille.

Il y a vingt ans, juste, je faisais, en qualité d'his-
toriographe de l'expédition de Kabylie, la campagne d'Ichériden, qui a fini de soumettre cet
indomptable pays, et a été, pour ainsi dire, le bouquet de notre conquête algérienne. A titre d'écrivain, j'étais aux yeux de nos alliés arabes, comme
de nos ennemis kabyles, une sorte de thaleb mara-
bout, moitié saint, moitié savant, car ils identifient
les deux choses, avec lequel ils conversaient volon-

tiers, pendant les longues heures du repos armé des camps. Naturellement, je profitais de cela pour apprendre leur nature très-curieuse à comparer avec celle de l'homme-enfant, indien, naissant, tel que je venais de le voir au nouveau monde.

Des tribus, plusieurs fois millenaires, comparées, sur places, dans leurs pays respectifs, avec des tribus deux à trois fois centenaires au plus. C'était curieux de rapprochements !

Un jour, comme je conversais avec un chef, notre prisonnier, très-sagace vieillard, il me prit de lui demander :

« Quelle était, à son idée, la cause première de nos triomphes et de leurs constantes défaites? »

« C'est, me dit-il, que vous êtes un, n'ayant qu'une tête, un chef; tandis que nous Kabyles, nous sommes cent tribus, cent têtes. »

Beaucoup d'autres encore, ainsi que lui, m'ont dit cela, pendant cette campagne; c'était même comme leur idée dominante. Or, il n'est peuple au monde qui sache observer toutes choses, morales et physiques, mieux que l'Arabe, le Kabyle, l'homme d'Orient, silencieux, méditatif et voyant clair avec son grand œil noir, trempé aux rayons de son soleil de feu.

III

Sur cette anecdote, j'entends d'ici mes anciens amis et présents adversaires royalistes, conclure de là à la nécessité absolue de la royauté.

Oh ! que nenni, mes chers dissidents !

La république ne saurait, en aucune manière, avoir la désunion pour conséquence. Au contraire ; c'est le seul moyen d'avoir cette union stable, solide, fondée sur le droit imprescriptible, permanent et absolu qu'a toute nation de choisir son gouvernement, parce que ce gouvernement ne peut et ne doit être, dès lors, que l'expression des volontés nationales. Voulez-vous, en passant, discuter là-dessus, pendant une page ou deux ?

Vous soutenez, vous, royalistes, que M. le comte de Chambord, pour lequel je professe, d'ailleurs, un double respect, celui d'un homme dont les pères ont été longtemps gouvernés par ses pères, et le respect qu'on a toujours pour quiconque se montre le digne héritier d'une grande race. Vous soutenez, dis-je, que le comte est notre maître, en vertu d'une nécessité sociale et d'un droit divin mystérieux, dont personne, que je sache, ne nous a jamais montré les parchemins célestes. Dont acte.

Vous soutenez, vous, impérialistes, que votre jeune prince est le produit hybride d'un droit divin qui n'a même pas le mérite de l'ancienneté et d'une élection permanente de la nation. Comme si la nation avait jamais dit et pouvait dire, qu'elle et ses descendants s'inféodent à une famille pour l'éternité ! Dont acte.

Vous, Messieurs les orléanistes, je ne vous fais ni ne puis vous faire rien dire. Vous ne soutenez rien et ne pouvez rien soutenir : si ce n'est que

cela ferait plaisir à vos princes de prendre encore
une fois le trône ébranlé par leur grand-père,
puis leur père et enfin occupé par ce dernier.

Nous soutenons, nous, républicains, exactement le
contraire de tout cela au nom de l'examen des faits,
de la raison grandissante de l'humanité et du progrès des institutions humaines, en vous disant :

Qu'est-ce qu'une nation ?

C'est une association d'êtres. Toute association a
le droit rationnel de choisir, donc de changer à son
gré son gérant, son directeur, son président : ap-
pelez-le comme il vous plaira.

Vous croyez avoir raison? Et nous donc.

Qui nous départagera?

Dieu? si je le vois, l'entends et le touche : je
m'incline. Sinon, non. Pire que saint Thomas, car...
vous fabriquez trop de miracles sous nos yeux,
Messieurs les jésuites. Cela nous fait douter des
autres. S'ils sont comme ceux de Lourdes ? . . . . .

Dieu ne venant pas, il faut aviser cependant, et
consulter l'association, la nation, la France ; car
nous ne pouvons pas discuter éternellement sans
aboutir à rien. ·

La nation consultée vous a répondu : la république
avec un président. Nous choisirons pour président,
non celui qui nous apportera le plus de parchemins ;
car alors il faudrait prendre quelque chef kabyle,
descendant des Berbers-autochtones, de bien avant
Jésus-Christ, ou, mieux encore, quelque vieux Chinois, dont l'aïeul a sauté sur les genoux d'Adam, il

y a dix mille ans ; tous deux autrement riches que vous en généalogie. Mais nous choisirons celui de nous, que nous croirons le plus apte à nous bien gouverner; comme pour diriger une barque, une armée, une affaire, on choisit le pilote qu'on croit le meilleur.

Sera-ce notre président actuel, le maréchal de Mac-Mahon, réélu, en raison de la loyauté jusqu'à ce jour absolue, avec laquelle il a déféré aux vœux du pays?

Sera-ce notre président d'Assemblée, M. Grévy, appuyé sur son passé républicain, son habileté froide, sa prudence au fauteuil de la présidence de notre Assemblée et de la précédente ?

Sera-ce M. Gambetta, en souvenir de son opiniâtreté de défense pendant la dernière guerre, de son patriotisme ardent et de son sens politique chaque jour croissant ?

Je n'en sais rien et n'en ai cure encore : parce qu'il nous faudra longuement, avec soin et attention, examiner encore avant de nous décider. Qui de vous choisit les yeux fermés, son régisseur, son gérant, ou simplement son cheval? Personne de sensé. Donc avant tout, nous comptons bien, n'est-pas, examiner de près et à notre aise, pendant les trois ans qui nous restent, celui que nous élirons?

Tout ce que je puis vous dire, dès aujourd'hui, est qu'il faudra choisir un chef qui nous dirige au lieu de rester à la remorque de la nation; comme depuis un siècle ou deux marchent tour à tour, emboîtant le pas, presque tous nos souverains consti-

tutionnels ou autres. Car on dirait que, sous ce
rapport, ils se sont donné le mot pour nous suivre
au lieu de nous conduire. Nous avions, par souvenirs d'amours qui nous ont coûté cher, pardonné
les folies d'ambition et jusqu'au crime présidentiel
de notre dernier empereur; espérant sur ses éti-
quettes de nom et d'ouvrages, qu'il changerait enfin de mode souveraine, pour marcher en avant de
nous, comme il avait promis de le faire. Pendant
quelque temps même, il montra des velléités de ce
genre, qui nous firent le garder. Mais, comme il en
a rappelé depuis, devenant peu à peu le *dévot fils*
du pape, le sommeillant empereur, César du bas-
empire, si enseveli dans sa pourpre qu'il ne voyait
plus rien! Et quelle chute!

Tout ce que je puis vous dire dès aujourd'hui,
est qu'il faudra choisir un homme trempé pour être
chef, avec du caractère, ce qui manque le plus de
tout au temps dont nous sommes. Un homme qui
s'incline devant la volonté du pays, cela va de
soi, mais qui sache d'abord proposer au pays ce
qu'il croit utile; sans passer sa vie à ménager la
chèvre et le chou, entre les royautés mortes et la
république étouffée, poussé, traîné, passif, végétant
sans conscience et sans but. Si vous ne pouvez pas
mener la nation où vous pensez qu'elle doit aller,
retirez-vous. Mais pour Dieu soyez chef, vous qui
nous voulez conduire et depuis deux siècles nous
conduisez si peu, sauf un qui nous a surmenés.

A part cela, que ce président se nomme Pierre

ou Paul, Nabuchodonosor ou Chrysostome, pourvu qu'il nous mène bien et que nous ayons par les Chambres, le droit et le pouvoir de l'avertir : par l'élection, le droit et le pouvoir de le changer s'il gouverne mal : que nous importe son origine ou son nom. Au-dessus, bien au-dessus de toutes les personnalités quelles qu'elles soient, quelque sympathiques même qu'elles nous puissent être, il y a une chose qui domine et doit dominer tout : c'est l'intérêt de la France, car cet intérêt c'est le nôtre à tous, et plus que jamais, à cause de l'état de l'Europe.

Cet intérêt cherchons-le sans cesse et avant tout ; sans nous préoccuper de questions de personnes qui ne sont que secondaires ; sans nous laisser entraîner à nos fougues, ni encore moins ramener en arrière vers des restaurations impossibles, qui seraient le signal d'une guerre civile sans fin. L'union, l'union sur une seule idée, l'idée républicaine : sauf à discuter ensuite à notre aise sur les conséquences de ce régime nouveau.

A nous tous, l'immense majorité, la presque totalité du pays, qu'est-ce que cela nous fait, MM. de Chambord, d'Orléans ou de Bonaparte ? Ils ne nous ont pas donné l'être. Ils n'ont en poche, à notre service, quoi qu'en disent leurs partisans, ni le bonheur, ni la fortune, ni même simplement le plus petit louis d'or. Et si vous saviez, combien peu au fond, ces aspirants maîtres se soucient de nous, pauvres hères? Ce qu'ils veulent tous ou presque tous, depuis que le monde est monde, c'est leurs trônes comme ils disent : leurs trônes, avec le pouvoir, les traitements, les palais, les bien-êtres attachés à l'emploi. Mais nous! c'est le cadet de leurs soucis. Au nom du pays, au nom de la France, au nom de l'unité notre loi de vie, ne vous occupez donc plus d'eux, mes chers compatriotes.

Laissez à leurs regrets, ou, pour être plus exact, à leurs poses et leurs espoirs d'emplois, leurs partisans divers, chambellans, ministres, préfets en souvenirs ou en rêves. Laissez-les : ils crient beaucoup et si fort qu'on les croit des millions, quand ils sont quelques milliers au plus, directement interressés à des restaurations, donc les désirant avec ardeur. Mais nous tous? à quoi bon, je vous le demande, nous mettre martel en tête à l'endroit de gens dont vous voyez bien que nous nous passons depuis sept ans, sans nous en porter plus mal. Laissons-les à leurs espoirs de postes lucratifs, décorés du nom de regrets ; pour ne penser, n'aimer, ne regarder qu'une chose, la patrie et ses intérêts.

La patrie, c'est-à-dire nous tous : vous, moi, nos mères, nos femmes, nos filles, nos enfants, nos maisons, nos champs, notre vie; la patrie, l'*alma parens*, la vieille France adorée,si grande sous nos pères, si grande sous nos fils ! si nous savons leur léguer la grandeur et la paix, c'est-à-dire la république une et sans divisions de partis, sans vains espoirs de prétendants fossiles, à usage du Muséum mais non des Tuileries.

IV

Je pourrais borner là ce chapitre et passer au résumé de cette première partie, car la considération précédente domine tellement toutes les autres, à mon sens, qu'il n'y a plus après elle qu'à tirer l'échelle en quelque sorte; s'en aller en laissant les arrondissements intacts et même renforcés, comme nous avons dit.

Mais, j'ai promis au début de traiter tous les côtés politiques de l'affaire. Il en reste un, le plus délicat à examiner, parce qu'il touche à des questions presque personnelles. Je le dois traiter comme les autres cependant, sous peine de m'attirer de légitimes reproches ? Je veux parler du vote au scrutin de liste, c'est-à-dire de la cause originelle, probablement, de la croisade entreprise contre les sous-préfets. Car les partis sont comme les hommes, très-malins pour dissimuler leurs buts véritables et ainsi donner le change à leurs adversaires.

Le parti républicain, sentant que le suffrage universel, la seule base de l'empire, devait échapper tôt ou tard à l'empire ; et, par suite, l'attaquant surtout par le suffrage universel, prêchait entr'autres réformes, pour en arriver à ses fins, le rétablissement du scrutin de liste. C'était, dès lors, comme plus tard dans le cloaque malsain de l'ordre moral, le cri d'ensemble de notre parti, avec raison à ce moment, sans raison aujourd'hui, comme j'essayerai de le prouver tout à l'heure.

On espérait, et justement, que, par ce moyen, l'idée l'ibérale percerait plus facilement les ténèbres de l'idée de clocher. En ce sens, que, lorsqu'on lancerait en avant, dans les jambes pléthoriques de l'empire, des noms libéraux connus, tels que Victor Hugo, Louis Blanc, Quinet, Jules Simon, rien ne tiendrait contre ces noms, même dans les campagnes, si rebelles qu'elles étaient alors à la lumière, par sentiment, habitude et besoin de repos inhérents à l'homme travaillant solitaire. Le plus gentilhommé des repus de l'ordre immoral, impérial ou post impérial, ne tiendrait pas contre de tels noms : et, le corps législatif, se peuplant peu à peu de nos hommes, arriverait ainsi peu à peu à la liberté, puis à la république, sa fille.

De plus, les meneurs subalternes du parti républicain, qui, dans chaque département, résidaient par force au chef-lieu, dans la ville, trouvaient et trouveraient encore dans le scrutin de liste un moyen pratique de s'imposer au reste du département. Les cantons isolés entr'eux, ne se connaissant pas, opposés souvent d'intérêts et d'opinions, seraient à la merci presque certaine de ces meneurs qui leur imposeraient non pas tant des idées politiques dont souvent ils ne connaissaient que l'étiquette au plus, mais ce qui les intéressait bien davantage, leurs hommes, c'est-à-dire eux-mêmes :

Moi, moi, dis-je et c'est assez.

Ils˙ n'avouaient pas cela évidemment. Personne, en politique, pas plus qu'en affaires, ne dit son dernier mot. A quoi bon et pourquoi, puisque les adversaires ne le disent pas ?

Ils disaient simplement, que si le scrutin par arrondissement l'emportait, on aurait une chambre aristocratique et réactionnaire s'il en fût, parce qu'il n'y arriverait que des hobereaux de noblesse, d'agriculture ou d'industrie, entichés de leur prédominance et n'acceptant quoi que ce soit de progrès, etc., etc.; bref tous les arguments en faveu du scrutin de liste contre le scrutin d'arrondissement.

Puis, sur cette idée, en avant cymbales et grosse caisse contre les sous-préfets, zim, zim, boum, boum!

Entrez badauds, cela ne coûte qu'un sou ! On y voit un sous-préfet mangeant les cailloux des chemins ! Un autre avalant des maires embrochés comme des éperlans !

Tam, tam, boum, boum !

Ils savaient bien, les malins, que les sous-préfets une fois abattus, les arrondissements s'en iraient d'eux-mêmes à la dérive de leurs têtes et que les arrondissements partis, le scrutin de liste règnerait seul seigneur et maître des départements. Tarquin abattant les têtes des fleurs qui dépassaient les autres ; je ne sais plus qui, cassant une à une les baguettes du faisceau républicain ; M. Rouher effeuillant l'artichaut, poursuivaient tous la même idée

aufond ; niveler, affaiblir, diviser pour régner. C'est
la lutte des partis entr'eux et il n'y a pas plus à
s'en indigner qu'à s'en troubler. Seulement, c'est à
nous, dont le devoir est d'y voir clair, de ne pas nous
laisser prendre à ces trompe-l'œil, ces tam, tam, et
à ne pas entrer dans les boutiques qui empochent
les votes des gobe-mouches, sans leur donner en
échange qu'un faux ogre ou un faux progrès.

Depuis l'époque où florissait cet engin de guerre,
il est arrivé deux choses :

La première est que l'idée républicaine a triomphé malgré ses ennemis ou à cause d'eux ; parce
qu'ils ont eu beau s'associer pour la perdre, ils
étaient si divisés qu'ils n'ont pas pu s'entendre jusqu'à la fin. La République est aujourd'hui le gouvernement légal, la loi de tous, et une loi qui subsistera, j'espère : malgré ses détracteurs, intéressés
ou dupes, qui la voudraient démolir au profit de
quelques affamés d'emplois, embusqués au coin de
nos fautes, pour nous sauter à la gorge, en nous
disant : la bourse et le trône.

Ce à quoi nous leur répondons, en paraphrase de
la caricature :

La bourse est un monument où il ne fait pas bon
de risquer son argent : le trône est un marchepied
pour monter en place de Grève !

La seconde est que notre présente Assemblée,
pour être sortie du scrutin d'arrondissement, n'est
ni impérialiste, ni encore moins royaliste, autant
qu'il paraisse : et que je ne vois pas pourquoi ses

cadettes ne seront point, comme l'aînée, beaucoup
plus dévouées à la France qu'à tel ou tel prétendant
qui, eût-il plus de lignées ou de valets que les Bonaparte eux-mêmes, n'a cependant pas tout le
monde.

La République étant au pouvoir, et voulant et devant y rester dans l'intérêt du pays, doit penser et
agir autrement que lorsqu'elle battait un trône en
brèche : c'est-à-dire consolider ce pouvoir sans le
rendre arbitraire, mais en le faisant équitable, fort
et inattaquable. Pour cela il lui faut amener à elle,
par le raisonnement et la démonstration de leurs
vrais intérêts, non-seulement les masses qu'elle a,
mais tous les citoyens honnêtes, y compris les gros
bonnets des arrondissements, parce que ces bonnets couvrent les têtes du pays : et repousser d'elle,
au contraire, les agitateurs stériles, turbulents, né-
fastes, qui, çà et là, hurlent encore dans quelques
centres, prêts à se vendre au premier prétendant
venu, impérial ou royal, et, en attendant, faisant
tam, tam pour qu'il les vienne acheter.

La République étant au pouvoir et voulant et devant y rester, doit se faire avant tout conservatrice
du pouvoir, de la propriété, de la famille, de la religion : toutes bases sociales, auxquelles nul peuple
ne touche impunément, sans s'étioler jusqu'en ses
racines. Conservatrice laborieuse et non dormante,
raisonnante et non affolée de peur, fière et non vaniteuse, libre et non esclave, qui travaille ses
champs, taille ses arbres, entretient ses maisons,

soigné ses biens, ses routes, ses écoles, ses églises,
sa politique, toutes ses affaires enfin, privées et publiques, avec ordre et vigilance. Conservatrice qui
cherche le progrès au lieu de le fuir, et, à ce titre,
accepte, patronne, propage toutes les idées nouvelles,
justes, utiles et opportunes. Mais conservatrice en
somme : parce que la France, la vieille France de
Charlemagne et de la république n'est pas un écu-
meur de grandes routes n'ayant rien à perdre, ni
honneur, ni liberté, ni travail, ni fortune. C'est une
grande et vieille race honorée, libre, laborieuse,
riche, dont le devoir et l'intérêt sont de rester à la
tête de la civilisation de son temps de toutes les
manières. Or, pour rester à ce poste, il lui faut non
seulement se défendre, mais défendre ses biens divers l'épée au poing, contre ses ennemis divers
quels qu'ils soient : rivaux haineux, moines rapaces, émeutiers destructeurs, prétendants de tous
rangs, n'importe qui enfin veut faire ripaille avec
la patrie en morceaux !

V

Pour finir, on cite encore à la rescousse des
sous-préfets deux arguments très en usage, savoir :

La nécessité des sous-préfectures au point de
vue constitutionnel, à cause des circonscriptions
électorales pour les députés , et des conseillers
d'arrondissements pour les élections sénatoriales :

L'utilité des mêmes sous-préfectures, pour servir

à la fois de pépinière et de noviciat aux préfets.

Mais ces deux arguments, quoique très-répétés, m'ont toujours paru plus que médiocres.

Le premier, parce qu'on pourrait laisser les arrondissements et leurs conseils subsister d'une manière fictive : sauf à régulariser la situation, plus tard, à la prochaine révision de la Constitution.

Le second, parce que les secrétariats généraux de la préfecture suffisent très-bien pour ce genre de noviciat et sont mêmes préférables aux sous-préfectures, puisqu'ils ont à côté d'eux un maître tout trouvé, chaque préfet, pour donner des leçons à l'élève : ce que les sous-préfets n'ont point à aussi facile portée.

Je ne m'occupe donc pas plus longtemps de ces deux arguments et arrive au point capital de ce travail : c'est-à-dire aux conclusions, à une sorte de programme succinct de ce que nous devons faire présentement pour remettre la France tout-à-fait sur pied, telle qu'elle doit être et sera.

CHAPITRE X

Résumé, conclusions et réformes.

I

Vous savez maintenant:

D'où est née la question? D'un intérêt politique, qui, ayant triomphé, est aujourd'hui désintéressé.

Comment elle a grossi? Par suite des fautes du dernier empire, à laisser les préfectures, c'est-à-dire leurs bureaux absorber tout le labeur des sous-préfectures et des communes, jusqu'à paralyser ces deux existences : à choisir, ou plutôt à ne pas choisir, ses préfets et sous-préfets, pour prendre,

8

aux hasards des recommandations, n'importe qui savait intriguer assez pour se faire bien venir au château.

Pourquoi la suppression des sous-préfets serait funeste aux intérêts généraux du pays, politiques et administratifs ? Parce que leurs remplaçants proposés, les préfets et les maires de chefs-lieux de canton, sont insuffisants à faire à la fois leur besogne et celle des sous-préfets.

Comment cette suppression entraînerait par force celle des arrondissements ? Parce que le sous-préfet étant la tête de chaque arrondissement, cette tête une fois coupée, le corps ne tiendrait plus debout. Je doute qu'on ait jamais vu un guillotiné marcher.

Comment cette suppression porterait en France un trouble général et profond ? Car elle déposséderait de leurs situations de sous-préfectures 275 villes importantes, pour ne pas enrichir les chefs-lieux de cantons et en produisant dans chaque chef-lieu départemental un encombrement, donc une stagnation et un désordre considérables.

Pourquoi, au lieu de supprimer les sous-préfets, il faut, au contraire, leur restituer la solution d'une multitude d'affaires accaparées par les bureaux des préfectures, et même augmenter leurs pouvoirs ? Parce que, pour les populations aussi bien que pour l'Etat, il doit y avoir dans le centre local qu'on nomme arrondissement, un homme jeune, actif, capable, pour étudier les affaires sur les lieux : en résoudre la majeure partie et, représentant de l'Etat, parler, agir, gouverner pour l'Etat.

Comment, enfin, nous résumant par une image vulgaire, mais qui précise bien la situation, il faut non point renverser notre pot-au-feu, ce qui nous priverait de soupe, mais l'écumer, parce que depuis le temps qu'il bout et par les feux qu'il a subis, la marmite est pleine d'écume.

II

Abordons maintenant les conclusions de notre travail, en commençant par les préfets et une anecdote probante sur leur récente insuffisance.

Il y a quelques années (je ne dirai ni noms, ni dates, pour ne froisser personne), comme je revenais d'une mission en France dans un tiers environ des départements, le ministre me dit à la fin de notre entretien :

« Et mes préfets ? qu'en pensez-vous ? »

« Mon Dieu, M. le Ministre, cela n'était pas mon affaire de les examiner, je ne saurais vous en rien dire. »

« Je vous le demande. Vous ne me ferez pas croire que vous ne les avez pas jugés pendant le cours de votre mission ? Voyons : combien avez-vous trouvé d'hommes parmi eux. »

« Ma foi, un et peut-être deux avec, au plus : trois sur trente. »

« Ah! Vous en avez trouvé tant que cela? Eh bien! moi, je n'en ai pas trouvé du tout. C'est déplorable. »

« Je croyais que vous étiez ministre de l'intérieur. S'ils sont ainsi, c'est votre faute, il me semble, M. le Ministre. »

« Ah! vous croyez cela? Est-ce que c'est moi qui les nomme? On me les impose et je signe, voilà la vérité. »

Je pris congé et rentrai chez moi, triste ; car, à partir de ce jour, je démêlai vaguement dans notre avenir quelqu'une de ces grandes catastrophes, qui perdent à la fois les empires et les nationalités.

D'où viendrait le cataclysme? Je ne savais, et, à coup sûr, ne le redoutais point par le côté d'où il est venu, car j'étais abusé comme tout le monde. Je croyais notre armée nombreuse et forte. Mais la chute devait arriver un jour ou l'autre, et je m'attendais à quelque révolution intérieure, sanglante ou soudaine, comme en 1830 ou en 1848. De fait, d'ailleurs, si cette révolution n'a eu lieu qu'à la guerre, c'est que l'empire l'a évitée par la guerre et ainsi l'a précipitée au lieu de la conjurer. Mais il se sentait mourir; il s'est jeté dans un remède empyrique; le remède l'a tué. *Quos vult perdere Jupiter dementat.*

Si nous ne voulons pas retomber dans l'état de l'empire à son déclin, il faut, d'abord, choisir bien nos préfets, donc nos sous-préfets et ne prendre les premiers que parmi les seconds ou parmi des maires,

des conseillers généraux, des directeurs de minis-
tères, rompus de longue date à l'administration. On
peut presque improviser un général d'armée. On
n'improvise pas un préfet, parce qu'un bon préfet
doit être un composé façonné par le temps, d'expérience, de capacité, de lumières, de sagacité équitable surtout ; un homme enfin digne d'exercer dans
chaque département les fonctions les plus difficiles
de toutes à exercer, celles de gouvernant.

Pour faire de bons préfets, il faut de bons sous-
préfets, de même que pour avoir de bons poulets, il
faut avoir de bons œufs, de bonne provenance. Nous
devons donc d'abord les choisir autant que possible
dans des familles honnêtes, probes, les meilleures
du pays s'il se peut ; les faire passer par le crible
nécessaire des diplômes de lettres ou de sciences et
de droit ; puis enfin par un examen *ad hoc*, avec
épreuves diverses, nombreuses, répétées et durant
pendant plusieurs semaines, comme des composi-
tions de beaux-arts et plus multiples encore, parce
que l'affaire est bien plus importante.

Quand on a choisi des œufs pour les mettre cou-
ver, on ne s'en tient pas à ce choix, n'est-ce pas ?
On les mire tous l'un après l'autre au soleil ou à la
lumière, pour être aussi sûr d'eux que possible. On
examine des œufs pour basse-cour et on n'examine-
rait pas des sous-préfets, notre pépinière d'administrateurs ? C'est absurde.

Sur toutes choses, nous devons impitoyablement
renvoyer les mauvais sous-préfets, parce que, comme

ils font souches de préfets, le mal devient chronique et si grave qu'il y a danger pour les préfets ; les renvoyer, après jugement par une commission, afin que cela ne puisse pas se faire sur un simple caprice ministériel, brisant ainsi un avenir respectable; mais il faut les renvoyer sans pitié.

Cela fait, nous aurons accompli le plus difficile et le plus important de l'administration. Tout le reste découlera de là, d'autant mieux que, par suite de meilleurs choix, nous ne serons plus amenés comme nous le sommes à les changer de place sans cesse ; une des pratiques gouvernementales les plus funestes qu'il y ait au monde.

Quelle autorité, quelle force, quelle influence, même de simple conseil, veut-on qu'aient sur les populations des préfets et sous-préfets qu'on change comme on change les soldats de garnison ; pour qu'ils n'y contractent pas trop de liens ; juste le contraire de ce qu'il faut !

Est-ce que l'armée bouscule ainsi ses colonels, à tout propos, en les faisant circuler sans cesse d'un régiment à un autre ? Est-ce qu'il y a une grande affaire bien menée, une seule, qui change tous les ans de directeur ?

Et cela, pourquoi le plus souvent ? Parce que préfets et sous-préfets importunent ou font importuner le pouvoir qui ne sait pas résister ?

« Avancez-les sur place, Monsieur le Ministre, au lieu de les changer. Faites des classes entre eux, plutôt qu'entre les préfectures. Mais, sur toutes

choses, Messieurs du portefeuille présents ou à venir,
daignez penser que nos départements, la France,
n'est pas faite pour les préfets, mais bien les préfets
pour elle ; qu'en conséquence, vous devez les dé-
placer le moins possible, quoi qu'ils disent, intri-
guent et demandent. »

III

Il faut en même temps, et cela peut se faire de
suite, par une Commission *ad hoc*, revoir notre
monceau de lois, d'ordonnances, de décrets,
d'arrêtés, ayant force, qui, non-seulement encom-
bre, mais écrase notre société actuelle. Il y a là des
anomalies sans nombre dues à la multiplicité
variée des gouvernements par lesquels le pays a
passé depuis un siècle. Nous avons une loi ou un
décret dans tous les sens, même les plus opposés
entr'eux. Où est, dans ce pêle-mêle confus, l'équité,
la loi vraie ?

De là résulte fatalement un trouble absolu dans
les consciences d'abord, puis dans l'Etat et la justice. Chaque préfet, magistrat, directeur, a, pour
justifier ses caprices, une loi toute prête sous la
main, qu'il n'a qu'à citer, à grand renfort d'atten-
dus et de considérants : la chose est faite. Vous êtes
poursuivi, jugé, condamné, le plus légalement du
monde, sinon le plus équitablement.

Les hommes sont des hommes, avant d'être préfets, magistrats, directeurs. Ils ont des passions comme nous. Ils y obéissent. C'est à l'Etat à ne pas leur laisser sous la main des armes à tous tranchants pour s'en servir contre ses gouvernés, ceux qu'il a devoir de défendre et non de traquer, comme gens taillables et corvéables à merci. Car il y a encore là une tendance générale, très-mauvaise, à réformer chez nombre d'employés, surtout de hauts grades. Il semble que, pour ces Messieurs, tout citoyen soit une sorte de paria, qu'eux, buralistes, ont devoir de soupçonner, de plumer et d'envoyer au diable par dessus le marché. L'Etat, Messeigneurs, est un *pater familias* : non un gobesec de la famille qu'il administre.

Il y a donc urgence à faire le travail d'expurgation dont je vous parle ; urgence par les motifs sus indiqués, et, pour bien montrer aux populations qui doutent encore çà et là de la République, qu'elle est bien et définitivement assise en France. Aucun des gouvernements éphémères qui se sont succédé chez nous depuis un siècle n'eût voulu faire cela, et le mener à bonne fin, dans la crainte d'enlever ainsi des forces à son chancelant pouvoir. La République n'hésite point. Ce n'est pas une souveraine de rencontre, toujours en lutte avec son peuple ; elle n'a pas besoin de ces armes iniques et d'elle-même les brise.

IV

Diminuer la paperasserie administrative et le nombre des employés, non pour faire une pauvre économie de quelques millions : le jeu, comme on dit, ne vaudrait pas les chandelles, parce que cette réforme portera nécessairement dans les administrations et dans beaucoup de familles un trouble et des souffrances funestes ; mais pour désencombrer la machine administrative d'une légion de machinistes à peine occupés souvent, qui, ne la servant pas, l'obstruent et surtout poussent la France à ne plus désirer, chercher, pratiquer autre chose que l'employomanie. Ce n'est pas un métier que celui-là pour les fils de nos pères, actifs et hardis, les enfants de la grande France aux grandes ailes d'aventures, pionniers des Amériques et conquérants des Indes.

Ce n'est pas un métier, car il ne donne que du pain sec, avec une vague idée d'avancer et encore plus la probabilité de végéter toute sa vie, sans horizons, sans espoirs, sans liberté. Si, comme dans certains pays que je ne nommerai pas, l'administration était un moyen à usage des cuisiniers, de faire danser l'anse du panier de l'Etat et ainsi de s'enrichir malhonnêtement, mais enfin de s'enrichir à la mode de ces contrées, cela se comprendrait encore ; l'homme est un animal si rapace ! Mais en

France cette pensée ne vient même pas à nos employés.

Il faut à cet égard leur rendre toute justice, ainsi qu'à notre magistrature. Nulle part, je crois, même chez les Anglais, on ne trouve fonctionnaires et juges plus probes que les nôtres. On peut, à bon droit, leur reprocher d'être passionnés, arbitraires, vexatoires, mesquins : mais improbes, presque jamais. Ceci soit dit très-haut et à leur honneur, au moment où ils sont le plus attaqués et où celui qui écrit ces lignes souhaite ardemment d'en voir diminuer le nombre, dans leur intérêt même, pour qu'on les puisse payer mieux.

Leur métier, tel qu'il est, n'est qu'un éteignoir pour eux, un éteignoir pour nous. Il est temps d'y renoncer le plus possible, chacun de notre côté dans chaque famille, et d'élever nos enfants autrement que sous la jupe maternelle jusqu'à vingt-cinq ans, sans faire autre chose que des métiers de scribes ! L'agriculture, le commerce, les entreprises intérieures et extérieures, les voyages lointains sont là qui nous réclament avec la considération et l'argent que donnent le travail libre et le sentiment de son utilité humaine. Vrai Dieu ! cela vaut mieux que de se traîner d'antichambre en antichambre, en quête de protecteurs; caresser le carlin de la duchesse qui vous mord, le matou de la portière qui vous méprise; et, les coudes arrondis, la bouche en cœur, rampant, s'aplatir en punaise devant chaque potentat du rond de cuir !

Tout cela pourquoi? Pour végéter toute sa vie, les culottes sur une chaise, entre quatre murs nus, sans air et sans soleil! Pouah!

> Aimer, boire et chasser, voilà la vie humaine
> Chez les fils du Tyrol, peuple héroïque et fier,
> Montagnards comme l'aigle et libres comme l'air...
> .... Terre simple et naïve,
> Tu n'aimes pas les arts, toi qui n'es pas oisive.
> D'efféminés rêveurs tu n'es pas le séjour ;
> On ne fait sous ton ciel que la guerre et l'amour.
> On ne se vieillit pas dans tes longues veillées....
> Mais l'amour de ton cœur s'appelle d'un beau nom
> La liberté...........................
>
> Musset.

V

Laisser, laisser faire la liberté autant que possible sans tomber dans la licence, qui n'est qu'un despotisme, celui des audacieux sur les timides.

Liberté des communes, de la presse, des réunions, des associations même: en tant qu'aucune de ces libertés ne troublera l'Etat et surtout ne s'unira sous l'empire de pactes contraires à la morale, aux lois et aux intérêts de la patrie : telle l'association des jésuites entr'autres, dont le pacte monastique transgresse de plusieurs manières ces règles fondamentales de toute société.

Par quel don de prescience surhumaine, un gouvernement placé au loin, peut-il savoir toutes les affaires de notre commune, par exemple, mieux que notre commune elle-même et son conseil municipal? Est-il Mentor-Minerve ? Et à quoi cela

lui sert-il de se mêler de notre ménage, comme ces
maris qui tourmentent leurs femmes sur le sel ou
le calicot ? Qu'il gouverne de haut, non pas en
tatillon-chauffe la couche et n'intervienne qu'en
cas de désordres graves ou si on réclame son intervention. Il doit diriger, sans cuisiner lui-même ;
sous peine de se salir les mains, de ne pas suffire
à sa tâche, d'y voir moins clair, de faire tout mal
et ainsi de mécontenter tout le monde.

Sous prétexte que je me nomme, la presse et
parle tous les jours, de quel droit le gouvernement
prétend-il m'empêcher de ratiociner, déraisonner,
jaboter à mon aise sur la religion, la politique, les
mœurs, les affaires, le tiers et le quart ? Il me mène
où il veut. Je pense et parle de lui comme je veux.
La lutte est ouverte en permanence et le pays juge.
Depuis que la presse existe, on a fait mille lois
pour la réprimer, la baillonner même : à quoi a-t-on
abouti ? A rien absolument et on n'aboutira jamais
à rien ; parce qu'on ne peut pas plus m'empêcher
d'écrire que de parler et de parler que de penser.

Le droit commun pour le livre, pour le journal,
pour quiconque écrit. Il n'y a pas d'autre règle à
établir, et cette règle là les vaut toutes.

J'ai, journaliste, auteur, particulier, peu importe,
insulté, M. ***, dans un écrit. Il s'adresse à la
justice, exactement comme si je l'avais insulté de
vive voix dans la rue et demande contre moi des
dommages-intérêts.

J'ai, journaliste, auteur, particulier, outragé la

morale en étalant l'éloge ignoble d'une infamie quelconque. Le préfet de police, gardien des mœurs, s'adresse à la justice et demande des dommages-intérêts, c'est-à-dire une amende ou un emprisonnement, selon la faute.

J'ai journaliste, etc., insulté une religion reconnue, l'archevêque ou le grand rabbin s'adresse à la justice et demande des dommages-intérêts pour son temple.

Le juge, ou mieux le jury assisté du juge, décide s'il y a outrage ou non : apprécie le dommage que j'ai causé, selon l'offense : et règle l'amende ou la peine que je dois subir, en vertu des lois qui prévoient le cas dont il s'agit. Il n'y a pas besoin d'autre chose.

Au panier toutes les lois de presse, embrouillées comme un écheveau mêlé, qui, depuis un siècle, entortillent la presse, sans produire autre chose que : faire d'elle une victime intéressante, parce qu'elle est l'objet de poursuites à part : et, l'irriter, donc la faire crier plus fort et la pousser par nécessité de défense à sans cesse tout piétiner pour se débarrasser de ses entraves. Comme ces gros bourdons, pris dans une toile d'araignée, qui grondent, s'agitent et finissent le plus souvent par tout bousculer chez la vieille dame aux trames gluantes mais débiles pour si grosse mouche !

Nous sommes cinquante, cent citoyens qui voulons une réunion, peut-être même nous unir, pour divaguer sans relâche sur le ciel ou les fromages et former une société de courses dans la lune !

De quel droit voulez-vous nous empêcher de faire tout cela ? Qui vous dit que nous n'allons pas inventer un ballon pour ces voyages, découvrir une mer de fromages mous et en amener un filet sur terre ? Mais c'est absurde ! C'est notre affaire. Comme la femme de Martin qui voulait être battue, je veux me ruiner, moi. D'ailleurs, comment pouvez-vous savoir, si, au lieu de nous ruiner, nous ne ferons pas notre beurre avec ce fromage ? Parce que vous êtes gouvernement, êtes-vous la science infuse ?

La liberté, pour Dieu ! Qu'est-ce que cela fait à l'Etat que je me ruine ? Est-ce que son repos, son crédit, son avenir seront troublés pour cela ? Est-ce qu'il est mon conseil d'affaires, mon notaire, mon papa, pour m'empêcher de gaspiller ou augmenter mon bien, selon mon jugement ?

Il est injuste et bête à la fois qu'il me défende de me réunir, m'associer, mener mes affaires à ma guise. Injuste, parce qu'il n'en a pas le droit et ne saurait le faire en parfaite connaissance des choses. Bête, parce qu'il gaspille son prestige et son autorité à cette perpétuelle immixtion dans toutes les affaires d'une société dont il est le président-gérant, mais non le possesseur-pacha.

Si je suis volé, la justice est là. Si, réunion ou société, je trouble vraiment la patrie, comme font les jésuites, par exemple ; si mon pacte social est contraire à la morale, aux lois, à la sécurité du pays comme celui des jésuites ; si j'ai pour chef

absolu, sans contrôle, un étranger résidant à l'é-
tranger, dont l'Etat ne peut pas surveiller les manœuvres, comme les jésuites ont leur général ; oh !
alors l'Etat doit intervenir et dissoudre la société,
net ; voir même l'empêcher de se réunir, parce
qu'elle trouble la patrie dont il est le chef et qu'il
a devoir de défendre.

La liberté, nous le disions au début, n'est pas la
licence. Elle finit où commence cette dernière :
c'est-à-dire à l'instant et à l'endroit précis, où elle
empiète sur la liberté d'autrui.

Quant à se faire de ces libertés des montagnes
minotaures, qui vont manger toute vivante notre
vieille société ; chimères que ces craintes ! Pourquoi voulez-vous qu'elles la mangent ? Elles ne peuvent vivre et valoir que par la société, la nation.
Si elles la troublent, si elles empiètent sur le repos
public, est-ce que nous ne serons pas là pour intervenir? Avec cela que la France se gêne de changer ses lois?

Mais la vérité est que la puissance occulte qui
nous gouverne par les mille moyens dont elle dispose et que j'expliquerai plus tard, Rome, a intérêt à empêcher l'avénement de ces libertés. Que
deviendrait son pouvoir aux chocs des discussions
dans la presse, dans les réunions, les associations
qu'elle ne permet qu'à son profit ? Il ne tiendrait
pas dix ans. Pour empêcher le lever de cette aurore, dont le premier résultat sera de dissiper ses
ténèbres, elle nous fait faire peur de la liberté

comme d'un croquemitaine à notre usage. Avec
son habileté ordinaire, elle a su inspirer cette peur
aux classes riches et à nos gouvernants : de même
qu'elle a su faire croire à quiconque chez nous est
de noblesse ou prétend en être, qu'elle lui rendrait
tous ses priviléges d'avant 1789 !

Troupeau de Rome, moutons de son égoïste houlette, nous nous laissons prendre de peur et nous re-
poussons comme un danger de mort, ce qui serait
non-seulement la paix de la France, mais son relèvement; parce que cela lui donnerait une infusion
nouvelle de vie, de force, de chaleur et de maturité
d'elle-même. Il n'y a guère que le bon sens populaire, qui ne se soit pas laissé troubler par ces chimères de craintes. La majorité des hautes classes a
avalé la pilule, comme elle prend de confiance tout
ce que Rome nous sert dans son seul intérêt de
gouvernement. J'en sais quelque chose, j'ai passé
par ces frayeurs. Ce n'est qu'en étudiant la papauté
sur place, à Rome même, que j'ai compris à la fois
son intérêt à nous maintenir en ténèbres et les procédés qu'elle emploie, pour conserver son despotisme suranné, jadis utile, aujourd'hui à faire cesser,
sous peine d'en mourir.

Laissons, laissons faire la liberté vraie, en tenant
ferme contre la licence, et, pour le reste, fions
nous-en au bon sens des masses. Elles abuseront
d'autant moins qu'elles se sentiront plus responsables. Il n'y a rien de tel pour les hommes fraîche-
ment émancipés, comme de se voir livrés à eux-

mêmes, libres de leurs actes, mais pouvant d'une
heure à l'autre se casser le col, s'ils vont trop vite.
On a peur, dans certaines classes, surtout dans les
classes de haute bourgeoisie, que le suffrage universel ne nous mène trop vite. Eh bien! moi, j'ai plutôt peur qu'il ne veuille pas marcher assez vite, dès
qu'il se sentira vraiment libre. Si je n'avais avant
tout foi dans le bon sens et le discernement populaires, j'aurais, aujourd'hui, plus de crainte d'un retour à tutelles que de velléités de désordre.

Ne vous laissez donc halluciner ni par la peur, ni
par de chimériques espoirs, vous, surtout, des classes dites dirigeantes.

Quoique vous fasse promettre Rome, les priviléges de vos pères sont morts. Les morts ne revien-
nent pas. Les fleuves ne remontent point vers leurs
sources et l'humanité n'est pas plus en route de retourner aux superstitions grossières et aux roitelets-
bandits du moyen-âge, qu'aux idoles sanglantes et à
l'esclavage primitif de la tribu originelle.

Quoique Rome vous fasse dire pour vous effrayer,
la liberté de la presse, des réunions et des associations, ne sera pas plus la guerre civile que le vol organisé. Ce sera au contraire le vrai, le meilleur, le
seul moyen de percer à jour les fausses idées, les
ambitions malsaines, les doctrines subversives,
comme les despotismes égoïstes, qui tiraillent en
tous sens notre grande et intelligente nationalité!

VI

Développer, fortifier, augmenter même nos colonies, au lieu de les restreindre : comme le veulent faire quelques républicains, par un sentiment de patriotisme étroit absolument contraire aux intérêts de la France.

L'histoire est là pour le dire : toute grande nation a eu, donc aura fatalement des colonies, parce que ce sont à la fois les champs de fleurs de la ruche et l'espoir permanent de ses essaims.

Où voulez-vous aller chercher des matières premières pour travailler, des marchés pour écouler les produits de votre travail, si vous n'avez pas de colonies ?

Où voulez-vous envoyer votre trop-plein de vitalité, vos enfants trop ardents, vos capitaux qui regorgent, si vous n'avez pas de colonies ?

Où voulez-vous prendre, rendre et ainsi renouveler incessamment sans les perdre votre séve nationale, votre sang, votre vie, si vous n'avez pas de colonies ?

« A l'étranger, » m'a-t-on dit parfois, comme je soutenais la thèse que je soutiens ici, devenue peu à peu en moi un véritable axiome de régénération pour la France.

Est-ce qu'on se place à l'étranger ? Est-ce qu'on demande à l'étranger ? Est-ce qu'on colonise l'étran-

ger? Quand on est une grande et riche famille;
quand on peut avoir à soi, pour soi, ses sols nourri-
ciers, ses pays d'échanges, ses exutoires permanents,
ses semences d'avenir?

D'où viennent nos faiblesses, nos malaises, nos
révolutions, notre difficulté à placer nos enfants, et,
par suite notre crainte d'en avoir et la diminution
de notre race?

De quand datent tous ces maux communs, mort
de la France, si elle n'y remédie?

De la perte de nos colonies. Du jour où la France,
n'ayant plus de larges espaces, avec de l'air, du soleil et des idées nouvelles pour ses vastes poumons:
s'est mise à se cloîtrer en elle-même, dans son air enfermé comme celui d'une vieille Chine. En se rema-
chant, ne voyant qu'elle et ne vivant que de ses vieilleries; triste bœuf qui rumine. En se nouant, se ra-
tatinant, se tordant en rejetons rabougris; grand
arbre en serre chaude, qui n'a ni air, ni espace, où
pousser et vivifier ses rameaux gonflés de sève.

D'où viennent la richesse et la grandeur de l'Angleterre? De ses colonies qui, libérées ou encore
attachées, sont pour tous ses enfants une terre de
promission où elle les envoie grandir, acquérir,
apprendre, se renouveler et rapporter sans cesse à
la mère-patrie leurs épargnes, leur expérience, leurs
forces acquises : renouvellement incessant de sèves
et d'idées.

« Nous ne savons pas coloniser », marmottent à
l'unisson tous les engourdis, les cloportes acharnés

de moisir sur le fumier natal ! La France des Indes,
des Amériques et de l'Afrique, ne sait pas coloniser ?
Dites-donc qu'elle ne l'ose plus ; que fille dégénérée
de ses mâles grands-pères, elle dort dans son oisiveté
luxueuse, bavardant des riens, tortillant des modes,
maculant ses genoux dans la poussière des confes-
sionnaux, et que, satisfaite de cette vie de nonnes
oisives ou de guêpes sans miel, elle va s'étiolant d'inutilités vaniteuses !

Mais ne dites point qu'elle ne sait ni ne peut coloniser ; car, ou nous allons périr, ou avant qu'il soit
dix ans, la France aura recommencé l'œuvre des
aïeux, au souffle vivifiant de sa jeune République.
Aux colonies ! Nous avons l'Algérie, le Sénégal,
Madagascar, la Guyane, etc. Aux colonies ! C'est la
première étape du relèvement.

VII

De toutes nos affaires françaises, l'organisation de
l'armée est la plus importante , parce que d'elle dépend aussi bien notre paix présente que notre salut
futur à moment donné. Tout le monde sans exception
est d'accord pour vouloir cette armée, nombreuse,
forte, exercée, disciplinée, bien menée par de bons
officiers et sous-officiers. Seulement les opinions diffèrent du tout au tout sur les moyens de l'avoir telle.

Les uns — et je suis du nombre — croient, que,

pour avoir une force militaire, comme celle que je
viens de dépeindre, il faut une durée de service de
cinq ans au moins : parce qu'il faut au moins ce
temps, non pas seulement pour former un soldat,
mais pour avoir toujours sous le drapeau un nombre
suffisant de soldats, en parfait état d'instruction, de
cohésion, d'homogénéité complète, conditions premières d'une bonne armée. En conséquence, mettant
l'intérêt de la patrie au-dessus de tout, même de la
souffrance grave que cause aux populations le service militaire, nous nous refusons à diminuer la
durée actuelle de cinq ans.

Les autres disent, que trois ans suffisant pour faire
et avoir un bon soldat, il faut réduire à trois ans la
durée du service. Je crains que leur désir de céder
aux vœux naturels d'ailleurs de leurs commettants
ne les égare sur la réalité des faits et ne les leur
fasse voir autrement qu'ils ne sont.

La question est grave, parce qu'il y a en présence
deux grands intérêts, celui de la patrie en bloc et
celui de la patrie en détail à cause des nombreux
particuliers intéressés à la diminution du service.
Elle est très controversée, s'appuyant sur des assertions multiples et divergentes : toutefois, l'immense
majorité des hommes compétents et, à mon sens,
l'évidence des faits historiques plaident en faveur
d'un long séjour sous le drapeau.

La discussion qui va bientôt avoir lieu dans le
Parlement tranchera le différend au moins pour un
temps, car les deux opinions sont trop acharnées en

sens inverses; pour que l'une d'elles se considère comme vaincue par une seule défaite.

Il eût mieux valu, je crois, que cette discussion ne vînt pas en ce moment, où il ne faut en quoi que ce soit affaiblir l'armée, à raison de l'état de l'Europe. Donc il eût mieux valu ne pas toucher à cette grave question : parce qu'il en est des hommes d'une armée, comme des écoliers d'un collége, quand ils sentent qu'ils vont s'en aller, ils se relâchent de tous leurs devoirs, y compris la discipline. Souvenez-vous du peu que nous faisions au collége, au moment des vacances ! Pensez au peu que fait un ouvrier, un employé, un fermier qui va partir !

Mais la discussion a été décidée. Elle va venir incessamment. Vous jugerez alors vous-mêmes, avec toutes lumières pour décider, qui a raison dans ce débat. Quant à moi, si je reconnais m'être trompé, personne ne se rangera plus vite et avec plus de satisfaction à l'opinion contraire à la mienne présente, parce que je sais les souffrances que le service militaire impose aux populations, surtout à celles des campagnes et que je ne désire rien tant que de voir alléger ces souffrances. Mais, encore une fois, il y a une question qui domine tout ; celle de savoir si cette réforme n'aura pas pour résultat d'affaiblir notre armée ; ce qu'il ne faut faire par n'importe quelle considération, car le salut de la France est à ce prix.

Quant aux questions secondaires du remplacement que je n'aime pas, du volontariat d'un an que je n'aime pas davantage, et qui, je crois, ont fait tous deux leur temps, elles vont venir aussi au cours de cette discussion. Nous verrons. Nous verrons surtout s'il n'est pas plus sage de nous tenir tranquillement à la loi actuelle, même reconnue médiocre, et de remettre à des temps moins difficiles le soin de l'améliorer. C'est un mauvais moyen d'organiser quoi que ce soit, que défaire et refaire sans cesse, si bien qu'on ne se reconnaît plus à rien. Le pire des maux, en armée surtout, est la confusion.

Quoi qu'il arrive, je suis sûr à l'avance que notre Chambre, — je n'ai pas à connaître de l'autre, que des préoccupations intéressées d'ordres dynastiques semblent guider avant tout, — je suis sûr, dis-je, que notre Chambre ne se décidera que selon ce qu'elle croira l'intérêt de la France. Comme assemblée républicaine résolue à des réformes, nous avons des ennemis acharnés et nombreux, qui ne manqueront pas de déblatérer contre nous à cette occasion, ainsi que toujours. Mais vous leur pouvez dire de notre part, que pas plus leurs clabauderies que leurs calomnies intéressées, ne nous détourneront de l'œuvre que vous nous avez confiée : le relèvement de la patrie, dans la mesure de nos forces.

Ceci étant dit sur la question de l'armée, quant à l'heure présente, il est évident à tout esprit réfléchissant, qu'il y a à supputer pour l'avenir des éventualités européennes d'une tout autre nature que celles que la diplomatie actuelle suppute en général. Ces éventualités, les voici, avec leurs raisons d'être, auxquelles je vous prie de réfléchir avec attention.

L'Europe est présentement un vaste camp, dans lequel chaque nation amasse, arme, exerce, entretient à prix excessifs une armée dix fois forte comme cette nation doit l'avoir. Cet état est à la fois absurde, ruineux et absolument contraire à la marche de la civilisation moderne. Mais cet excès même, impossible à soutenir plus longtemps, annonce qu'il touche à son terme et à une solution quelconque, qu'il faut envisager dès maintenant, sous peine d'être pris au dépourvu.

Or, de deux choses l'une :

Ou l'Europe va entrer dans des guerres sans fin, comme au moyen-âge? Ce qu'elle aura, j'espère, le bon sens d'éviter et ce pourquoi le monde entier devrait faire appel aux souverains de Russie et d'Angleterre.

Ou elle va tourner de plus en plus à une fédération, dans le genre de celle des Etats-Unis, quoique bien moins étroite. C'est son double intérêt de civilisation et de salut, vis-à-vis des masses asiatiques, qui peuvent se ruer sur elle à la suite de quelque grand mouvement de races. C'est en outre et à cause de cela sans doute, sa tendance évidente de plus en plus accusée chaque jour.

Tout nous mène à cette fédération plus ou moins prochaine, par une marche lente, insensible et que, par suite, nous ne voyons généralement point, mais qui n'en existe pas moins. Plus nous irons —

si la guerre ne nous prend pas — plus cette marche va précipiter son mouvement, comme dans tous les mouvements en avant de n'importe quel corps. Nos locomotions sans cesse croissantes dans des proportions jusqu'ici inconnues à l'humanité ; nos émigrations estivales et hivernales ; nos chemins de fer et nos télégraphes sans fin à travers vingt nations diverses ; nos expositions universelles ; nos unions monétaires, douanières, postales, etc. ; nos congrès politiques et scientifiques ; les nombreux arbitrages entre nations pour leurs affaires secondaires, etc., etc. ; toutes ces choses d'ordre nouveau, se rattachant à la même impulsion de mouvement d'ensemble qui emporte l'humanité, ne sont évidemment que les étapes d'un ordre humanitaire nouveau, dont la résultante doit être pour l'Europe une fédération quelconque.

Le prélude ou la conséquence de cette fédération sera de nommer un tribunal arbitral permanent pour toutes les difficultés internationales.

Si vous souriez — comme c'est probable, mes chers électeurs, — je vous dirai :

Si on avait parlé à nos aïeux bardés de fer, vivant parqués dans leurs fiefs du moyen-âge, de ne point aller se battre comme chiens, eux et leurs vassaux, pour le cheval, la châtelaine ou la maison de l'un pris par l'autre : et, au lieu de se battre, de remettre l'affaire entre les mains de trois robins, affublés de noir, érigés en tribunal : nos aïeux auraient ri comme vous, et se seraient battus

tout de même jusqu'à la mort ; exactement comme
nous faisons présentement entre nations européennes.

Cela n'empêche pas qu'aujourd'hui, par la force
des choses et de la civilisation, ces trois robins,
érigés en tribunal, du consentement de tous, jugent
toutes les querelles des descendants de ces mêmes
hommes bardés de fer et que personne ne pense à
se soustraire à l'organisation judiciaire actuelle. Le
progrès et l'intérêt général l'ont exigé. Cela s'est
fait, peu à peu, lentement, comme on allait au
temps des coches : mais cela s'est fait.

Le progrès et l'intérêt général voudront avant
peu qu'il y ait en Europe un tribunal ou congrès
des conflits européens internationaux. Il y aura un
tribunal de ce genre : et cela se fera dix fois plus
vite que jadis, parce que nous sommes au temps
des chemins de fer et du télégraphe électrique. Rien
qu'en échanges de lettres, la diplomatie comptait
autrefois par semaines : elle compte aujourd'hui par
jours.

Brusquement ou peu à peu, je ne sais, ce tribunal aura une force à ses ordres. Dès qu'il l'aura
suffisante pour en imposer même au plus puissant
des plaideurs, chaque nation désarmera, satisfaite,
respirante, étendant ses muscles endoloris, comme
au sortir d'une longue maladie. Elle désarmera un
peu d'abord, puis plus vite, et enfin tout à fait :
sans garder autre chose qu'un contingent général
pour l'armée fédérative et des gendarmes pour sa

police. A quoi bon nourrir 900,000 hommes ? puisque le tribunal, avec une force publique, seront là
pour faire justice.

Ce qui s'est opéré successivement pour la famille,
la tribu, la nation, se fera pour l'Europe.

Voilà l'avenir : et si, comme je le prouverai plus
tard, la papauté, en ce moment surtout, s'efforce
de ressaisir comme au moyen-âge sa préponde-
rance sur l'Europe, c'est que du haut de sa millé-
naire expérience de l'humanité, elle entrevoit cet
avenir plus prochain que ne le voient même les
plus avancés d'entre nous. L'entrevoyant, elle s'efforce à l'avance de se mettre à sa tête, pour l'arrêter, si elle peut, parce que tout mouvement l'im-
portune et l'offusque : pour l'absorber en tout ou en
partie, si elle ne peut l'enrayer.

Voilà l'avenir évident pour quiconque le sonde
d'un regard attentif :

Ou des guerres dont les fils de nos fils ne verront
pas la fin.

Ou un tribunal arbitral avec fédération.

Comme ce tribunal est la conséquence la plus
rationnelle de la civilisation moderne et l'intérêt
manifeste de l'humanité, il est probable qu'il l'emportera et beaucoup plus tôt peut-être qu'on ne le
suppose dans les sphères gouvernementales de
France. Il l'emportera ; car il est la résultante des
deux grandes découvertes de l'humanité moderne,
la vapeur et l'électricité : ces deux forces nouvelles

destinées à changer le sort de l'homme ici bas,
comme le feu a dû le faire jadis.

Quand viendra le moment, notre devoir et notre
intérêt de nationalité française seront de pousser à
cet avenir par tous les moyens. Mais nous avons
quelque chose de plus pressant à faire, en l'état actuel
de l'Europe et de la guerre d'Orient : savoir : parer
à l'éventualité la plus urgente de toutes, pour nous,
à une guerre ; donc à faire notre armée, la meilleure
et la plus nombreuse possible autrement dit à la
grossir, la renforcer, l'améliorer sans cesse, peu à
peu, par petites réformes, douces, lentes, progres-
sives. Puis, ce faisant en silence, notre autre devoir est d'attendre, l'arme au pied, l'œil au guet,
immobiles pour voir mieux : comme une sentinelle
attentive qui regarde à tous yeux, prête, vigilante,
parce qu'elle se sent la sentinelle de la civilisation
moderne.

VIII

Penser à nos dettes et à les payer le plus tôt possible. C'est le devoir de tout homme qui met ordre
à ses affaires ; ce que nous pratiquons en prenant la
République. Payons-les avec l'amortissement, la
conversion, comme il vaudra le mieux faire, peu
importe : mais payons-les, par devoir, par intérêt,
par saine politique.

Est-il un père de famille, un seul, un gérant d'affaires honorables, un seul, qui agirait comme agit l'Etat chez nous? Sans manquer à la prudence et à une bonne administration, sans compromettre les destinées de sa famille ou de l'affaire qui lui est confiée.

Quoi? Nous avons une dette telle que le tiers de nos revenus, aussi forcés qu'ils peuvent l'être, est employé non pas à l'amortissement, mais au seul paiement des intérêts de cette dette, et nous nous endettons encore chaque année, au lieu de payer peu à peu!

Nous ne sentons pas que c'est à la fois gâcher l'avenir de nos enfants et risquer le nôtre même!

Nous ne sentons pas qu'il suffit d'une grande guerre, une seule, d'une famine, d'une peste, pour nous ruiner tout-à-fait, sans autre remède que la banqueroute, cette messagère de mort!

Nous ne sentons pas que le meilleur, le seul moyen de constituer notre République naissante, d'affermir notre crédit, de semer l'avenir, de prouver notre force réelle, est, non de parader en revues ou en emprunts dix fois couverts, deux imprudences! Mais d'imiter la grande République américaine et de faire honneur à nos affaires, au lieu de nous mettre le poing sur la hanche, en disant : « J'ai terme, je ne dois rien, j'emprunte encore : au bout du fossé la culbute ! »

Quand donc payerons-nous, si nous ne payons pas maintenant que nos revenus rentrent tous, comme par miracle, non-seulement sans retards, mais en

avance toujours et avec des excédants? Qu'atten-
dons-nous pour commencer de payer? Une manne
céleste? cela ne tombe plus. Des impôts nouveaux?
nous en avons jusqu'à la gorge. Des excédants plus
gros encore? mais chaque fois que nous en avons un,
tout le monde, y compris le Ministre des Finances,
s'ingénie à le dépenser au plus vite, comme un ma-
telot qui reprend la mer et gaspille sa solde! C'est à
ne pas croire, quand on y réfléchit!

Je sais bien, — j'ai passé par là, — que rien n'est
plus dur que de se mettre à payer ses dettes, quand
on a l'habitude de les augmenter au lieu de les
éteindre. La pente est douce et glissante! C'est celle
de tous les êtres de la création, fils de famille et
peuples, qui roulent ainsi peu à peu vers l'abîme,
sans même le voir. C'est celle de notre génie national éminemment généreux, gaspilleur et oublieux.
C'est la tendance du siècle, née de la facilité des
emprunts modernes, de l'abondance du numéraire,
et encore plus, du nombre des intéressés au gaspil-
lage, et nous y poussant incessamment, comme les
usuriers poussent des mineurs à se ruiner.

Mais c'est le devoir et le salut. Il faut nous y
mettre tous, avec résolution et volonté; car, la besogne est difficile.

Difficile, parce que pour faire des économies, on
ne sait jamais par quel bout commencer, comment,
ni quoi réformer, et que chacun tiraille pour qu'on
ne commence point par lui. Puis les théoriciens : Oh
les théoriciens! L'un jure que plus on emprunte,

plus on est riche. Pourquoi? Je n'ai jamais pu comprendre, même en écoutant cette théorie pendant des heures. L'autre trouve toutes les dépenses productives ; ce qui est vrai à certain degré ; mais presque toujours en dépensant cinq francs pour récolter trente sous ! Celui-ci dit: plus tard. Celui-là trouve mille bonnes raisons.

« Quoi réformer ? — dit le théoricien, — L'armée, c'est notre nécessité première. Nos grands travaux ? C'est le moyen de donner du travail aux ouvriers et de l'activité aux affaires (choses discutables). Les secours aux communes? Elles sont si pauvres, etc., etc. »

« Jugez donc ! — dit le particulier — Diminuer ma table, la santé de ma famille ! Mettre bas ma voiture ! Renvoyer des domestiques qui m'aiment ! Changer toutes mes habitudes ! C'est impossible. Nos enfants feront comme ils pourront. »

Et on emprunte ou on vend une action. On réemprunte, on joue, de ci, de là, pour boucher les trous. Autrement dit on se ruine et on ruine sa famille ; ou sa nationalité.

Agissons, pour Dieu, agissons. Il y a deux économies à opérer. Elles feront pousser les hauts cris aux économisés. Parbleu ! je le sais bien. Où avez-vous jamais vu un cheval content, quand on lui retire l'avoine ? Ces économies, les voici. Je n'y insisterai point ; je n'ai pas le temps en ce travail. Mais j'y ai longuement réfléchi ; je les crois faisables, et même faciles. Si je me trompe, il faut en chercher d'autres : voilà tout.

L'une porte sur l'armée ; l'autre sur les travaux publics. Et voici comment j'opérerais, si je tenais, comme on dit, la queue de la poêle, que je ne désire nullement tenir. D'où suit que je m'adresse en cette page à MM. les Ministres de la Guerre et des Travaux publics d'une part : d'autre part, à la Commission du budget.

La plus nécessaire et la plus grosse de nos dépenses est l'armée. Pas moyen de la réduire ; au contraire. C'est, je sors de vous l'expliquer et vous le sentez aussi bien que moi, notre salut en cas de guerre, notre base de paix dans l'état présent. *Si vis pacem, para bellum.*

Mais on peut économiser sur elle ; *en consentant aux congés demandés, pour trois, six, dix mois renouvelables, par les soldats en état suffisant d'instruction.* Cela donnera, chaque année, des vingtaines de milliers de congés qui satisferont les hommes et leurs familles : des vingtaines de millions d'économie en solde, vêtements, et nourriture. Je sais ou devine ce qu'on dira contre cela et surtout, pourquoi on le dira. Mais la discussion sera là. Et d'une.

Au lieu de consacrer chaque année des centaines de millions à des travaux publics, profitables à quelques localités seulement, il faut, en règle générale, laisser ces localités exécuter ces travaux : tels que chemins de fer, canaux, etc. S'ils sont indispen-

sables ou seulement très-utiles, les départements
se débrouilleront. Présentement, ils ne le font
point : parce que vous leur donnez. Refusez-les : ils
trouveront bientôt capitaux et capitalistes : soyez-
en convaincus.

Quant à certaines œuvres que l'Etat doit exécuter absolument, il n'a qu'à employer l'armée et les
prisonniers. Nous avons là deux forces vives dont
on se servait jadis et que nous laissons perdre, sans
raison sérieuse. Veuillez, si vous en doutez, vous
souvenir des travaux de Louis XIV, dont les troupes
n'étaient pas moins grands seigneurs que les nôtres,
et qui travaillaient admirablement. J'ajouterai qu'en
1857, en Afrique, j'ai vu notre armée exécuter en
quelques semaines un travail magnifique de routes
et de forteresses ; en chantant, avec plaisir, et si
bien fait que le génie lui-même s'en extasiait. Or,
ces Messieurs du génie sont difficiles, et ils ont
droit de l'être, étant aussi probes que capables.

Je sais ce qu'on dira là dessus, au point de vue des
ouvriers civils et de l'armée. J'y réponds d'avance.

D'abord, quant aux ouvriers, nous leur expli-
querons comment et pourquoi nous faisons cela. Ils
sont plus patriotes et intelligents, qu'on ne le suppose dans les hautes sphères ! Ils comprendront, et,
d'ailleurs, ils ne chômeront pas d'ouvrage, si nous
savons donner l'impulsion, mais l'impulsion seulement et non faire nous-mêmes. Est-ce qu'un Etat
fait jamais lui-même ? Il ne le doit, ni ne le sait, ni
ne le peut faire.

Quant à l'armée, cela la fortifiera au lieu de l'affaiblir. Le travail n'affaiblit point des hommes valides : au contraire, il les trempe. L'armée le fera sans mauvaise humeur (sauf chez quelques chefs peut-être), si vous donnez une haute solde, à payer par les intéressés. Elle le fera avec plaisir, quand elle comprendra qu'il s'agit de relever la France, par l'économie aussi bien que par le travail. Où l'a-t-on jamais vue se soustraire à n'importe quel devoir réclamé par la patrie ? Où et quand ?

C'est le plus pur et le meilleur de nous que notre armée, l'essence même de la nation, sa force, sa fleur ; et, on suppose qu'elle refusera une tâche juste et utile à la patrie ! Ceux qui soutiendraient cela la calomnieraient, voilà tout.

D'ailleurs n'est-ce pas une pitié que d'avoir là chez nous, de nous, une force vive de 4 à 900.000 hommes dont nous ne savons rien faire, qu'attendre avec elle l'arme au bras, que l'ennemi arrive, quand nous sommes en paix avec le monde entier ? A qui fera-t-on croire que si une partie d'elle était en congé, revenant de temps à autre et toujours prête à revenir, elle serait moins bonne ? A qui fera-t-on croire que si elle travaillait, elle ne vaudrait plus rien?

La vérité est que tout cela étant des nouveautés insolites, ou plutôt des vieilleries rajeunies, et troublant Messieurs les généraux dans leurs habitudes, voire même un peu dans leur omnipotence, ils ne veulent rien de tout cela.

« Vous êtes presque tous de grands cœurs, oh,

nos chefs d'armée. Je le sais; j'en connais tant d'entre vous! Bas l'égoïsme, au nom de la patrie! Payons nos dettes. »

Pour ce qui est des prisonniers, cela ne leur plaira pas, j'en suis convaincu. Mais ils ne sont pas en prison pour leur agrément, ce me semble! C'est à qui de nos jours fera preuve de philanthropie à leur endroit, parce que la philanthropie pose toujours bien son homme, même faite à rebours. Mon Dieu, Messieurs les philanthropes, les prisonniers ne mourront pas pour travailler. Ils feront comme nous, voilà tout, au lieu de nous regarder travailler pour les nourrir à rien faire. Je trouve, moi, que c'est bien le moins qu'ils servent à la société qu'ils ont blessée : au lieu de lui coûter, comme l'exige notre humanitarisme de parade.

J'ignore le chiffre possible de ces deux économies, mais il ne peut manquer d'être considérable, une, deux, trois centaines de millions par an. Nous appliquerons cela à l'amortissement, et, vous verrez comme nous irons vite à nous libérer! Pas si vite que les Américains, mais du moins nous marcherons; ce qui est beaucoup.

Voilà les deux idées. Les prendra-t-on du coup de ce livre? C'est peu probable. Aux idées comme aux plantes, il faut du temps, pour pousser! Rien ici-bas ne s'étale d'un seul coup. Minerve, sortant tout armée du cerveau de Jupiter, n'a pu surgir ainsi que dans l'Olympe, fille d'un dieu, déesse elle-même, et, la plus belle de toutes! Mais, si, comme je le

crois, ces deux idées sont justes, elles pousseront.
Je les jette au vent. Veuille Dieu faire qu'un coin
du sol les reçoive. A d'autres la culture ; à la patrie
la récolte, si la moisson vaut. Mon devoir est de
semer : c'est fait.

Mais avant tout, oh mes chers compatriotes, pensez, pensons à nos dettes. Vous devez, nous devons.
Il n'y a pas à dire non. Nous devons et beaucoup,
énormément. Payons un peu chaque jour, pendant
que nous le pouvons. Si nous allions demain, ce
soir, nous réveiller pestiférés, affamés ou seulement
en guerre ? Voyez-vous d'ici notre situation ? Plus
nous aurons payé, plus facilement nous trouverons
à emprunter, s'il le faut ; plutôt nous serons libérés,
nous et nos enfants, auxquels personne de nous
n'a l'air de songer !

Après cela, vous êtes peut-être comme moi? Vous
n'en avez peut-être pas? On le croirait vraiment,
à voir l'insouciance générale avec laquelle chacun
va, marchant à la banqueroute, la hideuse banqueroute, comme disait Mirabeau ! Payons, payons nos
dettes, au nom de la patrie, et de nos enfants et de
nous-mêmes. C'est si bon de payer quand on doit !

XI

Au point de vue de la politique extérieure, l'attitude que doit garder la France lui est tracée de la
manière la plus précise, par sa situation : et son

unique soin doit être de ne s'écarter de cette ligne de conduite envers qui que ce soit, pour quoi que ce soit.

Je commence par résumer notre situation, afin de pouvoir indiquer nettement notre attitude, telle que je la comprends.

Nous sommes — la France est une blessée — une vaincue qui se relève, une blessée non à mort, mais gravement, à rester longtemps défaillante, et, longtemps, sinon toujours, porter les traces de sa chute. Frappés dans notre légitime orgueil, mutilés de provinces, saignés de ressources militaires, endettés pour plusieurs générations, nous avons tant souffert et vu la mort de si près que nous sommes encore sous les doubles coups de la souffrance et du salut ; c'est-à-dire, à peine en convalescence ! Il n'est rien de tel, en tout, que de voir froidement sa situation, pour ne pas désespérer, mais surtout pour ne point abuser !

Nous quittons le lit simplement. La France se relève d'hier, se recueille, reprend force et courage, chaque jour un peu plus : voilà tout. Si les vieux partis, au lieu de se disputer sa possession, comme fait leur implacable égoïsme, s'étaient mis de suite avec nous à la soigner, la cure serait déjà faite. Mais à tous risques, même celui de notre salut, ne leur faut-il pas repêcher leurs emplois ? Non-seulement ces messieurs n'ont pas voulu s'unir à nous pour soigner la grande blessée, mais ils la harcèlent, l'épuisent sous leurs mains acharnées de pouvoir, qui la tirent pour le prendre !

Malgré cela, cependant, la France se répare, mais elle n'est pas encore guérie, hors de danger, pas plus à l'intérieur qu'à l'extérieur ! Pendant des années encore, il lui faudra panser ses blessures, soigner ses membres meurtris, calmer surtout ses nerfs surexcités, tout son système nerveux ébranlé pour des années par la commotion qu'elle vient de subir.

De plus, par surcroît de difficultés, elle entre dans une phase nouvelle de sa vie politique : dans un régime nouveau, des mœurs, des lois nouvelles, qui forcément vont découler de ce régime. A chacun de ses pas, l'inconnu s'ouvre devant elle ; tantôt dangereux, tantôt fécond : notre salut, j'espère : mais enfin, l'inconnu !

Pour se conduire entre ces triples écueils de faiblesse maladive, de vieux partis rapaces et d'inconnu presque providentiel, nous avons besoin de calme, d'habileté, de décision, de prudence surtout, d'une prudence extrême.

Telle est notre situation esquissée à grands traits, ou du moins, telle que je la vois, d'un regard appliqué sur nous sans cesse et sans autre préoccupation que de bien voir, pour aider mieux.

Notre attitude politique à l'extérieur doit être le reflet fidèle de cette situation politique à l'intérieur.

C'est dire que la France ne peut ni ne doit s'immiscer en quoi que ce soit dans aucune querelle, aucune aventure, aucune affaire quelle' qu'elle soit, ne la regardant pas directement. Agir enfin comme agit un blessé, vacillant encore sur ses jambes incertaines, commençant à peine de sortir, évitant avec soin les foules, le bruit, le flot qui passe, sous peine d'un choc et d'une rechute mortelle peut-être !

Nous devons — la France doit donc non-seulement garder une neutralité absolue dans toutes les affaires qui ne lui sont pas directes ; mais arborer même cette neutralité, en en confessant nettement la cause, comme un blessé qui dit à tous, amis et ennemis.

« Je ne puis ni ne veux rien faire, ni pour ni contre vous. Je me soigne, et pour me soigner, j'ai besoin d'un repos absolu, physique et moral. »

C'est dire encore que rien ne serait plus impolitique et plus sot que de tatillonner sous main, de s'immiscer sans en avoir l'air, de faire la mouche du coche, pour une cause ou pour une autre, d'une manière ou d'une autre ; et, ainsi, de s'exposer à la fois à des dédains ou à des dangers de toute sorte.

C'est dire enfin que cette neutralité absolue ne doit pas plus se gourmer de mystère que de morgue diplomatique, pour n'effrayer ni n'irriter personne, ni au dedans ni au dehors ; mais opérer dignement en montrant à tous ce qu'elle fait, c'est-à-dire rien ; et pratiquer ce rien au grand jour, en plein soleil, afin que personne ne s'y puisse tromper, personne ne se méfie, personne n'ait droit de nous rien reprocher même dans la forme.

On ne se recueille bien, on ne voit bien que dans le repos.

Cette conduite menant, advienne que pourra. Dieu, le temps et la France feront le reste. Mais on est bien fort quand on est vraiment honnête! On est bien fort quand on ne sort jamais de la vérité, de la droiture et de la dignité de sa faiblesse même.

Le plus souvent, presque toujours, les catastrophes sont aux brouillons, aux intrigants des politiques extérieures. Le véritable avenir, le bonheur, la grandeur de son pays sont à la probité d'abord : à l'habileté ensuite : à l'intrigue jamais.

Si vous avez besoin d'un exemple pour vous convaincre, il en est un, chez nous, dans ce siècle même, et si frappant qu'il saute aux yeux.

Au sortir de 1815, la France était ce qu'elle est aujourd'hui, pour des causes analogues sinon identiques : et des causes provenant de la même race maudite qui, trois fois en un siècle, nous a mené l'étranger sur nous !

Plus que personne, plus que les Talleyrand et les Louis XVIII, qui se sont l'un et l'autre empanachés de la gloire d'autrui, le duc de Richelieu a contribué à sauver la France, et l'a sauvée surtout par sa probité si haute, que notre allié des jours d'épreuves, l'empereur de Russie, disait :

« Nous avons la parole du duc de Richelieu. Il n'y a pas besoin d'autre garantie. »

L'injustice passionnée des partis et la publicité cette prostituée qui n'aime que le clinquant, a laiss dans l'ombre ce grand homme. Mais aucun ami de la vérité et de la patrie ne l'oubliera jamais, parce qu'il est comme la personnification même du vrai génie de la France, l'honneur.

X

Il nous faut enfin et surtout :

Réfréner le cléricalisme, autrement dit les empiétements de Rome ; puisque notre haut clergé, méconnaissant sa patrie et les vrais intérêts de la religion, s'est fait le satellite de Rome contre la France.

Arrêter la lèpre monacale qui nous ronge et peu à peu devient non-seulement pire que chez nous avant 1789, ce qui est déjà fait, mais pire qu'autrefois en Italie et dans les pays catholiques du nouveau monde, aujourd'hui guéris.

Enlever au clergé et aux congrégations l'éducation de nos enfants, que nos imprudentes faiblesses leur ont laissé prendre au détriment de notre caractère national.

Rendre, en un mot, la France à elle-même et le prêtre à Dieu.

A tous les points de vue de haute morale, de paix civile, de dangers intérieurs et extérieurs, c'est la grosse question du jour, bien autrement sociale que l'affaire des sous-préfectures, celle qui trouble notre nationalité jusqu'au plus profond de ses ra-

cines ; parce que de tout temps les questions religieuses ont été les plus graves de toutes, en raison
de leurs attaches avec ce qu'il y a de plus sacré au
monde, la conscience humaine.

Il est donc naturel, qu'ayant, marche à marche,
gravi tous les degrés de notre organisation civile,
en commençant par les sous-préfectures, nous
soyions arrivés, sans même nous en être aperçu,
au couronnement de l'édifice, à la question religieuse.

Excelsior : avons-nous dit au début. Plus haut.
C'est la fatalité rationnelle de quiconque travaille
la politique, sans réticences de situation, sans parti
pris, sans autre but que celui de chercher le mieux
de chaque question. Nous sommes arrivés au faîte.

Arrêtons-nous-y : pour le bien regarder à son
tour, dans son ensemble et en détail, afin que, le
connaissant bien, nous décidions en toute maturité
ce que nous avons à faire.

La question est non-seulement grave, mais difficile et complexe. Bien qu'elle soit étrangère aux
matières traitées dans les chapitres précédents, je
l'ai çà et là, le long de ma route, effleurée, chaque
fois que je l'ai rencontrée, non par hasard, mais à
dessein ; parce qu'elle est, je le sais, je le sens, notre
préoccupation dominante, à tous, à vous qui me lisez, comme à moi qui vous écris. Mais cela ne suffit pas, même pour éclairer d'une lueur rapide les
arcanes fermées de ce dédale politique, le plus inex-
tricable de tous. Je crois de mon devoir de vous

en entretenir dans une seconde partie, qui sera la principale de ce livre. Car c'est la préoccupation actuelle incessante de celui qui vous demande, au nom de la patrie, d'y arrêter longuement vos pensées, quand nous nous serons quittés : puis d'agir, car il est temps.

DEUXIÈME PARTIE

Le cléricalisme ou la question religieuse, cléricale et monastique.

CHAPITRE XI

Religion.

Qu'est-ce que toute religion, soit ancienne, soit moderne ? Le druidisme de nos pères, les cultes du soleil, du feu, du bœuf Apis, ou de Jupiter, etc., dans les temps antiques ? La religion des Indiens, des Chinois, des Musulmans ou la nôtre dans l'ère moderne ?

C'est la formule d'adoration de la divinité ou puissance inconnue, supérieure à nous, qui, dans une proportion également inconnue, règle nos destinées terrestres, et, par induction, nos destinées d'après ce monde.

Cette formule varie selon les époques, les milieux de race et de géographie, puis certains grands hommes inspirés ou passant pour tels, comme Confucius, Mahomet, Manco-Capac, etc. Mais c'est toujours, au fond, l'expression de l'adoration humaine pour une puissance supérieure, quels que soient les attributs, la forme et le nom qu'on donne à cette puissance.

Chaque époque, chaque milieu, chaque race tient sa formule pour seule bonne, seule divine. Comme nous tenons notre nation pour la meilleure et même la seule prédestinée ; en vertu de la vanité humaine et de croyances enracinées dans nos êtres par le temps, l'usage, les mœurs de notre époque et de notre milieu. D'où suit, que, soit dit en passant, ceux qui parlent de changer de religion, comme on change d'habit, ne me paraissent pas se rendre compte de la gravité de la question.

Les sectateurs du brumeux Odin, du sanglant Teutatès ou du licencieux Jupiter avaient des dieux selon leurs natures et ont eu foi dans ces dieux, dans leur religion, dans tout l'ensemble de leur croyance, exactement comme le juif a foi en Jého- vah, Moïse et la Bible ; le musulman, en Allah, Mahomet, le coran et son sensuel paradis ; l'Indien des forêts américaines en un grand esprit, président une terre de chasses et d'aventures ; comme nous croyons, nous, à la Trinité, au Christ, à l'Evan- gile.

II

Tous ont eu raison dans les temps passés. Nous avons tous raison dans les temps présents. La

meilleure des religions est celle qu'on a, celle des
ancêtres, parce qu'elle est forcément conforme à la
nature, aux instincts, aux besoins, aux mœurs,
à l'essence même de ses croyants. On ne doit la
modifier qu'à bon escient, quand on est bien sûr de
l'utilité de la réforme ; car ce ne serait pas une religion si on la changeait incessamment, comme nos
lois, aux besoins du jour. Autant vaudrait n'en
avoir pas du tout, chose impossible, par les raisons suivantes.

Toute époque, toute race humaine a eu sa formule d'adoration. Pour ma part, je ne connais, ni
dans l'histoire, ni présentement sur terre, aucune
nation, ni même aucune tribu sauvage, qui n'ait eu
ou n'ait à un degré quelconque sa religion, baroque
parfois, chargée de cérémonies plus baroques encore, mais sa religion.

C'est donc un besoin universel de l'humanité
constaté par des faits, à épurer autant que possible,
mais à conserver. La morale codifiée, sans person-
nalité divine, que quelques penseurs voudraient
substituer aux croyances humaines, peut être l'a-
venir de l'humanité. Mais, présentement, cela me
paraît une utopie impraticable Il faut à la morale
pour s'imposer à l'esprit, une forme matérielle, un
corps tangible en quelque sorte, avec des attributs,
des lois, des règles précises, nettement formulées.
Ce corps est le symbole : ces attributs, ces lois, ces
règles, sont la religion.

L'homme a besoin de ce symbole et de cette religion, pour satisfaire son premier instinct spirituel, celui d'implorer un être supérieur : Dieu ou le grand Esprit, peu importe, mais notre maître ici-bas et ailleurs, dans l'inconnu d'après ce monde. Il a besoin de ce symbole et de cette religion, pour se consoler, se vivifier, s'anoblir, se parfaire en vue d'une vie meilleure de justice ; châtiment ou récompense, selon que nous aurons bien ou mal employé notre temps d'épreuves sur ce séjour de transition.

On a souvent dit que si on supprimait la religion, il faudrait doubler les gendarmes. *C'est abaisser jusqu'à un moyen de police le plus grand des sentiments humains. Mais il y a du vrai là-dedans, et beaucoup. S'il n'y avait la crainte de Dieu avec sa justice vengeresse, qui et quoi donc suffiraient pour arrêter tous les désespérés de la vie, prêts à jouer cette vie aux hasards d'un crime réussi ?

Les individus même, pris isolément, quelque trempés qu'ils soient par la nature ou cuirassés par leur raison forgée de science, arrivent à constater sur eux-mêmes cette nécessité morale.

Ils n'ont jamais subi les coups de la fortune contraire, ceux qui jamais n'ont regardé, cherchant, vers un monde meilleur, où l'on ne souffre plus. Ils n'ont jamais souffert jusqu'à la mort ceux qui, jamais, dans une heure d'angoisse, ne sont entrés dans une église, pour prier, calmer, ranimer leurs êtres épuisés de douleur ! Ils n'ont ni vécu, ni aimé, ni vieilli, ceux qui jamais ne se sont dit :

« Que c'était peu de chose après tout que cette
courte vie; que rien n'en valait vraiment, puisqu'un
jour, tôt ou tard, il fallait tout quitter; qu'il pouvait
bien y avoir quelque part dans le monde des rêves,
une étoile assez bénie de Dieu, pour n'y pas vivre
et mourir ainsi; que cette vie posthume, cette
étoile, ce rêve, il le fallait mériter, et, pour le mériter, faire ici-bas selon sa conscience. »

Aucune nation et même, à certain degré, aucun
individu ne saurait donc se passer absolument de
religion, sous peine de souffrances, de désordres,
de chutes fatales dans mille superstitions grossières,
formant mille groupes, c'est-à-dire dans les extra-
vagances les plus bizarres, suivies d'un grand morcellement religieux, prélude d'un morcellement national; puis d'un abaissement rapide de l'homme,
vers l'inconsciente bestialité du nègre sauvage, le
dernier degré de notre espèce.

En conséquence, le devoir de chaque nation et
de chaque individu est d'honorer la religion, de la
pratiquer même dans ses possibilités vraies, pour
la garder vivante et utile, efficace sur nos êtres,
suffisante à nos consciences. Le devoir des gouvernants, empereurs, rois, présidents, législateurs, est
de la faire respecter et de la défendre au besoin
contre des agresseurs brutaux, qui l'attaqueraient
autrement que par la libre discussion. Ils doivent
même faire plus, à mon sens, s'efforcer par la per-
suasion de maintenir cette religion unique, commune, nationale, parce que c'est une grande force

que d'avoir une religion unique ! Ne fût-ce que pour
pouvoir aux jours d'épreuves, s'agenouiller en famille, prier d'une seule voix celui qui peut tout et
d'un seul élan, sans crainte de mourir, se ruer au
combat pour Dieu et la patrie !

III

Par cela même que ces gouvernants, reconnais-
sant la nécessité de la religion, sont décidés à l'honorer, la faire respecter, la soutenir même s'il le
faut, ils ne doivent pas souffrir qu'elle empiète sur
les autres besoins de la nation, sur le reste de sa
vie. Ils ne doivent pas souffrir que les ministres de
cette religion, mages, bonzes, lévites, prêtres, moines, marabouts, derviches, sorciers, tous ses serviteurs en un mot, quel que soit le nom qu'ils portent
selon le culte qu'ils servent, employent ce culte
comme un pressoir à profits ou un outil de despotisme.

Agir autrement, en encourageant ou même en
tolérant ces excès, serait compromettre cette religion même et créer au détriment de la nation, victime de cette incurie gouvernementale, la plus af-
freuse des tyrannies; — celle des consciences, que
veulent établir sur nous les jésuites, dans l'intérêt
de leur secte, sous prétexte de l'intérêt de notre
nationalité, dont ils se soucient comme d'un pion
d'échecs.

Or, ce despotisme absolu, pire que le servage antique, notre race latine, essentiellement libérale, ne l'a jamais souffert : et l'existence prolongée du pouvoir de la papauté sur nous n'a même pas d'autre cause. C'était notre garantie de liberté contre l'omnipotence sans frein de nos chefs divers empereurs ou rois. Cette force, cette puissance papale indépendante, je ne la veux donc pas annihiler ; car, de nos jours, comme jadis, comme naguère encore sous Napoléon Ier, elle peut, à moment donné, redevenir une de nos sauvegardes d'indépendance contre les excès de quelque Tibère inattendu.

Mais, présentement, elle a de beaucoup dépassé ses limites rationnelles. Loin d'être en danger chez nous, comme elle prétend s'y trouver, dans un intérêt facile à comprendre, elle tend au contraire à absorber notre société civile à son profit clérical. Elle constitue par ses envahissements le péril le plus grave de notre nationalité, dans le présent et encore plus dans l'avenir. Je lutte contre elle, tant que je puis, pour la faire rentrer dans l'ordre, dans la modération, le respect d'elle-même dont elle est sortie, à la suite et par le fait de ses sectaires-exploiteurs : les jésuites, ces bachi-bozouks de la papauté, qui la perdent, et avec elle le catholicisme.

Je lutte de la double énergie de mes convictions réfléchies et de mon patriotisme, contre les mercenaires étrangers, les moines, jésuites en tête, abattus sur nous, depuis la guerre, comme sur une proie tombée. Légion de parasites, castrats de la vie, recrutés de tous pays, chassés de chaque pays viril et s'engraissant de nous, aux dépens de notre clergé même, aveuglé d'obéissance ! Excroissances délétères, guis ou tumeurs, qui prennent à temps donnés, les arbres ou les nations, les épuisent et les corrompent jusqu'à trépas ; si quelque main énergique et résolue ne brûle pas la gangrène jusqu'à sa racine.

Je lutte enfin de toute l'ardeur de mes instincts français contre l'hypocrisie montante de nos jours, cette lèpre morale, apportée chez nous par les jésuites, qui va, si nous n'y parons pas, vicier nos loyales natures pour des générations entières. Maudits soient-ils parmi nous, et malheur à eux sur l'*indiscover'd land !*

Le grand voyant de l'enfer, Dante, les a trouvés dans le sixième cercle : les regards louches, tournant à pas lents, affaissés, haletants, sous leurs frocs de plomb montés jusqu'à leurs yeux en larmes :

> *..... Gente dipiata:*
> *Che giva intorno assai con lenti passo,*
> *Piangendo, e nel sembiante stanca e vinta.*

IV

Telles sont mes idées, mes principes généraux, en fait de religion ; et, il n'est pas, je crois, un seul esprit réfléchissant, ayant agité ces hautes questions, qui ne les partage à degré quelconque.

J'ai cru devoir, au début de ce chapitre, les formuler très-nets, pour bien montrer, surtout aux âmes craintives que le parti clérical cherche à effrayer, qu'il ne s'agit nullement de renverser, ni même d'affaiblir la religion de nos pères, celle de l'immense majorité d'entre nous : le christianisme.

Au contraire : et si celui qui écrit ces lignes croyait ce même christianisme menacé de violence, certes, il serait des premiers à le défendre et avec non moins d'énergie qu'il combat aujourd'hui les excès de ses lévites.

Mais, au nom même de cette religion, pour que ses intérêts ne se heurtent pas davantage avec ceux de la patrie, et ainsi ne soient pas, à moment donné, compromis d'une façon irrémédiable peut-être, il faut réfréner ses serviteurs divers. Il faut arrêter leur tendance naturelle à tous les hommes, principalement aux prêtres, qui est d'abuser de leur pouvoir spirituel pour empiéter sur un temporel dont ils n'ont pas à connaître. Nous ne devons point souffrir que, sous prétexte de défendre un culte inattaqué, ils compromettent non-seulement nos libertés et nos intérêts laïques, mais les intérêts mêmes qu'ils prétendent servir ; en faisant descendre la religion dans l'arène troublée de nos discordes civiles, au lieu de la maintenir intacte, au-dessus d'elles, respectée, implorée par tous comme un refuge suprême à nos misères humaines.

Le christianisme, tel que nos pères le conce-
vaient et nous l'ont transmis, doit régner sur nous
sans promiscuité de passions terrestres ; semblable
à ces hautes cimes de montagnes, Himalaya ou
Cordillères, les sommets du globe qu'on voit dans
le ciel de partout, bien au-dessus des nuages en-
tassés à leurs pieds, et qui, tant elles sont élevées,
impassibles dans leur éternelle majesté, semblent
la *Tellus mater*, la vieille mère du monde.

En d'autres termes, pour descendre de ces hauteurs perdues :

Rendre à César ce qui est à César : soit, de nos
jours, à l'Etat ce qui est à l'Etat : A Dieu ce qui est
à Dieu.

« Le prêtre à l'autel, » disait ma vieille grand-
mère, dont la sainte piété valait certes bien la costumerie religieuse des poupées de mode d'aujour-
d'hui.

CHAPITRE XII

Marche de l'invasion cléricale.

I. Situation particulière de la France au point de vue religieux : d'où la nécessité de nos libertés gallicanes. — II. D'où est née l'invasion. — III. Sa marche et ses progrès.

I

Partant des idées générales de religion exprimées dans le chapitre précédent, j'arrive naturellement à notre situation particulière, à nous Français, vis-à-vis de la papauté.

Quand, par génie naturel, ou du fait d'un grand homme tel que Mahomet, le chef de la religion est en même temps le souverain effectif de la race ou de la nation, comme en Russie, en Angleterre, en Turquie : ou simplement quand il réside dans le pays même et en dépend à titre de citoyen : il n'y a que peu ou point de danger national à ce que ce grand prêtre, ce pontife, ce pape, ce chef de religion, soit tout-puissant. Il a les mêmes intérêts que ses co-fidèles. Il n'y a à craindre de lui que pour la liberté, ou par folie, auxquels cas la nation avise.

Mais, quand ce pontife, ce pape, réside à l'étranger, chez lui ou chez une nation voisine, surtout pouvant devenir ennemie ou simplement rivale d'intérêts, comme cela se passe en ce moment pour nous, il peut y avoir instantanément danger grave, irrémédiable pour cette nationalité. C'est à cela que tous les hommes s'occupant de politique, tous les esprits sagaces et amants de leur patrie, doivent parer sans retard, parce que, je le répète, le péril est grave et menaçant à chaque seconde.

La France, étant depuis longtemps dans ce cas, par des causes inutiles à détailler ici, a remédié à ce danger avec l'habileté native de notre race éminemment pratique, en politique comme en tout, quoi que disent nos détracteurs.

Elle a institué sous des noms divers, mais toujours dans le même esprit et sous l'empire des mêmes idées, ce que nous appelons aujourd'hui nos libertés gallicanes, c'est-à-dire une charte librement consentie entre la papauté ou le chef de notre religion et nous. Cette charte, vieille comme la France chrétienne et qui durera autant qu'elle, parce qu'elle est sa sauvegarde, doit être rétablie entre nous et la papauté sous peine d'un schisme! Il nous la faut, de même qu'il nous faut une armée pour nous défendre, des lois pour nous régir. Sinon, nous sommes à la merci de Rome, et par Rome, à la merci de l'ennemi : ce que j'expliquerai plus tard.

Quant à présent, voyons d'où est né, comment a

grandi l'empiétement de pouvoir absolu sous lequel
la papauté nous tient en ce moment. Rien n'éclaire
sur une maladie, comme de savoir d'où et comment
elle est venue.

II

L'éternelle aspiration de tout ici-bas, des êtres,
des nations, des sociétés, des pouvoirs, quels qu'ils
soient, est de grandir tant qu'ils peuvent ; et, quand
ils ne peuvent plus grandir, de se raccrocher à tout,
pour s'en aller du monde le moins vite possible.
C'est une loi de vie. Rien n'est stationnaire ici-bas.
Croître, décroître et mourir : telle est notre condition fatale d'existence terrestre.

De par cette loi, l'éternelle prétention, comme
l'éternel effort de tous les chefs de toutes les religions est d'étendre leur domaine religieux sur notre
domaine civil et d'accaparer, à leur profit de pouvoir et de fortune, nos biens, nos êtres, nos consciences mêmes, tout ce qu'ils peuvent prendre ;
soit qu'ils agissent ainsi pour grandir, n'ayant pas
encore atteint leur apogée : soit qu'ils se raccrochent
pour s'effacer moins vite, comme il arrive à la religion dont nous sommes.

L'envahissement contre lequel je m'élève n'ap-
partient donc pas à Rome seule. Il a été, il est et
sera probablement de tous les temps, comme de
toutes les nations. Partout, toujours, il a amené

des tiraillements, des troubles, des guerres : selon que le chef de la nation et la nation avec lui ont plus ou moins bien su résister aux empiètements des ministres de la religion, autrement dit aux efforts de notre cléricalisme.

La phase que nous traversons n'a donc rien d'étrange dans l'histoire de l'humanité. Il suffit d'avoir lu les annales de n'importe quel peuple, sans exception, pour la retrouver telle quelle, à peu de dissemblances près. Notre histoire à nous, France, en fourmille, et je l'ai trouvée la même dans la tribu sauvage où le sorcier en chef, autrement dit le pape de la tribu, cherche, lui aussi, à empiéter sur le domaine civil de cette tribu pour l'exploiter, la dominer au nom et par le moyen des superstitions enfantines, qui constituent la religion des ces peuplades primitives. Lui aussi, dans le même but, joue de l'apparition, du miracle, de l'intervention effective d'une puissance surnaturelle dans nos affaires terrestres. Au lieu d'être un christ qui pleure, comme en Italie, ou une vierge de Lourdes qui guérit, comme chez nous, c'est un serpent parlant, un fleuve enlevant tous les maux, rien qu'à boire de son onde ou s'y laver. Puis, à la suite de ce miracle, surgit la demande d'un cochon pour le sorcier, du denier de saint Pierre pour le pape ; la guerre avec la tribu voisine qui ne croit pas, la guerre avec l'Italie qui ne croit plus !

D'un bout du globe à l'autre, l'humanité est la même partout, soumise aux mêmes besoins physi-

ques et moraux, donc aux mêmes accidents inhérents à la satisfaction de ces besoins et nés, tous ou
presque tous, d'un excès quelconque, moral ou physique, commis par l'individu, la famille, la nation.

III

Notre phase maladive actuelle provient de la faiblesse de notre gouvernement impérial. Elle a
grandi dans nos désastres. Elle s'est aggravée par
notre présente division de partis, autrement dit par
notre faiblesse actuelle.

Après avoir, pendant quelques années, suivi les
traditions de son oncle, en résistant victorieuse-
ment aux efforts tentés par Rome pour envahir la
France, comme sous les Bourbons de la Restauration, Napoléon III fléchit. Usé de corps, fatigué de
cerveau, il se laissa circonvenir par les chimères
catholiquement espagnoles de l'impératrice, circon-
venue elle-même par son confesseur et les émissaires secrets ou patents de la papauté. Rome, toujours admirablement bien informée de tout par
différents moyens, reprit aussitôt, sans même qu'à
peine en changer la forme, les procédés d'envahissement qu'elle avait employés sous la Restauration.

Elle fit donner par l'impératrice un ton de mœurs
religieuses à l'espagnole, où le plaisir et la dévotion
se confondent en messes, sermons, musiques, bals,
spectacles, etc.; tout cela mené de front et pêle-

mêle. Le matin à la messe, le jour aux magasins, le soir au sermon ou au théâtre, et la nuit au bal. Au bal décolleté de toutes manières, parce que cela plaisait à l'empereur, et que, d'ailleurs, on en était quitte le lendemain pour s'essuyer au confessionnal. Bref, une cour espagnole du moyen âge, moins la foi — par bonheur pour nous — car l'Inquisition eût suivi.

L'impératrice, la cour et une cour toute-puissante, riche à milliards, donnant le ton, la mode prit. Or, en France, toujours, la mode mène tout. Cela descendit dans chaque famille riche. Les jeunes gens même eurent leur confesseur, sauf à ne jamais le voir. Et ainsi, peu à peu, nous en sommes arrivés à la parade actuelle de pratiques sans foi, de dévotion sans mœurs, de religion sans Dieu !

Cependant, au frou-frou de la mode, Rome avançait toujours, à sa manière, dans l'ombre, pas à pas et sans bruit, jusqu'à l'heure où, se sentant la plus forte, elle a brusquement jeté le masque en arborant le syllabus, la lutte ouverte contre les idées modernes ; et surtout, en sapant hardiment, à l'aide de ses journaux et de son clergé, toutes nos libertés gallicanes, notre charte de garantie avec la papauté. Sur ses pas et ses ordres, nos évêques, puis, à leur suite, tout notre clergé, firent chorus à leur grand prêtre, hallucinés les uns par une foi réelle, les autres par la peur de la révolution, beaucoup par l'ambition ou le désir de n'obéir plus qu'à un maître extérieur et lointain, donc moins fort, le pape.

Quant aux intérêts de la France, à nos libertés,
dont ils auraient dû se montrer les gardiens, au
moins silencieux entre leurs devoirs de patrie et
leurs devoirs d'évêques catholiques ; vieilleries que
ces idées ! Les rayonnements d'un chapeau de cardinal les ont si fort hallucinés que leurs regards ne
leur appartiennent plus. Ils sont comme ces oiseaux
à la tête et aux yeux perdus sur un métal rayonnant, comme un avare sur l'or, un ambitieux sur
le pouvoir ; tous les êtres enfin pris d'une passion
unique, insensée, qui les hallucine ! Ils ne voient
plus que le chapeau de cardinal et la main dont ils
l'espèrent !

Tous, évidemment, ne sont pas ainsi. Je le sais
bien. Mais leurs quelques meneurs, au moins un
que j'ai suivi dans ses différents avatars, en est précisément là. Son œil n'est plus à lui. Il est à son
rêve, au chapeau qui le fuit et qu'il n'aura jamais,
parce que, dès le lendemain, il s'en servirait contre
ce donateur. Il a trop parlé. On le connaît au Vatican !

Rome cependant allait toujours, sans s'arrêter et
même multipliant ses efforts, au cours des événe-
ments favorables à ses visées.

Notre clergé, surtout celui d'en bas, chez lequel
le sang de la France bat plus chaud et qui le re-
trouvera quand un vrai chef en France lui saura
parler, s'était admirablement comporté pendant la
guerre. Rome, s'étayant sur le patriotisme de nos
prêtres, sur les crimes aussi odieux que funestes de

la Commune, et principalement sur sa propre lutte aujourd'hui assoupie avec l'Allemagne, continua non-seulement de garder chez nous toutes ses positions, mais elle profita des circonstances pour les étendre encore.

Avec son habileté diplomatique admirable, la première du monde, elle sut persuader aussi bien à nos gouvernants myopes qu'à notre race française tout entière, qu'elle n'entamait cette lutte avec l'Allemagne que pour nous, à cause de nous, comme une revanche de nos défaites de guerre, menée à la jésuite. Il ne s'agissait pas plus de nous, en l'espèce, que du grand Turc ; et, la preuve est la façon même presqu'instantanée dont cette querelle s'est assoupie en vertu peut-être de quelque secret marché, dont nous avons tout à redouter? Mais nous nous relevions du champ de bataille, saignants, désolés ; toute main arrêtant nos ennemis pouvait être une main de salut. Puis on nous répétait sur tous les tons que Rome nous relèverait, panserait nos blessures, nous rendrait nos bien-aimées de l'exil, nos provinces perdues ; tout cela par sa seule habileté jésuitique et romaine !

Le silence contre les cléricaux se fit chez nous ! Notre race a cela de grandiose, que d'un bout de la France à l'autre, quand la patrie parle, tout se tait, même la liberté, même la faim, oh notre grand Paris !

Rome, continuant son œuvre, acheva de nous couvrir de couvents, ce qu'elle ne faisait encore que commencer sous le régime impérial. Aujourd'hui, à moins de vingt ans de ses vrais efforts en ce genre, elle a, par elle ou par notre clergé travaillant contre lui-même, inondé littéralement notre pays de congrégations, de communautés, de maisons ou de sociétés religieuses, à ne plus en savoir le nombre. Il y en a partout. Nous en avons, l'an dernier, demandé le dénombrement ; mais, l'aurons-nous ? Et l'aurons-nous exact ? Nous verrons.

Il y en a tant et cela fonctionne si bien, que ce serait merveille de voir à l'œuvre tous ces frêlons, mâles et femelles, essaims de toutes provenances, de tous noms et couleurs, rouges, blancs, gris, noirs, qui sucent, piquent, triturent en bourdonnant notre pauvre société française, où l'instinct populaire est aujourd'hui seul à lutter ! Ce serait merveille que les voir à l'œuvre, si ce n'était nous cette société qu'ils exploitent ! Notre France, sur laquelle leurs essaims dévorants se sont éparpillés, comme sur un miel étalé !

Ils sont à la fois sinistres d'organisation pressurante : splendides de machiavélisme clérical et romain. Il n'y a que les jésuites au monde pour avoir si vite et si bien organisé semblable trame à mailles de sangsues, dont encore un peu nous ne pourrons plus nous débarrasser que par la violence. Tout à l'heure, à l'un des chapitres suivants, je vous montrerai comment ces milices opèrent sur nous et leur danger pour nos mœurs nationales. La tâche me sera facile ; je les connais pour les avoir trou-

vées à l'œuvre sur d'autres pays. Vous verrez alors
si je les calomnie. De vrais frélons, vous dis-je : et
d'autant plus dangereux que leurs piqûres, pour
être si funestes qu'on en peut mourir, pénètrent
doucement, sans faire souffrir, en vous endormant,
comme un poison savamment préparé.

Quant à présent, procédons par ordre. Je viens
de vous exposer la marche du cléricalisme chez
nous, depuis une quinzaine d'années environ : l'un
des envahissements les plus rapides que Rome papale ait jamais tenté et réussi sur aucune des nations de son obédience. Examinons maintenant la
nature de cette invasion. Vous jugerez du danger
où nous sommes et de notre nécessité sociale d'agir
énergiquement, sans ambages, sans retards : parce
qu'en fait de servitude, les premiers échelons une
fois descendus, on ne sait plus jusqu'où on tombe.
C'est comme dans le vice : on y roule si bas qu'il n'y
a plus à se relever.

CHAPITRE XIII

Etendue et nature de l'invasion.

I. Envahissement dans la commune. — II. Dans les écoles laïques. — III. Dans l'armée. — IV. Dans les mœurs : le comte de la tinetteria. — V. L'unique moyen de parvenir.

I

Partout, dans l'ordre civil, où cependant la religion n'a rien à faire, le cléricalisme s'est introduit et peu à peu, au fur et à mesure de nos résistances vaincues, prend tout : enseignement, armée, commune, mœurs, politique, tout !

Jadis, il y a seulement vingt ans, le curé, avec raison, ne figurait pas plus dans les affaires civiles de la commune que s'il n'avait pas existé. On citait bien quelques villages où le prêtre règnait tacitement, par droit de capacité, tolérance amicale du maire, état particulier de la localité : mais cela était rare et sans importance. Il existait bien çà et là des tiraillements latents entre le maire et le curé, le curé et le maître d'école, etc., comme il y en a toujours entre fonctionnaires gravitant côte à côte, dans des sphères différentes et se touchant, se gênant réciproquement à certains points de contact. Mais rien de tout cela n'était endémique, tel qu'on le rencontre aujourd'hui dans maintes communes, surtout dans celles qui sont éloignées des grands centres : car pour nous, dans Seine-et-Oise, aux portes de Paris, nous ne sommes encore atteints qu'à peine du phylloxera clérical.

Aujourd'hui, très-souvent, excepté autour des grandes villes, et encore ! le prêtre participe, sinon plus, à l'administration de la commune. Il faut son visa sur différents papiers municipaux, en regard de ceux du conseil municipal et du maire : ainsi pour les malades soignés gratuitement, les enfants admis à l'école sans payer, etc. Bien que la police des cimetières ne lui appartienne pas plus qu'à l'iman de la Mecque, il y prétend hardiment : et, presqu'à tout coup, lorsqu'il y a conflit entre le maire et lui, l'administration donne raison au curé. Beaucoup d'entr'eux s'immiscent de leur mieux dans les affaires municipales, et ce n'est pas la faute du clergé s'il n'a pas repris exclusivement les actes de l'état civil qu'il garde même à côté de nous. Maintes gens ne se croiraient pas sérieusement mariés ni morts, s'ils ne l'étaient de par l'église. Avant dix ans, malgré nos lois, la sacristie aurait plus de clients que la mairie, si simplement on laissait faire.

Dans la plupart des communes, le prêtre est en lutte avec l'instituteur, ou le domine et souvent l'absorbe. Il est son chef à l'école par l'instruction religieuse, son chef au lutrin, son supérieur de si

haut dans les mœurs, qu'il n'y a pas même lutte possible entr'eux. L'homme d'église tient l'homme d'instruction, par tous moyens : par la messe, le prône,
la communion, le catéchisme, le châtelain ou bourgeois de la paroisse invitant l'un et pas l'autre. Si
le pauvret ne courbe pas la tête, il est conspué ou
renvoyé. Ses chefs même ne l'osent défendre qu'à
peine. S'ils l'osaient, quelqu'âme charitable, alliée
naturelle du curé, ferait au plus vite une école congréganiste, logée, nourrie, rentée par le château,
comme dit le prêtre, afin de prendre son bourgeois :
et alors adieu l'école laïque !

Bref, en ce qui touche la commune, le curé n'y
est pas encore le pacha omnipotent, mais il marche
à l'être à grands pas, tant que l'évêque ose, tant
que le préfet essaye ! Il est des villages où le prêtre
s'est élevé peu à peu à l'état de Dieu le père, dans
la Trinité gouvernementale. Directement ou par
Madame, il mène le maire, et si ce dernier regimbe
l'étrivière féminine ou préfectorale le met promptement à la raison. Il contrôle le conseil municipal
et souvent le morigène du haut de la chaire. Il s'est
fait le directeur de droit divin, absolu, irresponsable,
sans contrôle et sans appel du troupeau, comme ils
nous nomment !

Or, j'ai vu de ces troupeaux humains menés ainsi
à la houlette cléricale, tenue par les jésuites. Si vous
saviez, — je vous le dirai plus tard — quel est ce
despotisme et quels ilôtes sans âme ils ont fait de
leurs moutons ! Nos brebis elles-mêmes, si affolées

qu'elles soient de leurs pasteurs, rebelleraient leurs jolies têtes.

Voilà pour la commune.

II

Dans l'ordre enseignant, c'est pire encore. Toutes nos écoles primaires comme vous venez de le voir, secondaires, spéciales, particulières sont plus ou moins sous une coupe ecclésiastique. Les aumôniers y font la loi souvent et, presque toujours y donnent le ton. Il n'y a de pensions florissantes que celles qui vivent à l'ombre d'un évêque ou d'un homme d'église quelconque. Une maison d'enseignement dirigée tout à fait en dehors d'eux est presqu'un mythe. Les écoles militaires elles-mêmes sont tombées, ou tombent dans leur orbite. A Rambouillet, les pupilles de l'armée sont menés par des frères! A Saint-Cyr, les cléricaux sont les maîtres et nous voyons chaque jour l'école polytechnique elle-même, se défendant à grand'peine contre cette marée noire qui prend tout!

Notez que je ne m'occupe ici que des écoles qu'ils ne tiennent pas absolument, de l'enseignement laïque en dehors d'eux. Je reviendrai plus tard sur l'enseignement qu'ils exploitent tout à fait, en maîtres exclusifs, à l'abri de ces hautes forteresses monastiques, à cachet de prison, derrière lesquelles ils étiolent nos jeunes générations

III

Dans l'ordre militaire, ils ont le pied non point en annexes, comme jadis, mais en maîtres. Je ne parle pas de la presque obligation, où, pour avancer vite, il faut avoir au moins une senteur quelconque de sacristie. On me le dit. Je le pressens. Je n'en connais pas la mesure exacte. Mais ce que je sais, c'est que chaque régiment, chaque navire, a ou aura avant peu son aumônier : c'est-à-dire un personnage en dehors de la discipline, confessant les hommes et les officiers, ayant par force l'oreille de la colonelle, donc tout puissant ! Et que ce personnage, *muni des secrets du régiment*, dépendra de l'évêque, qui dépend du pape ! La confession est une chose utile à certains égards, mais pour la papauté, bien plus que pour le troupeau !

IV

Dans les mœurs cet envahissement n'a pas de limites pour ainsi dire. Il a tout pris.

Au village, il n'est hobereau de vieille souche ou bourgeois enrichi, qui ne se pose plus ou moins en Mécène clérical. Sur dix on en peut compter sept, si pas plus, qui, la châtelaine menant, jouent ce

rôle ; non par conviction, ni même par zèle de
propagande, mais par ton, mode, fard de parve-
nu surtout ; car les parvenus sont de beaucoup les
plus acharnés au cléricalisme.

C'est le complément obligatoire et comme sanc-
tifiant de M. Jourdain ! Vous voyez des ménages,
mari et femme, dont les noms des pères sont encore sur les tinettes nocturnes d'une grande ville.
Ils ajoutent à ce nom un De la Tinetterie quelconque, trouvé, disent-ils, dans de vieux parchemins de famille : et, juchés, sur cette noblesse
poussée de nuit, ils paradent religieusement. Si la
fortune n'est que moyenne, on a son banc à l'é-
glise, le patronage d'une œuvre religieuse quelconque, des quêtes par la *demoiselle*, des paroles bien
senties pour la religion, beaucoup d'injures pour
les libres penseurs : et on se borne à cela. Chacun
fait ce qu'il peut dans ce bas monde.

Si la fortune est ronde, il y a progrès. On ne va
pas à l'église communale. Fi donc ! c'est bon pour
ces gens là ! Il y a dans le castel bâti à coups
d'inodores, une chapelle bénie par l'évêque, et
la chambre de l'évêque, quand daigne venir sa
grâce, son éminence, sa grandeur ! Madame con-
fond les noms sans même y prendre garde ! Peu
lui importe. Pourvu qu'ils sonnent haut le respect
et la posent selon elle, car ses enfants eux-mêmes
sourient — la parfumée châtelaine n'y regarde pas
de si près. Chaque dimanche, le curé voisin vient
desservir la chapelle seigneuriale ; dîne au château :

s'y prélasse entre le domino de Madame ou le piquet de Monsieur; puis s'endort jusqu'à l'instant où Jacques vient prévenir que la voiture est là pour M. le curé.

Enfin, si les résidus de jadis ayant été largement frelatés, la fortune est princière, un beau jour on voit arriver dans la commune une école de Maristes ou des sœurs de la Visitation, de la Conception, de la Sainte-Détresse, etc., je me perds dans tous leurs noms, comme la châtelaine. C'est un don intéressé du seigneur *des lieux* ! Et voici comment il a été amené à cette libéralité souvent coûteuse pour la commune; car craignez Rome surtout quand elle donne; rien n'est cher comme une congrégation gratuite. Le *Timeo danaos et dona ferentes* est de tous les temps. Lorsqu'une communauté quelconque voudra gratuitement s'établir chez vous, mes chers collègues en mairie, rappelez-vous ce dicton de la sage antiquité.

Mais revenons à notre châtelain et à l'histoire supposée, plus fréquente qu'on ne croit, de sa libéralité congréganiste.

Depuis le jour où les écus de son père lui ont permis d'acheter un domaine seigneurial, M. Jourdain de la Tinetterie se goberge le plus aristocratiquement qu'il peut dans ses prétentions nobiliaires. Il glisse des armoiries indécises sur ses équipages et son papier à lettre; fait sonner son nom d'emprunt dans tous les salons où on annonce; est marguiller de sa paroisse et va au pélerinage, tandis que sa

femme est dame quêteuse d'une demi-douzaine
d'œuvres. Rien ne pose une femme, comme de qué-
ter sous goupillon clérical, jésuitique surtout ! Bref
notre couple exerce à outrance son métier de sur-
numéraire en noblesse.

Mais quoi qu'il fasse, cela ne suffit pas à son
bonheur, ni encore moins à celui de son auguste
épouse. Il leur faut un titre; ils en rêvent jour et
nuit, même sans dormir ! Leur proche voisine en a
un !

Cependant, passe par aventure à la ville voisine,
un moine prêcheur quelconque, y lancé par l'évêque, en mission de carême. Notre bourgeois gentilhomme l'invite à s'installer au château. Bon gîte,
bonne table. Le sermonneur ne se fait pas prier,
juge son homme en une soirée, confesse sa vanité
nobiliaire : et, pour pénitence espérante, l'envoie à
Rome, où il le recommande même—fructueusement
pour Rome ! C'est son emploi spécial. Il est limier
de ce genre de revenus !

Plus encore qu'au temps de Jugurtha, la ville
éternelle est à vendre et fait tout pour de l'argent.
Jadis, il y a quelques siècles, elle fabriquait des
saints qui lui rapportaient gros pour l'époque :
150,000 fr. environ la pièce. Aujourd'hui elle fabrique des nobles. Cela ne lui rapporte pas autant
par chaque ennobli : mais elle en fait plus. Il y a
compensation. Là papauté moderne crée des ducs,
des comtes, des barons : tant qu'on lui en demande,
tant qu'on lui en peut payer. Cela a été de tous

temps une de ses industries : mais elle est démocrati-
sée, comme nos Phrynés modernes ont démocratisé
l'amour.

Le prélat ou le monsignor du saint office nobiliaire, auquel le moine a recommandé M. de la Tinetterie, fait habilement comprendre à son visiteur,
qu'en échange de certains services rendus à l'église,
l'église donne des titres, de vrais titres de noblesse !
Ainsi, il n'a qu'à fonder dans son village une école
tenue par les sœurs de la Sainte-Détresse, une communauté pas riche, mais tout à fait vertueuse et
instruisant les filles comme le Sacré-Cœur lui-
même ! Un titre de comte ne serait pas de trop,
pour reconnaître semblable munificence !

Vite, avant même la fin de l'entretien, notre
homme se jette là dessus, comme une truite sur
une mouche. Le marché est conclu. Sans en avoir
l'air, avec des sourires, des saluts, des humilités à
la cléricale romaine, le monsignor lui sert avec le
titre une note salée, pour frais de chancellerie,
brevets, honoraires et sa *bona mano*, que tout vrai,
monsignor n'a garde d'oublier. M. le comte paie
les yeux fermés, rouge de plaisir et retourne en
France, sans même remercier qu'à peine, tant il a
hâte de jouir de sa fraîche noblesse !

Le tour est joué pour Rome et pour lui. La communauté arrive et derrière elle, Jean Vidange, du
nom de son père, déguisé en comte de la Tinetteria, un fief romain ! Souvent même, il porte à sa
boutonnière, comme annexe de son titre, une large

rosette fond rouge. C'est son arrhe de marché : un délicat denier à Dieu, que son monsignor lui a de sa blanche main attaché à l'habit, en sortant de l'audience papale obligatoire. Tout y est. La femme est comtesse ; leurs fils, vicomtes, feront s'ils ne l'ont fait en avance, souches de nobiliaux, qui, plus tard, en souvenir de l'ancêtre, porteront de gueules fond brun, sur azur nocturne, avec tonneaux en sautoir, pour merlettes ! De la noblesse au guano !

C'est à mourir de rire et chacun en rit ; mais non sans se laisser plus ou moins épater par ces maquillés de l'église et trouver surtout que l'école ou les sœurs ne coûtant rien sont une bonne chose pour la commune ! Pendant que nous rions, Rome fait doublement ses affaires : de l'argent avec son titre ou ses rubans : du pouvoir par son école, ses sœurs, son nobiliâtre à sa dévotion : et ainsi pas à pas, à la romaine jésuite, étale, sur notre Société française, son envahissement monastique qu'elle n'a jamais cessé de tenter sur le globe entier.

V

Dans l'administration, la magistrature, l'armée dans toutes les carrières, sans exception, quiconque fait parade de sentiments religieux est certain d'être accueilli, choyé, obéi par le pouvoir comme un oracle ou un favori, selon l'importance qu'il a dans la sphère dévote. C'est à qui de nos fonctionnaires, grands et petits, se fera marguiller, croisadant pour la religion et quêtant pour elle par sa femme ou sa fille. Le clergé fait les mariages et distribue les héritières, voire même les héritiers, comme s'il tenait boutique de la denrée. Toute riche jeune fille, au Sacré-Cœur ou même dans sa famille, est la proie marquée d'un prêtre : à destination de quelque pâle traîneur de sacristie, élève des jésuites ou d'un couvent quelconque.

Le seul revers à la médaille est que souvent, peu après le mariage, les tribunaux retentissent des débats de ces unions mal assorties, subitement troublées par quelque scandale impur arrivant de Sodome ! Car de tout temps Sodome et Rome ont fraternisé. Pour ne point produire, malgré leurs accouplements impurs, les éphèbes affranchis du temps de Néron ont laissé postérité dans la ville éternelle ! L'Orient là-dessus n'a rien à lui apprendre et si ce mal immonde sévit aujourd'hui chez nous avec tant de force, nous le devons encore plus à nos couvents qu'à l'Afrique elle-même.

En province, dans certains pays, quiconque ne fait pas plus ou moins parade de religion, est mal venu, souvent même honni. Il faut aller à la messe le dimanche ou passer pour un sacripant, et y aller en grand tra la la de toilette, sous peine qu'on en glose au cercle ou dans le quartier. A la grand'messe, c'est à qui paradera. Je sais une petite ville, très-connue, que je ne nommerai pas, où le maire, malgré sa vie passée, moins qu'édifiante en fait de mœurs, trouve à redire très-haut, quand le sous-préfet ou le colonel de la garnison ne sont pas ainsi que lui, en bottes bleues comme disent les matelots : autrement dit en grand uniforme, en livrée, qu'il endosse le plus souvent qu'il peut. L'intolérance religieuse s'est greffée là sur la vanité du bourgmestre.

Dans les rues, sur les promenades, partout, on voit des ecclésiastiques, allant, venant, causant à gestes onctueux avec nos femmes qui ronronnent de vanité béate, à se sentir contemplées en si sainte compagnie. Militaires et payses aux Tuileries de jadis ! Partout on voit des prêtres lisant incessamment leurs bréviaires avec ostentation, pour montrer leur rigorisme de devoir; comme si la vraie religion s'affichait en public ! Les dimanches, aux heures des offices, passent triomphantes, nos femmes, sœurs ou filles, traînant leurs maris ou leurs pères à la messe. Ils vont, l'air ennuyé pour la plupart, comme malgré eux, portant le livre cependant : en bons servants de leurs dames souveraines, dont les yeux et la toilette éclatent de vanité satisfaite. On lit sur la face et dans l'attitude de chacune d'elles le triomphe d'une promesse faite la veille à son confesseur.

« Il y vient : je l'amène, mon père ! »

Triste, triste une société où le mari ne menant plus, est mené par sa femme que mène le prêtre !

Ce n'est pas que tout ce monde-là croie ? Ah bien oui ! Suivez-les dans l'église, vous verrez. Monsieur

baille en contemplant la voûte ou cherche des yeux
madame • • •, et dès qu'il l'a trouvée, ne la quitte
plus du regard. Il a son rendez-vous : l'objet réel
de sa venue à la messe. A ses côtés, Madame joue
religieusement son rôle jusqu'au bout, parce que les
femmes jouent la comédie bien mieux que nous.
Elle tourne régulièrement ou à peu près les pages
de son livre : remue les lèvres à certains passages
qui lui remuent le cœur : fait le plus gracieusement
qu'elle peut ses évolutions étudiées d'assis et de
lever, surtout son recueillement d'élévation, qui la
drape à merveille, au physique et au moral. Mais
suivez-la bien, vous saisirez ses regards rapides,
ses regards de femme, glissant soudain à droite et
à gauche; pour voir si on la voit, si la toilette de
la voisine est mieux ou moins bien réussie que la
sienne, si l'élu de son cœur enfin est là dans le coin
convenu.

Or çà, Mesdames, ne vous en déplaise, à vous tant
aimées, si vous étiez vraiment à la messe, vous ne
penseriez qu'à elle ; et, ne pensant qu'à Dieu, vous
n'auriez pas de ces regards fugitifs, mais incessants. Donc, quoique vous en disiez, passons sur
votre foi comme sur la nôtre. Votre dévotion, c'est
la mode, le comme il faut et surtout le désir immodéré de faire avancer votre mari. L'église est toute
puissante. Un ménage dévot va droit au paradis, en
traversant les bons emplois.

Le commerce lui-même s'en mêle : par imitation
de la noblesse et des fonctionnaires, puis parce que

c'est lucratif souvent. On fait partie de la ligue du
dimanche. Les volets du magasin ou de l'atelier
portent en grosses lettres : Fermé les dimanches et
fêtes. Cela fait entrer en semaine les gens bien pen-
sants, comme on les nomme : gens riches en général,
oisifs, à la mode, et gaspillant leur argent en caprices coûteux sans cesse renouvelés.

« Entrez, Messieurs, Mesdames. Entrez, nous
sommes un saint magasin ! »

Les cléricaux nous mènent ainsi, de par la mode
surtout. Et, telle est leur force sur nos mœurs qu'à
part quelques écrivains, qui, voyant l'invasion, la si-
gnalent comme je le fais ici, personne n'ose élever
la voix même contre leurs mensonges les plus impudents, tels que leurs miracles modernes. Il est de
bon ton de croire : la France oisive feint de croire
et croit même jusqu'à un certain point, par habitude ou parti pris.

Quant à savoir ce que vaut devant Dieu cette
adoration menteuse, ce carnaval permanent de religion, ses pratiquants pas plus que leurs meneurs
cléricaux ne s'en soucient et même n'y pensent!
Comme si les uns et les autres ne devaient jamais
mourir, jamais comparaître devant ce Dieu qu'ils
raillent en feignant de l'adorer.

Ils rient, et, au besoin même, nous jettent à la
face, pour insulte, le nom de libres penseurs ! C'est
bête à couper au couteau, quand on y réfléchit,
sot et grossier pour eux-mêmes à l'excès, puisqu'en
nous appelant ainsi, ils se nomment eux : les escla-

ves penseurs ! Moins que des animaux ! Des choses qu'on anime de ce qu'on veut ! C'est plus que
bête, idiot. Mais c'est comme il faut. Qu'importe le
reste.

Pauvres gens ! Descendez donc en vous-mêmes,
dans vos consciences, pour voir ce qu'elles disent
de votre maquignonage de la divinité ! De l'Etre
de justice ! De Dieu, votre maître, dont vous faites
une réclame pour avancement !

Est-ce que vous croyez, par hasard, que là-haut,
je ne sais où, sur le monde de récompense ou de
châtiment, vous tromperez encore ce maître ? et
que vos hypocrisies vaudront devant celui qui sait
tout, qui voit tout, peut tout : Dieu.

CHAPITRE XIV

Propagande.

I

La propagande cléricale ou romaine opère sur nous par des moyens divers, quoique tendant au même but de pouvoir.

Grâce à sa connaissance parfaite de chaque nation, Rome a compris dès avant nous, bien avant, la puissance des publications sur la société moderne. De suite, et cela remonte à loin déjà, elle s'est mise à publier des livres, brochures, journaux, de tous genres et de toutes formes; surtout des petits livres pour prier, qu'elle répand à profusion dans les familles par les mains de l'enfance. Il s'imprime chaque année à ses gages directs ou in-

directs, rien qu'en publications de ce genre, des
millions d'exemplaires.

Or, tout cela porte sur l'opinion d'une façon quelconque, plus ou moins, mais porte.

> Toute aile vers son but incessamment retombe,

a dit Victor Hugo. Toute page imprimée trouve des
lecteurs peu nombreux parfois, mais parfois aussi
à centaines, depuis le compositeur qui imprime, jusqu'au chiffonnier qui ramasse pour papier neuf.

La plupart de ces petits livres sont ineptes, our-
dis de superstitions, de mensonges, de stupidités
de tout genre, irrationnels, faux, hypocrites,
bêtes surtout à faire lever les épaules, quand, par
hasard, on en prend un aux mains d'un enfant
ou ailleurs. Mais cela n'en fait pas moins goutte
d'eau sur l'opinion et, par cette goutte d'eau, son
trou, dans l'âme des lecteurs peu éclairés ou simplement troublés par une cause quelconque.

« Si c'était vrai pourtant ! » se dit-on, à force de
lire, et, en lisant, de supputer même l'absurde !

Indépendamment de cette publicité immense d'autant plus dangereuse qu'étant à vil prix, elle va partout; les cléricaux ont leurs feuilles à gages, osten-
sibles ou secrètes, de toutes formes et de tout genre;
depuis celles qui prêchent ouvertement croisade
contre la société moderne, jusqu'à celles qui, dissimulées sous des dehors frivoles, ou des bannières
étrangères, hostiles même d'apparence, n'en sont
pas moins au service romain.

Ainsi, tel grand journal, d'allures indépendantes, que vous êtes à cent lieues de supposer clérical, est souvent, à différents titres, subventionné par eux, pour soutenir certaines thèses qu'ils veulent jeter dans l'opinion. Tels articles, qui nous semblent des boutades humoristiques d'écrivains affolés de réaction ou au service des vieux partis, ne sont que des réclames déguisées à la solde des jésuites. Vous vous tromperiez comme des actionnaires-gogos, si vous croyiez qu'ils n'ont à eux que les journaux à leur livrée. Les autres sont peut-être aussi nombreux. De nos jours, plus que jamais, la presse est une affaire d'argent, et les cléricaux ont de l'argent comme ils en veulent : la peine d'en demander à nos femmes !

Souvent le journal même qui imprime ces articles ne sait seulement pas d'où ils lui viennent. On l'a *poliment* prié d'insérer. Il a des actionnaires ce journal ! Il insère ; et vous croyez, vous, naïfs lecteurs, que tel ou tel écrivain que vous connaissez pour chrétien, à la façon de Ponce-Pilate, a pris le chemin de Damas ! Point ! Son très-lu journal a reçu une très-payée réclame : l'écrivain marche. Pauvres nous ! Est-ce que ceux de nous qui n'ont rien de famille, que femme et enfants parfois, trouveraient à vivre de leur libre pensée, dans notre siècle de ventes, de réclames, de charlatanisme à outrance ? Pauvres nous ! Ce n'est pas notre faute, allez ! Combien en ai-je connus, nés libres, magnifiques et superbes, dont les têtes avaient fini par se courber sous les fourches caudines de la famille et du besoin! Pauvres nous!

Enfin, joints à cette publicité immense, sans égale ici-bas, ils ont les mandements de leurs évêques et leurs chaires. Leurs chaires d'églises incessamment ouvertes à leurs curés, leurs abbés, leurs moines, leurs missionnaires, et, qu'ils ont, l'autre jour, tenté d'ouvrir jusqu'à leurs partisans laïques, sans autre règle que la volonté épiscopale! Comme si nos églises étaient à eux, pour en faire ce qu'ils veulent, même des tribunes à location cléricale!

Ces chaires ne sont accessibles qu'à leurs seules doctrines, qu'ils y répandent, pour ainsi dire, sans cesse : aux mariages, aux morts, aux fêtes, chaque dimanche, quand ils veulent, plus de cent fois par an dans chaque église.

Du haut de ces tribunes, ils peuvent dire et disent tout ce qu'ils veulent, de par nos mœurs et la tolérance de nos gouvernants, tout! Vérités ou mensonges, morale vraie ou fausse, diffamations, calomnies, injures même, sans contrôle et sans pénalité, puisque tout leur est permis! Puisqu'il n'y a, pour ainsi dire, pas d'exemple d'un prêtre condamné pour paroles en chaire.

Jugez de cette force! Et pensez qu'elle obéit d'une façon absolue, sans lutte possible, à un seul homme, le pape, obéissant à un autre homme le général des jésuites! Que d'un mot, d'un regard, ce jésuite peut lancer sur la France toute cette meute écrivante, prédicante, intrigante ; et que, depuis des

années déjà, sans relâche, il la pousse incessamment
contre nos institutions libérales de 89.

Puis, dites-moi combien de temps encore ces institutions pourront résister? Et si ce n'est pas merveille, grâce à leur force de vérité humanitaire,
qu'elles ont pu lutter contre semblable croisade
ameutée sur elles depuis des dizaines d'années!

II

Ouvrez n'importe quel livre sorti de leurs officines,
n'importe quel journal à leur dévotion, entrez dans
n'importe quelle église au moment du prêche; vous
lirez ou entendrez, sous une forme quelconque, une
attaque quelconque contre notre société moderne
civile, au profit d'un ordre social clérical.

Notre révolution, le plus magnifique bond en
avant qu'ait jamais fait l'humanité, n'est, à les entendre, qu'une convulsion sanglante, qui a retardé
l'humanité au lieu de l'avancer! La noblesse et le
clergé eussent tout donné de bon cœur, gratuitement, sans même rien demander en échange: tout,
leurs priviléges, leurs titres et jusqu'à la dîme! Ce
n'était pas la peine de les leur prendre!

Et, pour preuve, ils clament du matin au soir
qu'il faut revenir à tout cela, commençant par le
droit d'aînesse et finissant par la dîme! Oh! les
bons apôtres!

S'ils se bornaient à cela encore? Nous en pren-

drions notre parti très-vite et les laisserions dire.
C'est si faux de prétendre que l'homme était plus
heureux qu'aujourd'hui, du temps où il lui fallait
tout souffrir de ses maîtres divers, rois, seigneurs
et prêtres! Tout, la corvée, la spoliation, les dénis
de justice, les insultes, les coups, la mort même,
comme une bête de somme souffre tout de son possesseur! C'est si absurde de soutenir que les rois,
seigneurs et prêtres, avaient le droit de nous imposer tout cela, et que notre devoir était de le supporter. C'est si sottement inepte, qu'on pouvait se
borner à leur répondre de temps à autre, comme
je le fais en cette page, puis à les laisser dire.

Mais cela n'est que le sommaire de leur propagande anti-sociale. Du haut de leur publicité incessante, comme d'une citadelle protégée par la
double impunité de leur caractère et de nos faiblesses, ils injurient à tous propos n'importe qui leur
fait ombrage parmi nous. Nos mœurs, nos lois, nos
institutions, nos chefs républicains, tout leur est
sujet d'insultes sans vergogne, sans souci de la vérité, sans autre mesure que celle de leur caprice.
Puis, pour peu qu'on leur réponde, on est montré
au doigt par nos mœurs, ou condamné par nos tribunaux!

Tous les moyens leur sont bons, tous les efforts
permis, pour venir à bout de notre état social: et
ils sont, sous ce rapport, d'une fertilité d'inventions
à les admirer, si, ce n'était nous, la France, qui
sommes les assiégés! Depuis leur chef, le pape, jus-

qu'au dernier de leurs sacristains laïques, tous sont
à l'œuvre pour nous combattre.

III

Vous avez lu le *Syllabus*, cet amalgame fossile
de toutes les vieilleries du moyen âge ! sorte de ca-
tapulte monstrueuse, avec laquelle ils battent en
brèche, dans leur latin obscur, non-seulement la société, mais l'humanité moderne tout entière : en la
considérant comme une bête inconsciente échappée
de leur cage sacerdotale, et qu'ils y font rentrer à
coups d'étrivières.

Ce serait objet de risée méprisante, comme si les
Romains d'aujourd'hui voulaient nous faire redevenir leurs esclaves : et il n'y aurait qu'à disséquer
cet empaillé grotesque, pour en montrer les ficelles
cléricales, tombantes de vétusté inoffensive. Mais
nous avons autre chose à faire que nous amuser sur
ce fossile, qui n'est qu'un trompe-l'œil à notre usage:
comme ces monstres hideux que les Chinois portent
en avant de leurs armées pour terrifier l'ennemi.
Soyez bien persuadés qu'ils connaissent aussi bien
que nous, et même beaucoup mieux, l'étrangeté
antediluvienne de leur mastodonte. Mais c'est un outil d'affaires : et il y a une idée sous le *Syllabus*
comme sous tout ce qu'ils font. L'idée de demander
le plus pour avoir le moins. L'idée de ces marchands des bazars orientaux, qui font cent francs.

ce qu'ils finissent par donner pour cent sols : en volant encore quatre francs et riant ensuite avec leur voisin du naïf chrétien qu'ils ont dupé. Il y a beaucoup de l'oriental dans le romain ! Gardez-vous mes chers compatriotes, quand vous passerez par Rome.

Vous avez assisté par les journaux à ce fameux concile œcuménique, vraie chambre à tout faire de la papauté, chargée par elle de renforcer ses pouvoirs en les divinisant. Vous vous souvenez de l'ombre de lutte que les ombres de nos évêques ont essayé de soutenir alors, en faveur de nos libertés gallicanes, contre l'omnipotence céleste de Rome ! L'infaillibilité du pape déclarée, béatifiée, déifiée ! Si bien qu'on pourrait faire avec avantage, à propos de sa personne, le fameux raisonnement d'Epiménide crétois disant que tous les Crétois étaient des menteurs ; donc mentant ; etc., etc.

« Si le pape a été déclaré infaillible, c'est qu'il ne l'était pas avant d'avoir été reconnu tel. S'il ne l'était pas, comment peut-il être devenu infaillible sans un miracle? Il n'y a pas eu miracle : donc il n'est pas infaillible. Mais d'un autre côté le sacré concile ne peut mentir. Donc le pape est infaillible : etc., etc. »

On ne sort pas plus de ce raisonnement là que de celui des épinards. Mais c'est moins drôle et surtout moins inoffensif. Sous cette manœuvre de pure discipline ecclésiastique, au dire des cléricaux, essayant de pallier ce formidable empiétement, il y a l'idée de domination absolue, de gouvernement de l'homme par l'église. L'idée de l'humanité, bête de somme à usage du Cæsar-Dieu, devenu pape-Dieu de l'éternelle Rome !

Enfin, depuis la chute temporelle de la papauté, vous n'êtes pas sans avoir lu quelques-unes des diatribes du prisonnier du Vatican, comme ses fidèles le nomment : sa dernière entr'autres, où il se déclare enfermé, traqué, lui et ses évêques, par l'Italie moderne.

Vous savez, sans que je vous le dise, d'abord qu'il est captif comme vous et moi; voire même plus libre que vous et moi. Car, outre que, si le cœur lui en dit, il peut rester en son palais, un beau je vous assure, il a des trésors énormes pour aller où bon lui semblera. De plus, tel est le véritable fétichisme dont il est l'objet que c'est à qui dans la catholicité le recevrait, malgré les dangers sans nombre à naître de sa présence.

Il est dépossédé de son trône, cela est vrai. Mais à qui la faute ? Est-ce à nous ?

Lui avons-nous assez prédit son sort ? Les échos monotones de son *non possumus* résonnent encore à toutes les oreilles de la catholicité. Pendant des années, son peuple et nous l'avons prié, supplié de donner les réformes nécessaires. *Non possumus.* Impossible ou rien, rien : la devise de Louis-Philippe en 1848 ! Il lui est arrivé comme à Louis-Philippe.

L'Italie aidant, les Romains l'ont mis non pas même dehors, ce n'est point leur intérêt : mais ont mis un trône à côté du sien. Cela nous peut être très-préjudiciable à moment donné : je ne le nie point et l'expliquerai même tout-à-l'heure. Mais est-ce juste? Excepté lui, qui oserait le nier? Certes, ce n'est pas nous, qui en moins d'un siècle, avons mis dehors trois dynasties de souverains, parce qu'elles entravaient notre marche : et l'avons fait de plein droit, attendu que les rois sont les intendants, et non les maîtres des peuples.

Or, ce qui est le droit de la France est le droit de l'Italie. L'équité est une et indivisible. La catholicité ne saurait faire des Romains, malgré leur volonté, les ilotes éternels d'un souverain, quels que soient, ses raisons d'être et ses cris de dépossédé.

Quant à croire que ses souffrances sont réelles? comme orgueil froissé: oui. Mais comme position sociale, dirait Jérôme Paturot: non. De plus, il en est des plaintes du pape, comme de son *Syllabus* : et, si vous les prenez pour être de vrais cris de douleur, vous avez de la charité de reste. C'est une manière de nous demander : une de ces pancartes d'infortune, que certains infirmes, réels ou prétendus, se collent sur la poitrine pour attirer les aumônes. Le denier de Saint-Pierre ne va plus, les bonnes œuvres elles-mêmes diminuent ; un peu de grosse caisse! la France est sensible : ses dévotes riches : ses vieilles femmes généreuses. Allons messieurs, mesdames, quelques centaines de millions pour notre saint-père emprisonné, pour le pape martyr, mourant de faim sur ses trois millions de traitement sans compter le casuel ! De quoi faire vivre une nation !

La diatribe, si nous la prenions au sérieux, pourrait nous aliéner l'Italie. Or, une lutte avec elle en ce moment serait peut-être une guerre mortelle pour nous. Cela n'a pas empêché un évêque français de publier cette réclame sans le visa de la France : et, mieux que cela, de l'envoyer d'office à tous les maires de son diocèse, pour qu'ils la publient ! Cet homme a manqué à ses devoirs d'évêque et de citoyen. La loi est formelle. Le crime patent. Il a doublement mérité l'exil. Sera-t-il seulement réprimandé d'une manière officielle ? J'en doute et ne lui prévois pas d'autre châtiment que la lettre de M. Gueneau, mon collègue municipal de Luzy, à qui j'adresse par ces lignes mes compliments sincères.

Quant à moi, si j'avais l'honneur de siéger dans les conseils du roi Victor-Emmanuel, je lui proposerais, pour en finir avec ces plaintes de mendicité, de faire insérer dans l'Agence Havas une note ainsi conçue :

« L'Italie prie les chrétiens de ne plus rien donner au pape, parce qu'elle lui donne tout ce qui lui est nécessaire et que lorsqu'il a trop d'argent, il l'emploie à mauvais usages contre l'humanité. Quant au martyr qu'il prétend subir, Rome est accessible au monde entier : on y peut venir voir à toute heure de combien de soins l'Italie moderne entoure son vivant souvenir du temps passé, le vieillard du Vatican. »

IV

Dès qu'un homme, une institution, une société leur porte le moindre ombrage, ils s'acharnent dessus, haineux, perfides, calomniants, insolents. Pas d'injures et d'histoires mensongères qu'ils ne répandent, pour perdre dans l'esprit public cet homme ou cette institution !

Ainsi, il est une société datant de plusieurs siècles, et à qui jamais jusqu'ici personne n'avait reproché ni crimes, ni révoltes, ni persécutions, ni infamies d'aucun genre : parce qu'elle n'en a jamais commis. Une société si désintéressée qu'elle s'interdit à elle-même de posséder et n'a d'autre but que de servir l'humanité. Une société qui s'étend sur le globe entier, jusque chez les nations les plus lointaines et que le monde entier respecte : la franc-maçonnerie : dont nos aïeux, nos pères, et nous-mêmes ont fait ou font partie par milliers, et dont, pour ma part, je suis fier d'être.

Sans que la franc-maçonnerie ait jamais rien fait contre le catholicisme, ils l'ont tout à coup prise en haine, ou plutôt feignent de la prendre en haine : et, par tous moyens, sapent son existence, ou déversent contre elle les mensonges les plus grossiers, puis l'excommunication !

Oui. Il paraît que nous sommes anathèmes, maudits, *bebendo, cacando, flebotomando*, etc., selon

leur formule grotesque, en usage dans le monde
clérical de tous pays : car les sorciers-papes des
tribus indiennes exorcisent leurs fidèles infidèles, à
peu près dans ces termes, seulement c'est en indien, au lieu de latin. Nous sommes excommuniés,
d'ailleurs, en bonne compagnie. Je ne sais pas si
vous vous en souvenez, mes chers f.˙. foudroyés; mais
moi je m'en souviens; avec feux Cavour et Napoléon III, Victor-Emmanuel, Garibaldi, puis tous
ceux qui les ont aidés, c'est-à-dire l'Italie et la
France entières.

Je comprends bien pourquoi Garibaldi, Napoléon III et nous tous, Italiens et Français, sommes
traités par notre pape comme les Indiens par leurs
sorciers. *Italia libera del l'Alpi à l'Adriaticio!* La
papauté ne pardonnera jamais cela, ni à l'Italie, ni
à la France. Mais nous autres, pauvres maçons ?

Vous ne savez pas f.˙.? Je vais vous le dire. Nous
sommes des hommes de liberté qu'ils détestent : de
progrès qu'ils abhorrent : de charité qui, ne passant point par leurs mains gluantes, leur échap-
pent. Comprenez-vous ? Il n'en faut pas davantage
pour être leur bête noire, anathème, excommunié
au nom d'un Dieu d'amour et de charité !

Aussi bien, tant mieux. La lutte est ouverte entre eux et nous, entre la tyrannie et la liberté, le
mensonge et la vérité, l'exploitation de l'homme et
la fraternité. Cette lutte, nous l'acceptons, n'est-
ce pas, t.˙. c.˙. f.˙., et, puisqu'ils nous ont jeté le
gant, à nous, personnellement, nous le ramassons

pour la société moderne et l'humanité. Tant que le
jésuitisme sera debout, menant le monde clérical
en France et dans la catholicité, il ne peut y avoir
entre nous et lui : qu'un sentiment, la haine : qu'un
état, la guerre ; parce que nous sommes en guerre
contre quiconque nuit à l'humanité.

V

Si, par aventure, en suite d'excommunications,
il arrive ceci : que la religion de nos pères, honorée
par nous malgré tout, reçoive dans la lutte une
blessure mortelle : que la papauté ne s'en prenne
qu'à elle, car elle l'aura voulue, cherchée, comme
elle a cherché sa chute du trône. A force d'injurier,
d'excommunier, de maudire ses fidèles, elle aura
fait que les maudits seront devenus presque toute
la chrétienté. A part l'Espagne, je ne vois plus qui
elle n'a pas excommunié parmi les nations de son
obédience! Encore si on fouillait l'histoire, on y
trouverait aussi quelque malédiction majeure ou
mineure, à la suite d'un refus quelconque de pouvoir
ou d'argent réclamés par le minotaure jésuitique.

Je sais bien que les nations oublient cela et que
Rome l'oublie elle-même très-vite, quand elle a ob-
tenu ce qu'elle voulait. Mais, tant va la cruche à
l'eau, qu'à la fin elle casse, à force de se fêler!
Voici déjà que maintes nations sont parties ; la
Russie, l'Angleterre, la Suède, le Danemarck, l'Al-

lemagne, les Etats-Unis. Il y a plus de chrétiens
hors la papauté que sous ses lois. Et, symptôme
plus grave encore : quoique Rome prétende sur ces
brebis égarées, comme elle dit, quoiqu'elle fasse
pour les ramener au bercail, et se vante d'y réussir
peu à peu, aucune ne revient. Donc, elles se trou-
vent mieux dehors, sous la voûte du ciel, face à
face avec Dieu et leur conscience que dans cette
bergerie vermoulue, dont le pasteur fatigué de toute
puissance, ne sait plus que tondre le troupeau, sans
lui rien donner en échange que le *Syllabus* ou
l'excommunication.

Prenez garde, oh Rome ! Les deux presque seuls
enfants debout, qui soutiennent encore votre inutile
vieillesse, l'Italie et la France, finiront par vous
dire quelque jour, dans une heure de légitime colère :

« Vous êtes un mauvais père ! Vous n'êtes plus
guidé jamais que par vos intérêts égoïstes. Le bonheur de vos enfants n'est plus rien pour vous. Vous
avez abusé de votre pouvoir, abusé de nos soumis-
sions, de notre confiance, de nos générosités, abusé
de tout ici-bas, comme les pouvoirs mourants que
vous êtes. Nous vous quittons, nous, votre fille italienne, que vous empêchez de prospérer. Nous vous
quittons, nous, votre fille ainée, la fidèle des
fidèles, la France de Charlemagne et de saint Louis :
parce que vous nous empêchez de renaître et nous
menez aux abîmes. Nous vous quittons. Nous
n'avons pas besoin de vous pour prier Dieu, l'Etre
suprême de nos grands-pères. »

CHAPITRE XV

Procédés d'invasion.

I

Nous venons d'examiner comment les cléricaux battent en brèche notre société moderne. Regardons maintenant comment ils s'y prennent pour envahir notre domaine politique, nous empêcher de renaître à notre nouvelle existence républicaine.

Nos libertés gallicanes, dont je vous ai plus haut expliqué les raisons d'être, ont été, pour Rome, un des principaux obstacles à son invasion. Comme Strasbourg ou Metz, de cher souvenir et de chère espérance, c'était la grand'garde de la France, contre l'envahissement romain. Voici comment les cléricaux s'y sont pris, non pour s'en emparer de vive

14

force, ils ne l'auraient pas pu et le savaient parfaitement, mais pour les annihiler.

Ils se sont bien gardés, les vieux habiles qu'ils sont, d'attaquer de front ces libertés. Un schisme s'en fut suivi. Ils ont passé à côté, sans en tenir plus de compte que si elles n'existaient point ! Et nous les avons jusqu'ici laissé faire, en silence ou tout comme, car je n'appelle d'aucun nom les quelques observations que nos gouvernants leur adressent parfois en manière de supplications agenouillées, l'humble requête du vassal à son suzerain !

« Monseigneur ! votre Grandeur pensera, etc., etc. »

Quand cela ne se passe pas en catimini, plus doucement encore : par le préfet, c'est-à-dire l'Etat, allant présenter à ce sujet ses doléances secrètes à Sonseigneur l'évêque de Nevers, ou d'ailleurs !

Aussi, comme ils en tiennent compte ! Le pape fait dire et publier chez nous ce qu'il veut. Nos évêques prêchent en chaires, en mandements, en journaux, ce qu'ils veulent. Nos curés et les moindres de leurs sermonneurs ou de leurs écrivains déblatèrent à leur aise contre ces libertés et les violent incessamment, avec impunité toujours, sans même que nos gouvernants aient l'air de s'en apercevoir. N'était qu'il manque à notre Etat républicain les quatre bœufs du temps mérovingien, on dirait un roi fainéant, tant il laisse tout dire et tout faire à ces *maires du palais* en soutanes !

Nous faisons en ce moment même, à la Chambre, un effort pour obliger le Gouvernement à imposer

au clergé le respect de ces libertés, les plus utiles
que nous ayions à défendre. Certes, la cause est en
bonnes mains, en mains loyales et françaises s'il en
est, celles de M. Guichard, dont le savant rapport
de l'an dernier sur le même sujet, a donné la mesure
de force et de science. Mais réussirons-nous ? Là
est la question. Les promesses ne nous manqueront
point, je m'y attends, mais quant à des actes après
ces promesses, j'en doute. Nous ne sortirons du
despotisme sacerdotal que par une décision de la
France, et c'est pourquoi je vous demanderai cela
quand nous en serons aux conclusions de ce livre.

En attendant, vous voyez ce qu'ils ont fait de nos
libertés gallicanes, c'est-à-dire de notre sauvegarde
principale contre leur invasion ? Ils l'ont annihilée
sans la prendre, et notre incurie gouvernementale
est telle que nous la laissons peu à peu tomber en
ruine, à ce point que bientôt nous ne pourrons même
plus nous en servir.

Pragmatique-sanction, concordat, lois organi-
ques, toutes nos Chartes religieuses sont à terre,
entassées les unes sous les autres, inexécutées,
conspuées, salies par eux ! Les affiches en loques
d'un spectacle fini ! Le moindre des abbés en fait
fumier : se gaudissant d'elles en toutes occasions,
comme de ces défenses sur murailles, si maculées
d'ordures qu'elles servent d'enseignes à s'y arrêter.
De Rome à Paris, en écrits, en paroles, en actions,
ils sont tous dessus, croassant, acharnés, pires que
corbeaux sur nos blés, quand l'hiver arrive.

Encore un peu, toutes les semailles de liberté de nos pères et même de nos aïeux seront à recommencer.

II

Déjà, cela ne leur suffit plus. Passant par-dessus nos libertés gallicanes à terre, ils sont par delà, sur notre organisation sociale. Et, comme toujours en matière d'invasion royale ou sacerdotale, ce n'est pas le maître lui-même, le pape, qui pousse le plus vivement la campagne. Ce sont ses suivants, sa camarilla d'évêques ou de cléricaux, tout heureuse de prouver son zèle au patron, et, dans ce but, allant bien plus loin qu'il ne va lui-même.

Désertant hardiment la France pour la papauté, les coryphées du cléricalisme arborent la souveraineté absolue de Rome sur l'univers entier, donc sur l'Etat français, sans même s'en cacher, en s'en faisant gloire, comme d'un principe divin qui domine tout, famille, patrie, humanité ; tout, la conscience même ! L'idée jésuitique enfin, arborant Dieu seul maître, avec la Société de Jésus pour prophète, en vue de régner seule, absolue, sans contrôle et sans frein, comme l'homme sur les animaux ! La vieille idée patriarchale, puis romaine, d'esclavage universel, reprise au nom du Christ, du Dieu de la fraternité !

Ainsi, l'autre jour, en plein parlement français,

un de leurs champions les plus en vue, nous a déclaré que les évêques ne relevaient que de leur
conscience et du pape. Or, ne croyez pas qu'il ait
dit cela par hasard, à la légère ? Non. Rome et ses
adeptes ne s'emballent jamais, comme nous disons
et comme nous faisons, nous autres. Il y avait ce
jour-là, dans les tribunes, chambrée pleine d'évêques, de prêtres, de cléricaux de tous grades, pour
affirmer les doctrines de leur leader, et, le lendemain, tous leurs journaux faisaient chorus à son
discours.

Quant à la France dont ils sont et qui les paye,
vache à lait qu'ils exploitent ! Fumier comme nos
libertés ! Nous sommes bons à les payer et à leur
servir. Vienne un conflit quelconque où la cause du
pape surgira, la vache passera taureau. Ils sauront bien, sans même que nous nous en doutions,
nous lancer au combat pour leur querelle. *Ave
Cæsar pape, morituri te salutant* ; ceux qui vont
mourir te saluent, comme au temps des empereurs romains ! Rome a retrouvé ses gladiateurs :
nous !

Et leur audace est si grande, si grande leur confiance dans leur infernale adresse à nous exploiter
malgré nos incrédulités apparentes, qu'ils ne dissimulent même pas ! Ce qu'ils font en ce moment sur
nous, ils me l'ont prédit chez eux, non pas une
fois, mais dix, mais vingt, comme je vous le dis là.

Comprenez-vous maintenant pourquoi ma fibre
française tressaille, quand je vois ce qu'ils ont fait,

ce qu'ils peuvent faire demain comme ils me l'ont
annoncé des années à l'avance.

Ce n'est pas notre faute à nous, vos mandataires
républicains. Par trois fois en un an, par la collation des grades, les enterrements civils, et les aumôniers militaires, nous sommes revenus à la
charge, afin d'arrêter cette marée d'empiétements.
Par trois fois, nous avons été battus, grâce au Sénat deux fois, au Gouvernement l'autre fois. Nous
n'avons pas fini et ne finirons pas, tant que le danger clérical subsistera. Mais, vous le voyez, nous
sommes battus. Si la France ne se lève pas à notre
aide, comme autrefois vos pères, sous la restauration, demain la loi du sacrilége, après demain, le
billet de confession ; la dîme, puis la guerre ! Si
nous triomphons, ce sera pour eux. Si nous sommes
battus, *finis Galliæ* : la mort de la France !

Quant à Rome, soyez tranquilles. Ces désastres
là n'émeuvent pas son calme romain. Elle en a l'habitude et sait y parer. Non-seulement elle tirera
son épingle du jeu en maquignonnant au besoin nos
débris ; mais elle saura tôt ou tard faire retomber
ses vainqueurs subjugués, dans ses vieux bras de
courtisane romaine ! Puis se consoler avec eux !
Voici deux mille ans passés qu'elle tient le monde
asservi par ses soldats barbares, puis ses couvents,
par l'habileté gouvernante de son Sénat, puis de ses
cardinaux ; par ses empereurs, puis par ses papes.
Elle ne mourra pas pour si peu que la fin de la
Pologne ou la fin de la France !

III

Vous me demanderez peut-être comment ils sont arrivés à cet excès d'audace impunie, que de mettre l'autorité du pape au-dessus de celle de l'État et de proclamer dans une Assemblée française ce principe de lèse-patrie? Car enfin, si faible que Napoléon III ait été pour eux dans ses derniers jours, sa torpeur morbide se fût éveillée sous semblable coup et l'impératrice elle-même n'eut pas réussi à conjurer l'orage.

Mon Dieu ! Cela est arrivé d'une façon parfaitement logique comme toujours dans les choses d'ici-bas, quand on y veut regarder avec soin.

D'abord nous étions forts: ils n'auraient jamais osé. Depuis plusieurs siècles déjà, Rome, je vous l'ai dit, n'attaque jamais les forts.

Nous sommes faibles : ils osent.

Nous n'avons pas même l'énergie de leur parler haut: ils abusent.

Les mauvais prêtres sont comme les mauvaises femmes. Plus on leur en passe, plus elles vous font misères. Avec eux, comme avec elles, il n'y a qu'un moyen :

Les prendre au poignet, un jour, en querelle vive, et serrer jusqu'à la douleur, jusqu'à ce que disant : assez; elles se soumettent.

Telle est la cause originelle de l'audace cléricale.

La cause secondaire est que nous sommes divisés. Ils sont entrés jusqu'au plus profond de notre ordre politique, par la porte béante de nos divisions insensées.

Oui, insensées! je profite de l'occasion, pour vous le dire une fois de plus, à vous des vieux partis, mes amis, jusqu'en 1867.

Quoi? la patrie est là, vaincue, pantelante, ouverte à l'ennemi. Le canon tonne à l'autre bout de l'Europe. Il y a contre nous des menaces plein l'air. Nous ne pouvons que nous défendre, nous, nos foyers, nos femmes et nos enfants, en nous levant tous comme un seul homme sur nos frontières ouvertes. La République est seule debout, seule en force de nous galvaniser à quelque grand effort national, comme en 93!

Et vous ne pensez, n'agissez, que pour restaurer sur un trône de six mois un monsieur qui se soucie de la France comme d'un gâteau d'occasion à distraire son oisiveté repue! Mais où donc sont vos âmes, ou donc vos cœurs, les cœurs de vos aïeux, pour en agir ainsi? Au nom de la patrie menacée: bas nos divisions. Tous ensemble pour le salut commun.

Nous voyant divisés, comme pas une nation, Rome, fidèle à ses mœurs romaines, s'est d'abord occupée de maintenir, agrandir même ces divisions, au risque de les mener jusqu'à une guerre civile religieuse, qu'elle s'efforcerait de tourner à son profit. La Ré-

publique était la plus forte et menaçait d'annihiler
les autres partis, comme elle les annihilera bientôt,
j'espère. Rome s'est tournée contre la république,
et de ses mains savantes d'intrigues, a fondu tous
les espoirs de restauration en une commune haine
réactionnaire et cléricale.

IV

Les vieux partis ne s'entendaient pas entre eux,
et leurs partisans, las d'inutiles espoirs, venaient
en masse à la raison, à la république, à la patrie.
Rome est allée à chacun d'eux tour à tour, et lui
a dit de sa voix la plus onctueuse :

« Eh bonjour ! monsieur du corbeau bonapartiste,
et vous madame la corneille, que vous êtes toujours
jolie, que vous me semblez belle ! etc., etc. »

« Si vous voulez venir avec moi, chanter mes
louanges, nous défendre ensemble contre ces gueux
de républicains, je rendrai son trône à votre petit
corbeau, mon filleul. Car c'est mon filleul, mon cher
filleul, et je ne l'oublie pas ! etc., etc. »

Corneille et corbillot, pâmés d'aise, se sont jetés
dans les bras de Rome-renard, qui les fait croasser
de leur mieux contre la république : tout en les gri-
gnotant sans qu'ils s'en aperçoivent, tant ils sont
occupés à crier.

Les bonapartistes pris, les autres prétendants ont
été tous seuls ; l'un, par habitude de race ; l'autre,

ou les autres, car ce dernier a plusieurs têtes, par
excès d'avidité bourgeoisement dissimulée.

Rome a repris avec chacun d'eux son antienne
précédente, en la modifiant selon sa nouvelle dupe :

« Eh bonjour ! monsieur du corbeau blanc..., etc.,
etc. »

Ce n'est pas la peine que j'achève, n'est-ce pas ?
vous devinez le reste de chacun des autres discours.

Si bien que la vieille renarde les a pris tous les
trois, et les tient, les mène, règle non-seulement
leur cris contre la république, mais tous leurs actes.
C'est elle, pas d'autre, qui a dirigé la campagne de
l'ordre moral. C'est elle, pas d'autre, qui les soude
et les excite encore à l'heure qu'il est. C'est elle,
pas d'autre, qui agite ou fait agiter devant nos effa-
rements bourgeois le fantôme du *péril social :* ce
mannequin démodé, auquel je ne vois plus d'autre
asile qu'un cerisier, pour préserver nos cerises prochaines.

Vous me demanderez peut-être encore, comment
ces pauvres vieux partis ont été assez... on ne peut
pas dire cela poliment ? pour se laisser exploiter
ainsi ? Car ils se perdent de plus en plus chaque jour
en luttant pour Rome contre la France, ce qui,
entre nous, républicains, est même le bon côté de
l'aventure !

Je vous répondrai : exactement par les raisons du
corbeau.

Sur ces mots, le corbeau ne se sent pas de joie.

Rome a flatté leurs haines contre la République et

leurs avidités de prétendants. Ils ont mieux fait
que laisser tomber leurs fromages, ils se sont laissé
tomber eux-mêmes : et, tout en les plumant dévotement, à la religieuse, sans les faire crier, tant elle
y va doucement, la bonne dame ! elle leur fait becqueter la république ! Quitte à les manger demain,
à n'importe quelle sauce, de compagnie avec le prétendant vainqueur ou nous-mêmes, si nous sommes
assez sots, pour continuer de la laisser dévorer la
France à son aise.

V

Si, poursuivant vos légitimes curiosités, en vue
de mieux vous assurer de l'exactitude de mes assertions — ce qui est votre droit, votre devoir
même — vous me demandez, comment Rome a pu
et peut leur tenir ainsi ces trois langages, sans
éveiller leurs défiances jalouses ? Je vous dirai :

Grâces à son habileté ordinaire. Si vous la con-
naissiez, comme je la connais pour l'avoir étudiée
pendant des années, en silence, vous trouveriez
même que c'est tout simple et que l'intrigue, pour
admirablement menée, n'est qu'un de ses trucs ordinaires en pareil genre.

Vous souvient-il d'un dieu de Rome païenne,
nommé Protée, fils de Neptune, qui changeait de
forme à volonté, ni plus ni moins que son chef de
file, l'inconstant Jupin ?

Soit que Rome papale, gardant les mœurs de ses

anciens dieux, comme elle a gardé leurs statues
pour en faire des saints, ait conservé les usages de
son antique Olympe ; soit qu'elle ait appris cela en
vieillissant, grâce à son génie italien essentiellement souple, ondulant et divers, toujours est-il
que Rome papale est un Protée vivant. Il n'est sur
terre ni Dieu ni mortel à savoir, selon le besoin,
prendre autant de formes qu'elle : avoir autant de
principes, de lois, de règles, souvent opposées,
mais qu'elle sait merveilleusement arborer ou dissimuler selon le pays.

Voulez-vous des exemples ?

Elle défend le divorce chez nous — et elle n'a pas
absolument tort, vu notre nature. Elle le permet
en Sicile. Si nous l'adoptons demain malgré elle,
vous la verrez, sans longs retards, s'en accommoder
d'une façon quelconque. Seulement le divorce coû-
tera encore plus cher à obtenir qu'un mariage entre parents, surtout dans les premiers temps. C'est
toujours très-cher les primeurs !

Elle ne permet pas à nos prêtres de se marier —
et, à son point de vue, elle a raison ; ils ne lui ap-
partiendraient plus autant — et, nos femmes les
aimeraient moins. Elle permet le mariage à ses
prêtres dans le Liban : probablement, parce que
sans cela, ils se feraient mahométans. Je ne sais :
je n'ai pas visité le Liban.

Elle joue du surnaturel partout, comme ont toujours fait toutes les religions, plus ou moins. Mais
elle varie ce surnaturel de cent manières, au gré

de l'époque et surtout du pays. Ainsi les miracles qu'elle nous sert diffèrent sensiblement de ceux qu'elle offre à l'Italie, par exemple.

Chez nous, en ce moment, nous sommes au surnaturel par guérisons et visionnaires ; paralytiques marchant, muets parlant, femmes inspirées surtout. Il est probable qu'on nous mijotte quelque vierge renouvelée de Jeanne d'Arc, suscitée pour délivrer non la France, mais le Saint-Père ; et que, dans ce but, on nous prépare à une apparition prochaine de ce genre. Je vous en préviens, pour que vous ne soyez pas surpris. Les fantômes font quelquefois peur à premier aspect.

En Italie, au contraire, où le peuple est en général moins instruit que chez nous, Rome opère par grands effets sur les foules. Ainsi, une statue du Christ pleure à l'aide de petites éponges cachées dans la tête, qui suintent par des trous imperceptibles pratiqués aux yeux. Ou encore, le sang de Saint-Janvier se liquifie à heure dite et bout dans une fiole avec des soubresauts : ce que vous pouvez opérer vous-même sur de l'esprit de vin coloré en rouge, c'est le fameux miracle que notre Championnet faisait faire à volonté, par menace de pendaison. Vous savez tous l'histoire.

La relique, assez peu suivie chez nous, où nous préférons des bibelots utiles ou plaisants aux regards, donne au contraire en Italie, surtout à usage des voyageurs : car les italiens en revendent aux étrangers, bien plutôt qu'ils n'en consomment par eux-mêmes. Aussi, Rome fabrique-t-elle uniquement de petites reliques, faciles à emporter, que ses visiteurs pèlerins, gens affolés en général, se disputent à prix d'or quand ce sont reliques-extra, ou que les pèlerins vulgaires emportent par masses. Car il y a reliques pour toutes les bourses.

Ainsi, on trouve des morceaux de la vraie croix, comme s'il en pleuvait. C'est incalculable ce qui a été débité par Rome dans ce genre. On a estimé que toutes les forêts du Liban ne suffiraient pas à fournir le cèdre employé à cet usage.

Il y a les chapelets : cela se bénit par caisses, et chaque marchand paye une redevance au Vatican, à tant par caisse, comme de la marchandise de douane. Est-ce *ad valorem* ou au poids ? Je ne m'en souviens plus.

Il y a encore, ce qui est moins propre, l'eau ayant servi à la toilette du pape ; son camérier ou valet de chambre en vendait, il y a quelques années, pour 15 francs par jour. C'était même, paraît-il, très-demandé par les dévotes. Pourquoi faire ? Je ne sais. Comme eau de Cologne, ou pour bénitier, ou en boisson d'exorcisme ? Mystère, mais mystère pas propre, quoi que vous en disiez, mesdames !

Quant aux reliques d'os ou de chair, il y en a beaucoup aussi, mais en général Rome ne les montre pas, ou les enferme, sous prétexte de les conserver mieux. Les Italiens sont artistes, gens de goût avant tout. Ils n'aiment que ce qui est beau et nos reliques humaines, même celles de saintes, ne sont pas belles. Ne vous faites jamais voir, après vos morts, à ceux qui vous ont aimées, oh vous, les plus belles moitiés de l'humanité ! J'ai beaucoup vu d'entre vous à Palerme ; je ne saurais vous dire combien vous perdez à vos décès, même quand vous restez sous cheveux et dentelles, comme les momies de Palerme.

Ainsi, il est une relique naguère très-suivie à Rome et y faisant beaucoup d'argent, qu'on tient soigneusement enfermée, sans jamais la montrer qu'à des hôtes extra, et encore — après payement ! Je vous la donnerais en mille à deviner, vous ne brûleriez même pas : — autrement qu'en enfer, avec votre serviteur, si vous ne croyez point à ce qui suit :

C'est assez difficile à raconter, mais bah ! Entre hommes ! Et puis, c'est de l'histoire sainte ! Je me risque.

En Italie, comme partout, les jeunes femmes ont un rêve, celui d'avoir un enfant. L'enfant ne vient pas toujours de suite après le mariage. Pourquoi ? Demandez-leur : moi, je n'en sais rien.

Quand l'enfant n'arrivait pas, la papauté avait un moyen infaillible de procréation miraculeuse.

La jeune femme venait à l'église un jour, et à Saint-Pierre, s'il vous plaît. Elle s'asseyait dans une pièce noire. On lui mettait sur les genoux une cassette fermée, qu'elle baisait dévotement, gardait quelque temps et rendait ensuite, accompagnée d'une offrande à sa générosité.

Les mauvaises langues de Rome, il y en a partout, prétendaient qu'en certaines circonstances conjugales, connues du confesseur de la dame, cette cassette était introduite par un moine particulièrement affecté à ce miracle. Mais je ne garantis pas ce détail ; tandis que le reste de l'histoire était attesté par tout le monde. La bienheureuse cassette fonctionne même encore, dit-on, quoique très-secrètement, ce qui, d'ailleurs, est nécessaire pour opérations de ce genre.

Quoi qu'il en soit, neuf mois, jour pour jour, après cette cérémonie si simple en apparence, l'enfant venait : et, chose étrange, ressemblait trait pour trait à Jésus-Christ.

Comment ? Pourquoi ? Mystère, mais cependant avec un germe créateur. Car savez-vous ce qu'il y a dans la cassette ?

Je vous ai donné le procédé à deviner en mille. Je vous donne le contenu de la cassette en dix mille.

Il y a un morceau, un vrai morceau de la peau de Jésus-Christ. Celui-là même que les juifs coupent à leurs enfants en grande cérémonie.

Quand je vous dis que Rome a des lois, des reliques et des miracles pour tous les goûts ! Vous voyez bien que je ne vous dis que la vérité.

« Saint Père ! La France décroît de population. Est-ce que, par votre divine entremise, la bienheureuse cassette à enfants ne pourrait pas faire elle-même directement quelques milliers de petits à son image? Nous vous les achèterions très-cher. Cela vous donnerait du revenu, nous repeuplerait, enrichirait chez nous nombre d'églises et ne serait ni plus fort ni plus nuisible à la vraie religion que vos miracles de Lourdes et autres. La France est votre fille aînée : faites cela pour nous, Saint-Père? »

VI

Ce n'est pas d'aujourd'hui d'ailleurs que la papauté a de bonnes paroles, et encore plus de promesses, pour les prétendants à trônes. De tous temps, sous prétexte de charité paternelle, elle a caressé, choyé, entretenu même, à l'occasion, ce genre de personnages. Non pour leurs beaux yeux, qu'ils le croyent bien ! mais pour leurs idonéités de tisons, à usage de leurs patries respectives. Cela sert à Rome pour mettre le feu quelque part, lorsqu'elle a besoin de réchauffer un peuple qui s'endort ou de brûler une hérésie montante.

De plus, chacun de ces tisons, impérial ou royal, une fois prôné par elle, lui rapporte. Il a pris des engagements pendant son sommeil sous l'aile de la papauté. Il est l'obligé, le vassal de Rome. Il la paye en argent, en tolérances, aux dépens de son peuple.

Comprenez-vous maintenant pourquoi la papauté voudrait nous rendre un de nos trois prétendants : celui dont elle espère le plus, ou, à son défaut, ce-

lui des deux autres qui lui paraîtra le plus facile à
exploiter ?

Elle ne fait là que ce qu'elle fait de toute éternité
sans plus tenir à ces soupirants actuels de trône,
qu'elle n'a tenu à leurs devanciers et ne tiendra à
leurs successeurs. Chacun d'eux est un revenu
pour la papauté, comme chaque amant pour une
courtisane. La vieille Romaine n'a d'amour que
pour l'argent, ou le pouvoir que son protégé lui
rapporte, parce qu'avec du pouvoir elle fait de l'argent.

Il y a plus. Elle tiendrait l'un d'eux, même le
légitime, le comte de Chambord, et pourrait nous
le rendre tout puissant, rappelé par la France à
genoux, elle ne nous le donnerait probablement
point, par crainte de nous donner un défenseur
contre elle. Elle a tenté de le faire, il y a trois ans :
mais parce qu'il était faible, à une voix, c'est-à-dire
sans force, imposé, bon à gouverner par elle. Fort,
à l'unanimité de la France, Rome n'en voudrait
plus.

Ce qu'elle veut, cherche, cultive avant tout, est
notre division, notre faiblesse, pour en profiter ; et,
ce qu'elle maintiendra le plus qu'elle pourra chez
nous est cette faiblesse. Chaque fois que nous ten-
terons de nous relever, surtout par une république
de lumières et de force gouvernementale, nous
trouverons sa main romaine entre elle et nous. Si,
en ce moment surtout, nous la voyons multiplier
contre nous ses secrets efforts, par la voix obéis-

sante de nos évêques, c'est parce qu'elle a appris
par ses moines ou nos confesseurs que la France
se relevait. Or, si nous nous relevons vraiment
sous une république forte, nous échapperons à l'autorité exploitante de Rome chaque jour un peu plus ;
à mesure que nous grandirons en clairvoyance, en
libertés, en pratique gouvernementale.

Voilà pourquoi l'Eglise s'ingénie par tous
moyens à nous maintenir faibles, troublés, occupés
de luttes intestines, occupés même demain par
quelque grande guerre étrangère, si cela rentre
dans la politique romaine.

Sans même que les cléricaux qui la soutiennent
s'en doutent, en général, nous sommes pour Rome,
nous, France, un plantureux fromage où, rate d'é-
glise affamée, elle s'est établie et qu'elle ronge jusqu'à l'écorce : pendant que ses alliés légitimistes,
bonapartistes, orléanistes et nous, nous nous battons
pour prendre ou garder ce fromage. Au nom du
ciel, mettons les rats dehors !

Tristes vieux partis ! Pauvre patrie !

Mais eux, les dévorants, maudits soient-ils ! Maudits soyons-nous nous-mêmes, si nous ne savons pas
nous entendre entre nous, faire taire ou chasser ceux
qui nous divisent, redevenir nos maîtres chez nous
et, les mains dans les mains, en frères que nous
sommes, nous relever, France, avec un seul cœur,
un seul battement, celui de la patrie.

J'ai fini d'esquisser devant vous l'agissement clérical en politique. Si on vous dit que le tableau est

faux et que j'ai la berlue, bien que ce soit mon métier de voir, donc que je le sache faire, comme un
fermier sait faire du blé, je ne vous demande qu'une
chose : c'est de regarder si dans votre commune, je
ne dis pas toutes, mais dans bon nombre, le curé ou
la communauté surtout, pour peu que vous ayiez
le malheur d'en avoir une, n'opèrent pas sur le gouvernement de la commune d'une manière analogue
à celle que je viens de vous montrer. Cela fait, allez
du particulier au général, en supputant ce que peut
pratiquer le curé de la catholicité tout entière. C'est-
à-dire ce que pratique sur nous tour à tour, depuis
deux mille ans de règne, Rome païenne et Rome
papale, ces deux sœurs jumelles, en succession de
tyrannie exploitante.

Alors vous comprendrez que mon sang gaulois,
français, barbare, comme ils disent, se rébelle ainsi
qu'au temps de Spartacus et de la république de
89. Vous comprendrez pourquoi je m'irrite contre
Rome et l'*ordre moral*, qui nous empêchent de nous
relever. Pourquoi ma française colère s'enflamme
par moments, comme si j'étais au combat, ou, par
ces lignes, d'ailleurs, je me jette au plus fort de la
mêlée, criant vers vous, qui n'écouterez que lorsqu'il sera trop tard pour agir autrement que par
une révolution !

Pauvre hibou gémissant dans le vide, c'est mon
devoir d'appeler au danger que je vois pour la patrie, comme c'est le vôtre de m'entendre jusqu'au
bout, car je n'ai pas fini. Suivez, je vous en conjure,

quand même vous seriez fatigués jusqu'à nous donner au diable tous deux, le cléricalisme et moi;
suivez, il s'agit du salut non-seulement de la république, mais de la France et de nous tous. Ce n'est
plus seulement l'écrivain qui vous parle, c'est le
député que vous avez choisi qui revient vers vous,
non pas effrayé, mais voyant du danger croissant de
chaque jour et vous conjurant d'y faire face avec lui.

CHAPITRE XVI

Couvents, communautés, moines, nonnes, etc.

I. Ce que sont les couvents, communautés, etc. — II. Ce qu'y font les moines, nonnes, etc. — III. Comment ils s'emparent de notre société civile. — IV. Composition des communautés, etc.

I

Nous venons de voir l'invasion cléricale à l'œuvre sur nos libertés gallicanes et coalisant les vieux partis contre la république.

Examinons maintenant son moyen principal d'envahissement : ses moines, ses religieux, ses religieuses, ses sœurs, ses nonnes sans nombre, à l'aide desquels, comme avec une ventouse aux mille suçoirs, elle pompe notre France au profit de Rome. L'œuvre de destruction que je vous ai décrite dans les chapitres précédents est peu de chose, comparée à la succion de pouvoir et d'argent opérée par la pieuvre monacale.

Tout d'abord, pour nous rendre bien compte de

cet outil vivant manié par la papauté sur nous, avec une habileté silencieuse, sans égale au monde, examinons l'outil, sa nature et son mode d'opérer; comme si malades, épuisés et trouvant sur nous tout un grouillement de sangsues, nous voulions curieusement les examiner à l'œuvre, avant de les envoyer... à qui en demande.

Qu'est-ce que les maisons religieuses, les congrégations, les communautés, les trappes, les chartreux, si ce n'est les couvents, les monastères de jadis?

Que tentent-ils sur nous, si ce n'est l'œuvre de despotisme et de ténèbres de leurs devanciers du moyen-âge?

Croyez-vous que Rome les ait lancés sur la France pour leur faire changer d'air, comme on dit aux colonies, des Européens qui débarquent?

Croyez-vous que ces essaims avides, arrivant chez nous de tous les points de la chrétienté qui les chasse incessamment comme êtres malfaisants, viennent chez nous, par hasard : pour nous visiter, prendre un café, comme vous dites, et s'en aller les mains vides?

Croyez-vous que c'est par hasard encore, sans but, que tout cela prêche, sermonne, quête, mendie, grouille, plus mouvant que vers en boîte, vivant de nous, se gobergeant de nous et raillant à leur aise ces bonnes âmes françaises, si crédules et si généreuses?

Si vous saviez que de fois, à Rome, j'ai frémi en

silence, aux lazzis de tous genres dont leur double
astuce, italienne et cléricale, accompagnait, en guise
de remerciements, chacune de nos générosités stu-
pides : celle du musée *Campana* entre autres !

Devant nous, en public, en lettres même, c'était
de longs dithyrambres de reconnaissance. Mais, en
arrière, dans la ruelle, comme ils se dédomma-
geaient en nous traitant de barbares, les éternels
esclaves de l'éternelle Rome ! Et puis, quels sourires, quels dédains, couverts par une phrase ai-
mable quand ils se voyaient regardés !

Or, il n'est pas une de nos communautés, à n'importe quel titre, qui ne soit plus ou moins sous l'ins-
piration de Rome et ses ordres directs, plus ou
moins imbue de son esprit. Tous ses moines ou
nonnes, frères ou sœurs, fussent-ils français, sont
romains d'abord, par l'âme, par le cœur, par les
mœurs, comme tout homme est soldat au régiment.

Il n'est pas un de ces couvents qui ne soit copié
de jadis, avec les mêmes vices en germes, les
mêmes pratiques rajeunies, les mêmes tendances
simoniaques et dominatrices. Comme ils ne datent
encore sur nous que d'hier et n'osent pas encore
étaler sans gêne leurs instincts et leurs mœurs; ils
s'observent, se cachent, dissimulent avec soin. Mais
le fond est le même et pire encore, parce qu'ils n'ont
plus la bonhommie sensuelle de nos anciens moines,
aux faces rubicondes, à la vie biberonne et lascive.

Auriez-vous donc perdu tout souvenir de leurs
pratiques au temps de nos pères, vous qui les sus-

tentez, les honorez même à l'égal des saints ! quand
ils ne sont chez nous que pour vous mendier, vous
dominer, vous réduire en servitude théocratique et
romaine, comme jadis leurs aïeux romains ont ré-
duit en servitude nos aïeux gaulois ! comme leurs
ancêtres du moyen âge exploitaient nos ancêtres
des croisades, où ils nous ont lancés surtout pour
nous empêcher de sentir leur joug.

Je vous disais plus haut, en les entrevoyant avec
vous d'un regard rapide, que c'était à la fois sinistre
et splendide de machiavélisme clérical. Voyez et
jugez.

II

Maisons mères et succursales, on les chiffre non
plus par centaines, mais par milliers. On compte
quarante-quatre ordres monastiques différents établis en France, rien qu'en hommes. Les femmes sont
bien plus nombreuses encore. Cela fait plus de
cent ordres divers.

Chacun de ces ordres a plusieurs maisons et des
frères établis çà et là isolément. Les Jésuites, à eux
seuls, ont quarante et quelques établissements dis-
tincts, avec plusieurs pères à la tête pour les diriger.

Combien chacune de ces maisons compte-t-elle
de moines, hommes et femmes? Quelles sont les
fortunes, les ressources, les dépenses de chaque
maison? Mystères absolus.

Tout ce qu'on en voit, c'est qu'il y en a partout, surtout des femmes ; que n'importe où on va : par les rues, par les champs, en chemin de fer, dans les villes ou les villages on en rencontre ; que dans certaines grandes villes, telles que Paris, Lyon, etc., des quartiers entiers sont à eux ; qu'ils achètent, bâtissent, s'étendent comme à miracle ; qu'on parle vaguement, dans les sociétés d'assurances sur la vie, d'inscriptions énormes à leur profit ; qu'en résumé, leurs biens de mainmorte, mobiliers et immobiliers doivent se chiffrer par vingtaines de milliards, puisque les jésuites ont à eux seuls un milliard de revenu, réparti, il est vrai, sur divers pays outre le nôtre.

En 1861, le relevé officiel, fait par ordre de l'Empereur qui avait fini par s'émouvoir de ce pullulement silencieux, donnait :

CONGRÉGATIONS D'HOMMES.

58 Maisons mères.	
37 Maisons indépendantes.	
1.931 Succursales.	
2.026 Hommes	2.026

CONGRÉGATIONS DE FEMMES.

361 Maisons mères.	
583 Maisons indépendantes.	
11.050 Succursales	
11.994 Femmes.....................	11.994
Total...........	14.020

Ces 14.020 maisons comptaient :

17.776 religieux.
90.343 religieuses.

Total... 108.119

Je ne possède aucun document assez sûr, pour établir d'une façon précise combien ils sont aujourd'hui. Mais on me dirait qu'ils ont triplé, je n'en serais pas étonné. Généralement on estime leur nombre actuel entre 3 et 400.000 individus.

Comprenez-vous la force et le danger de ces 3 à 400.000 soldats de Rome papale, répandus chez nous, entrant chez nous et là, quêtant, prédicant, propagandant sans relâche, pour leur patron romain, le pape!

En dehors de cette propagande incessante, que font-ils? On ne sait pas au juste. Mais certainement ils sont déjà dans maintes affaires, et le temps est facile à prévoir où ils seront dans la culture, l'industrie, le commerce, si puissants que rien ne tiendra nulle part devant leurs monopoles.

Ainsi, quant à l'éducation, vous verrez tout à l'heure, lorsque nous suivrons ce rameau de leur puissance, qu'ils la tiennent en majeure partie. Les missions de carême, les sermons, les prêches, sont faits surtout par eux, au dépouillement de notre clergé régulier. Leurs communautés féminines ont accaparé le soin des malades, non-seulement dans les hôpitaux et les pensions, mais en ville, chez tous les gens riches, ce qui doit leur rapporter des sommes énormes tarifiées et en dons. Une d'elles vend des médicaments, sous le nom de simples qu'elle prétend ramasser en montagnes, mais qu'en réalité elle achète, fabrique et revend dans de telles proportions commerciales que la pharmacie s'en émeut, et il n'est que temps. Ils font de la chartreuse, de la trappistine, de la bénédictine, comme de vrais distillateurs, vendant à la fois en gros et en détail, avec marque de fabrique, une croix!

Demain ils vendront des livres, et après-demain des nouveautés. Paris ébahi apprendra un matin que la Société de Jésus tient directement, par jésuites de robe courte, les magasins du Louvre. Et, ce jour-là, il y aura foule de dévotes en achats d'étoffes sanctifiées, à faire pâmer de jalousie leur autre fabrique à argent, les sermons de carême!

Plusieurs pratiquent le miracle et vendent de l'eau pour opérer soi-même, comme au temps de la défense policiale à usage de nos pères :

> De par la loi défense à Dieu
> De faire miracles en ce lieu.

Vainement, de temps à autre, les tribunaux, qui se connaissent en surnaturel, saisissent un de leurs escrocs miraculés. Le commerce va toujours, et, hier même, nos Dames de Lourdes et de la Salette ont failli passer saintes vierges sur les murs du Panthéon de Voltaire, enlevé aux mânes de nos grands hommes!

La plupart mendient, soit dans les églises après sermons, soit par femmes du monde, ardentes à ces

quêtes religieuses étiquetées de charité, qui les posent doublement en élégantes et en bonnes âmes.
On reçoit, à domicile, de leurs papiers-saintes-œu-
vres, presqu'autant que de papiers-réclames. Ils
ont mille prétextes pour leurs quêtes : fondations
pieuses, pieuses bâtisses, malades, filles repenties,
enfants pauvres, etc. Les mendiants romains, les plus
ingénieux des hommes à capter des aumônes, les
ont évidemment initiés à leurs pratiques. Si demain
on les pouvait parquer dans un quartier à part,
avec leurs procédés de mendicité, je pose en fait
qu'on ressusciterait une cour des miracles, avec
autant de hideurs morales que l'ancienne cour des
miracles étalait de hideurs physiques. C'est de
beaucoup le plus fructueux de leurs métiers.

Or, croyez-vous que ces cohortes exercent tous
ces métiers, se donnent tout ce mal, gratis, *pro
Deo* et son seul amour ?

Il en est, il est vrai, tels que les frères des écoles
chrétiennes, qui travaillent pour rien ou du moins
ne prennent pas d'honoraires fixes, car mon sagace confrère Sarcey, vous a, l'autre jour, établi
qu'ils savaient se faire un très-joli revenu, avec
leurs petits livres : la *gratte*, comme disent les
employés, le *pourboire* des garçons de café, que
leur partagent leurs maîtres, pour seuls gages !
Quoi qu'il en soit, je conviens qu'ils ne coûtent pas
cher, malgré leurs expédients pour se rattraper.

Mais savez-vous ce que c'est que cette gratuité
dont ils font si pompeux étalage par tous moyens ?

C'est la réclame, l'allume-chalands de leur monacal bazar. Ils instruisent gratuitement ou à
peu près quelques enfants pauvres ; comme les
grands magasins de nouveautés donnent des ballons
gratis aux enfants de leurs clientes ou vendent des
mouchoirs au-dessous de leur valeur ! Mais avec
ces mouchoirs et ces ballons, ils vous font venir
dans leurs magasins à tentations, et plument chaque
visiteuse jusqu'au fond de l'épargne du ménage !

Croyez-vous que les jésuites mâles de Montrouge
et les jésuites femelles du Sacré-Cœur donnent
leurs éducations pour rien ? Et que cela ne rapporte
pas gros, très-gros à ces marchands de soupes sans
patente, dissimulés sous leurs coiffes ou leurs chapeaux de Baziles ?

Vous ont-ils jamais donné à l'œil leur trappistine ou leur chartreuse ?

Pensez-vous que les miracles ne leur rendent
rien, par les pèlerinages, les ventes d'eau miracu-
lante, les troncs pieux, les châsses, etc., toutes les
cartes à payer de leurs gargottes en surnaturel ?

Par hasard de crédulité ingénue, pensez-vous que
l'argent de mendicités qu'ils soutirent à nos femmes et à nous-mêmes, assez faibles pour céder à
nos femmes, aille au complet en œuvres pies, charités, secours aux malades, etc., pour lesquels ils
nous le demandent ou font demander ? Pensez-vous
qu'aucun ruisseau de ce Pactole d'aumônes ne va
vers Rome, qui ne les envoie pas quêter chez
nous avec brefs à cet usage, pour leurs beaux yeux

seulement; sans qu'ils lui rapportent, comme ces ramoneurs italiens, qui mendient pour un patron? Pensez-vous qu'aucun filet de ce fleuve incessant et incalculable de charités, de dons, profits de toute sorte, secrets et publics, ne s'égare pas dans leurs bouches altérées?

Où avez-vous jamais vu des banquiers travailler pour rien, pour l'art des chiffres; ou des marchands, pour faire plaisir aux passants? Est-ce que ce n'est pas un métier qu'ils exercent, comme le marchand, comme le banquier?

Avez-vous des comptes et pouvez-vous en avoir, pas plus de leurs recettes que de leurs distributions?

S'ils ne vivaient pas de leurs commerces, et de ces quêtes, et de leurs miracles, comment vivraient-ils? Comment bâtiraient-ils ces églises, ces couvents, ces maisons coûteuses, si bien construites et si multiples que cela est effrayant à supputer ce qu'il leur faut nous soutirer d'argent, pour subvenir à tant de dépenses?

Si Rome ne touchait rien de tout cela, comment sustenterait-elle ses cardinaux, ses moines, ses prêtres, ses monsignors de tous calibres qui pullullent à Rome, sans rien faire et qui vivent grassement cependant?

Est-ce avec les quelques millions annuels que leur fait l'Italie? Il n'y en a seulement pas pour les cardinaux. Est-ce avec le denier de Saint-Pierre? Il ne va plus. Alors avec quoi, si ce n'est avec la crème de vos dons pour bonnes œuvres, oh! mes dévotes lectrices, cousines, amies, aimées, saintes dupes!

Sur quels dos le cardinal Antonelli et tant d'autres romains du parti noir ont-ils fait et font-ils surtout aujourd'hui leurs colossales fortunes? D'où leur viennent ces trésors incalculables, que les Italiens modernes vous disent que leurs cléricaux entassent de tous côtés en vue d'une émigration papale — qu'ils désirent pour rentrer plus forts! Rentrer avec nous leurs prochains soldats d'une restauration de pape! Quelque seconde expédition de Rome ou d'Espagne! ces deux voyages sentimentaux, à usage des rois et des républiques, qui courent aux abîmes!

Croyez-vous que les quatre-vingt millions d'Antonelli et les milliards peut-être qu'ils ont, proviennent des brouillards du Tibre?

Le Tibre ne germe que la fièvre.

Comme jadis avec les indulgences, ils font cet or aujourd'hui avec le denier de saint Pierre, les dons des pélerins et surtout *nos bonnes œuvres.* Ils soutirent cela de la catholicité exploitée à outrance depuis la chute du trône pontifical, à coups de ventes de croix, de ventes de titres, de pélerinages, de miracles, d'offrandes pieuses, de réclames de tous genres, principalement les souffrances du Saint-Père!

Ils font cela sur vos dos surtout, oh mes chers concitoyens! parce que vous êtes de beaucoup les plus riches, les plus généreux et les plus crédules, donc les plus tondus!

Comment pensez-vous que les jésuites aient pu amasser leur fortune de vingt milliards passés de capital ?

Par l'opération du Saint-Esprit? J'en doute, et vous? Mais je ne doute pas que ce ne soit avec votre argent, le nôtre, qui s'en va vers eux par mille sources diverses, connues et inconnues, commerciales et mendiantes; par sous, par francs, par dons, par quêtes, par aumônes ; sans que nous nous en apercevions, sans que la pensée même en vienne à nos béates et sottes crédulités.

Voilà pour le côté argent, simonie ouverte ou secrète de ces couvents, plus acharnés à l'argent que ceux mêmes du moyen-âge, parce que l'argent est aujourd'hui plus puissant encore qu'au moyen-âge. C'est le côté du cœur chez eux, celui qui les met le plus en éveil et en campagne, malgré leurs hypocrites allures de saint désintéressement.

III

Le côté du pouvoir qu'ils prennent peu à peu sur nous, tout en nous exploitant, est plus grave encore. L'argent se retrouve. Notre ruche laborieuse, habile, épargnante, en fait tant ! Mais la servitude avec ses corruptions ne se guérit qu'avec peine et par des années de soins ; parce qu'elle corrode jusqu'aux moelles les nations et les individus qui s'en laissent entamer, sans y porter le feu, comme sur un ulcère.

16

A quoi croyez-vous que du matin au soir s'occupent toutes ces milices, une fois leurs quêtes ou leurs sermons finis?

A fainéanter le plus qu'ils peuvent. Cela est certain; et c'est même pendant les longues heures de leurs fainéantises, qu'ils incubent probablement les mauvaises pensées qu'on leur voit si souvent traduire en crimes, dont les lueurs soudaines illuminent les tribunaux, éclairs sinistres des feux souterrains de toutes ces passions cléricales enfermées !

Mais en dehors de leurs farnientes, qui ne sauraient être absolus, à quoi peuvent-ils bien passer les longues journées de leur vie sans travail réglé, sans famille, sans fêtes, sans spectacles ?

A quoi, si ce n'est à s'infiltrer dans notre société, dans nos familles, nos vies, notre organisme français, par tous moyens que leur suggère leur astuce cléricale et rêvante.

Ainsi, en allant visiter M. le baron *** qui vieillit, souffre, vit solitaire, et s'il était habilement conseillé, léguerait son bien à la communauté ; en mettant dans leur confidence, et au besoin dans leurs intérêts, par quelque promesse, la marquise ***, une dévote patentée, chargée de chauffer le baron sur cette idée; en s'insinuant dans la famille de M, ***, le riche marchand, qui donne un million de dot à son fils ou à sa fille. Si ce fils se faisait capucin ou jésuite? si cette fille prenait le voile? On ne sait pas! le grand Esprit peut tout et les pères sont ses sorciers. En tous cas, on marierait ces chers enfants-utilement pour la communauté, sans compter le pot de vin du conjoint placé par elle, etc., etc.

Si je voulais vous énumérer tous les cas d'intrigues secrètes auxquelles ils se livrent dévotement, saintement, à la gloire de Dieu et au profit de leur couvent, il me faudrait écrire cent volumes au lieu d'un.

Chemin faisant, ils ramassent argent et partisans, la double fin de leur patronne Rome, vers qui tout arrive. Quant à la religion, au nom de laquelle ils parlent et qu'ils déconsidèrent par ces manœuvres, ils s'en soucient comme un marchand contrefacteur se soucie de sa marchandise. Et, quant à nous, leurs clients, leurs mendiés, allez voir si le mendiant de la rue reconnaît le passant qui vient de lui donner ! s'il lui sait autre gré vraiment, que pour se gaudir le soir en famille des jobards de la journée !

IV

Leur composition monacale elle-même les sert admirablement dans cette tâche et Rome les guide avec une habileté admirable. J'ai même entendu de hauts prélats en Italie, se vanter de leur science humaine sous ce rapport.

« Nous faisons venir ici, disent-ils, des sujets tous jeunes, choisis dans le pays à dessein, intelli-

gents et de nature zélée ! Nous les dressons à une
propagande religieuse habile. Puis, quand ils sont
prêts, dès 22 à 25 ans, nous les renvoyons dans
leurs patries et là, ils nous font des prosélytes
parmi leurs compatriotes. Cela vaut mieux que
d'envoyer des Romains purs. »

Ce sont, le plus que Rome peut, des moines ou
des sœurs de ce genre qui dirigent les couvents,
soit sous main, soit directement, à titre de supérieurs. Quant aux officiants subalternes, ou aux
simples soldats de ces milices, ils se recrutent partout et les femmes principalement y affluent par
mille raisons. Chaque communauté en a plus qu'elle
n'en veut et souvent même en refuse.

Que faire de sa fille quand on est de famille riche,
et qu'on n'a, soi, que peu ou point d'argent? La
jeune fille elle-même le comprend. Entre un mariage contre son gré, avec un homme d'une condition inférieure à son monde, dont sa vanité rougi-
rait, et un couvent que sa mère et son confesseur
lui prêchent de concert, elle n'hésite pas. Elle
prend le voile, en sanglotant souvent ; mais elle le
prend. Une fois qu'elle l'a pris, elle est du régiment, de la confrérie. Par tous moyens, même aux
dépens de sa famille riche, elle s'efforce d'enrichir
sa communauté, sa vie, son avenir en ce monde et
dans l'autre ! C'est son intérêt de bien être au couvent et on l'a si bien façonnée de naissance à ces
idées, la pauvre âme ! Elle croit et s'y dévoue
comme à Dieu même ! Triste !

Triste ! Car sans sa mère qui l'a sacrifiée, sans le prêtre qui l'a troublée, cette sœur, cette nonne serait une femme aimée, une noble et sainte mère de famille ! au lieu de s'enfouir toute en vie dans une tombe claustrale !

Cependant le père, puis la mère de cette sœur, de cette nonne, meurent.

La jeune fille est entrée sans dot à la communauté : *sans dot*, ce qui a décidé ses parents, comme au temps de Molière. Elle n'en a que plus grosse part dans la succession de famille et la recueille. Il serait encore temps pour elle de renoncer au cloître, à la coiffe, au triste attirail de ces tristes recluses. Mais l'habitude, le laisser-aller de la femme, la crainte du monde extérieur et de l'après mourir, exploitée en elle par son confesseur ! Elle abandonne ou lègue tout à son couvent, comme elle lui a donné son corps, son cœur, son âme, sa vie entière de sacrifice.

Pauvres nonnes ! Pauvres sœurs ! Mais ne faut-il pas à Rome, pour établir sur nous sa théocratie, des milices de tous sexes, surtout des femmes ; ses soldats dévoués, célibataires par vœux, séparés de la vie, claustrés, isolés, sans famille, sans attaches personnelles avec la société qu'ils ont mandat d'exploiter et de soumettre ; comme les armées organisées non pour elles, mais pour servir, doivent vivre célibataires, en casernes et ennemies du pékin !

Agir ainsi au nom d'une religion d'amour et de propagande par l'amour, est monstrueux, quand

on y pense : monstrueux comme les castrats de
la Chapelle-Sixtine, et tant d'autres faits de même
genre que je pourrais citer sur l'organisation du
catholicisme. Mais cela n'est que conforme, absolument conforme aux mœurs romaines de jadis et
d'aujourd'hui. Nulle race, nulle puissance humaine,
je crois, n'a jamais su mieux que Rome, se draper
dans un amour surterrestre de l'humanité.

« Notre nom même indique notre rôle sur la terre,
disent ses prélats. L'anagramme de ROMA est
AMOR. »

Et là-dessus, au besoin, ils se signent !

Fouillez cet anagramme et ce signe de croix, vous
verrez ce qu'ils valent. Jamais, dans l'histoire,
Rome antique n'a hésité à sacrifier un peuple entier, quand ses intérêts l'ont demandé. Rome papale n'hésiterait pas davantage. L'humanité pour
elle n'est ni sœur, ni fille, mais bête à exploiter : son
troupeau. C'est — je l'ai déjà dit, et je le répète
à dessein — la vieille idée orientale, pastorale,
romaine, jésuitique. La famille est le bétail du père
de famille, possesseur au nom de Dieu. Si vous
voulez, mes chers compatriotes, redevenir le bétail,
tel que jadis, honorez, propagez les couvents de
Rome, ses soldats séculiers, ses chiens de berger.
Si vous pensez ce qu'ont pensé vos pères ; si vous
voulez vivre et mourir libres comme eux, comme
vous avez vécu jusqu'à ce jour, faites ce qu'ils ont
fait, fermez les couvents.

CHAPITRE XVII

Couvents et communautés (Suite).

I

En dehors des considérations d'argent et de pouvoir pour lesquelles Rome a créé ces milices et pour lesquelles nous devons, nous, les dissoudre, cette mesure nous est encore prescrite par des raisons d'un autre ordre, tirées des conséquences politiques de cette organisation sociale. Ces raisons multiples comporteraient de longs détails, surtout historiques, en vue d'établir nos assertions par des faits tirés de l'histoire. Mais ce n'est point le lieu, et je n'ai pas le temps de les exposer. Je me bornerai donc à vous tracer les principales à grands traits.

« Croissez et multipliez » disent les livres saints que le clergé lui-même est chargé d'enseigner, et avec ces livres, l'instinct, l'intérêt, le bon sens de toute nation, qui ne veut pas s'étioler puis mourir sans se reproduire.

Or, le vœu primordial, la base même de l'organisation monacale, est la chasteté, l'impossibilité d'enfanter. Je n'examine pas s'ils observent bien ou mal ce vœu, cela est indifférent au point de vue où nous sommes, et m'entraînerait à maintes gauloiseries comme en contaient nos pères, que je ne redoute point, n'étant ni cagot ni moine, mais qui ne sont pas l'objet de ce chapitre : parce que des débauches de frocards en rut ne prouvent rien contre la chasteté supposée de la masse monacale. Je n'examine que leur vœu même.

Ils s'engagent à ne pas faire d'enfants.

Si leurs maisons continuent d'augmenter encore, comme elles le font chaque jour dans des proportions considérables, quelles seront les conséquences forcées de cette invasion croissante ?

C'est que la France, au lieu de rester telle qu'elle reste depuis plusieurs années, stationnaire ou à peu près en fait de population, décroîtra de plus en plus avec une vitesse vertigineuse. On a beaucoup cherché, on cherche encore, et avec raison, les causes de l'accroissement de la race saxone ou germanique et protestante, en regard de la décroissance ou du stationnement de la race latine et catholique. Ces causes sont diverses et multiples. Mais l'existence et l'augmentation incessante des communautés religieuses est une des principales.

Or, la diminution des habitants d'un pays est

pour toute nationalité une maladie grave, un dépé-
rissement progressif, auquel ses gouvernants doivent remédier avec le plus de soin, parce qu'on en
meurt vite. Ne pas se reproduire !

« Mais, me dira-t-on, ces communautés n'aug-
menteraient pas comme elles augmentent, si elles
n'étaient dans les tendances de notre époque ? Et, si
elles sont dans ces tendances, il n'y a rien à faire
qu'à se courber devant notre fatalité de nation dé-
clinante. »

Non, mille fois non. La France de 1789 n'est pas
une nation qui meurt. C'est une tige renaissante du
vieil arbre national, malade par son passage de re-
jeton à jeune arbre. Ce n'est pas une race mou-
rante, quoi qu'en disent les séniles regretteurs d'un
passé mort. Les mœurs d'un pays sont ce que les
font les gouvernants de ce pays. Quand ces mœurs
sont mauvaises, ces tendances funestes, le devoir
de chaque citoyen, surtout des chefs à un titre
quelconque, est de réfréner ces tendances, de modifier ces mœurs. La vie est une lutte. Malheur aux
nations indolentes ou fatiguées, ou corrompues, qui
ne savent que dériver à leurs vices et se perdre
dans l'abandonnement d'elles-mêmes. Je l'ai dit en
d'autres pages. Je le reproduis ici à dessein:

« Bon me dira-t-on encore : vous en parlez bien
à votre aise, vous, célibataire. Mais si vous étiez
marié ! Si vous aviez à élever, caser une demi-douzaine d'enfants, et qu'un couvent fût là, béant devant vous, vous offrant une place honorable pour

deux ou trois de ces enfants, des filles surtout, je voudrais vous y voir, faisant de la vertu et tournant le dos à la supérieure qui vous les demande, au curé qui vous conseille, vous, votre femme et votre fille ? » /

Ce n'est pas le lieu de traiter ici l'une des questions les plus difficiles de toutes, celle, non pas de faire des enfants, mais de savoir qu'en faire. Toutefois, je vous dirai, à vous surtout, oh ! bourgeois, mes amis, dont je suis :

D'abord, ayez moins de luxe vaniteux ; vous aurez plus d'argent pour doter vos enfants ou simplement leur confier un pécule à intérêts.

De plus, toujours en réfrénant votre même vanité, élevez-les moins bêtement que vous ne le faites : à les truffer de langues mortes inutiles ou de pianoteries plus inutiles encore. Elevez-les à des professions utiles d'agriculture, de fabricants, d'ouvriers même s'il le faut. Parbleu ! Croyez-vous donc que votre fils mourra, parce qu'il maniera l'enclume ou le rabot qu'ont manié vos pères ? Vous faites pitié avec vos vanités de croire qu'un homme est déshonoré, parce qu'il gratte du bois et non du papier. Où donc est la grosse différence entre les deux métiers : si ce n'est qu'on meurt de faim sous habit avec l'un, tandis qu'on vit insouciant sous la blouse avec l'autre ?

Laissez, laissez aller vos fils où Dieu les mène : à l'atelier, à la culture, aux colonies, quand la France les aura enfin rétablies, pour y envoyer ses enfants d'aventures ! Mais ne les poussez pas au couvent, au séminaire, à l'église, à moins qu'ils en aient la vocation enracinée jusqu'au fond de l'âme, parce qu'alors, il faut laisser aller vers Dieu ce qu'a voulu Dieu.

Quoi qu'on dise aujourd'hui pour nous les faire accepter, tout cloître est un lieu de paresse et de débauche [ou d'étiolement qui, souvent, cumule ces deux états d'existence. On ne doit point y vivre vieux. Je n'ai pas et ne puis avoir de statistique à fournir, pour prouver cette supposition. Mais cela est au moins probable, et, comme indice à l'appui, je dirai : si on y vivait vieux, les moines, commerçants comme ils le sont, nous montreraient leurs vieillards, pour s'en faire des réclames. Ils ne les montrent point : donc ils n'en ont pas. Donc on y meurt jeune.

Ce que je puis affirmer avec certitude, c'est que j'en ai visité plusieurs : deux entr'autres, avec soin. L'un, pour me fixer sur sa réputation, très-grande dans la chrétienté, l'autre, parce que l'idée m'avait passé par l'esprit d'aller y chercher la paix de l'âme ; mais qu'avant de le faire, je voulais étudier à fond l'asile que je rêvais. Il faut confiance ici-bas, mais pas trop ; comme vous allez voir. Où en serais-je, grand Dieu ! si je m'étais fait religieux sur l'étiquette du repos divin qu'on trouve au cloître.

II

Le premier, un couvent de bénédictins, était splendide de situation, de bâtisses magnifiques, de jardins, de parc, de bibliothèque, de collections, de richesses vraies enfin, accumulées là depuis des siècles.

Construit sur un des versants de la plus riche montagne du globe, je crois, l'Etna, il a d'un côté la mer et quelle mer ! L'Ionienne, aux flots bleus, aux douces brises, qui passent comme des caresses, apportant à la Sicile, les souffles voluptueux de la Grèce, aux îles enchantées. De l'autre côté, la montagne avec son panache d'éternelle fumée, les neiges de ses cimes, ses laves, ses forêts, ses riches cultures, ses 65 villages et Catane à ses pieds ! Catania, l'éternelle proie, l'éternelle ressuscitée de l'Etna, qui dort enivrée de poésie, entre ses laves passées et ses laves futures, sans se soucier d'autre chose que de sa douce vie ! de son beau ciel, de sa mer bleue, de sa montagne variée comme un monde !

Il n'est peut-être pas sous le soleil palais mieux placé pour la vue, cette satisfaction de toutes les heures. Comme la Corne d'or, comme le golfe de Naples, l'Etna est grandiose et beau à ne jamais se lasser de le contempler. Des monts, des collines, s'élevant de tous côtés sur ses flancs immenses, au-dessus de vallées et de plaines, couvertes de forêts ou de laves noires ou de cultures, d'horreurs et de misères si savamment mêlées qu'on dirait l'œuvre d'une féerie peinte pour charmer la vue. Comme le golfe de Naples, c'est beau à ne le pouvoir quitter, à tout laisser, même la patrie, tout oublier pour y vivre.

Sur ce site enchanteur, dans ce riche palais, vivaient ou plutôt étaient censé vivre, car on ne les y trouvait guère réunis, une trentaine de pères et à peu près moitié autant de novices, c'est-à-dire de surnuméraires-moines, avec différents priviléges de leur grade futur. Généralement gros, gras, ventrus, barbus, hauts en couleur, ils devaient évidemment boire sec et se nourrir en vrais moines : ce qu'ils faisaient en effet, par tradition qui se conservait de moines en moines, ostensiblement, sans rougir, honni soit qui mal y voit.

Cadets de famille pour la plupart, fils et frères de nobles Siciliens, entrés là avec une dot, ayant souvent une fortune individuelle, ils avaient tous ensemble, comme maison, 400,000 fr. de rentes, en biens-fonds sur la montagne ou dans la plaine à ses pieds. Outre son palais de ville situé en haut de Catane, au-dessus de la cité, leur couvent possédait trois ou quatre maisons de campagne éparses sur l'Etna, à diverses hauteurs et situations, savamment choisies. De telle sorte qu'ils pouvaient aller vivre, au nord ou au midi, au froid ou à la chaleur, à la température précise qui convenait à la saison ou à leur caprice. C'était de beaucoup la plus savante combinaison d'existence que j'aie jamais rencontrée sous la calotte du ciel.

Leur cloître était magnifique, bien qu'aussi mal tenu qu'il pouvait l'être. Une bibliothèque considérable, richissime en tous genres, s'étendait poudreuse, abandonnée, comme une pièce où on ne va jamais. Ses riches possesseurs vivaient évidemment sur l'œuvre et la réputation de leurs devanciers : comme ces nobles oublieux du souvenir qu'ils portent et n'ayant plus rien de leur illustre ancêtre que son nom sonore. Des collections d'antiques, de coquilles, d'histoire naturelle, etc., non moins remarquables, étaient dans le même cas et pires encore : parce que n'étant ni renouvelées, ni même soignées, elles s'en allaient aux mites et à la poussière. Les salles de toute sorte étaient belles, mais mal meublées, mal en ordre : la demeure d'un célibataire en voyage, pour tout dire.

Il n'y avait de soignées dans le cloître que la cuisine et les caves, dit-on, car je n'ai pas vu ces dernières. Mais on les affirmait splendides, et, mieux encore, garnies comme nulle part, entr'autres d'une collection de vins de l'Etna, crus du couvent même, que les moines se réservaient absolument sans en céder une barrique : bien qu'ils vendissent tout le reste de leurs riches récoltes.

Quant à la cuisine, je l'ai visitée en conscience et puis dire qu'elle était tenue à elle seule pour le couvent tout entier. Largement pourvue des fourneaux, machines, outils culinaires usités par l'art moderne, elle étalait une batterie splendide, luisante comme un sou, vivante à chercher Brillat-Savarin. Avec cela, vaste, aérée, éclairée, libre à ses travailleurs, bien qu'abondamment garnie de matériel : un palais à gastronomes, enfin.

Le hasard m'y fit entrer à l'heure d'un repas. Les produits de l'usine valaient l'usine. Le déjeuner des pères n'était pas de carême, je vous assure. Il y avait là côtelettes et beefstecks, poissons, légumes, pommes de terre rissolées dans le beurre surtout, qui attendaient sur un coin de fourneau l'heure d'être enlevées. On les eût mangées brûlantes. Il y a longues années de cette visite ; je crois néanmoins les voir encore, tant elles ont frappé mon esprit et mon estomac, peut-être en appétit à ce moment ? Il est de ces souvenirs de choses vulgaires, qui se sont fichés comme un clou, dans le cerveau, et se sont endormis là si tenaces, que le temps même ne les ayant pas chassés, malgré leur insignifiance, ils se réveillent tous frais comme d'hier, au moindre choc mnémonique.

Les cellules, au contraire, étaient odieusement étroites, nues, avec des lits dignes des cellules, de vrais galetas de frères mendiants. Je me récriai à leur vue. Mon cicerone m'expliqua obligeamment, qu'excepté le prieur, qui avait un très-bel appartement, jamais ces Messieurs ne couchaient au couvent. Leurs chambres n'étaient là que pour la montre ou plutôt la forme ; car les bénédictins de Catane avaient cela de bon qu'ils ne faisaient aucune parade de vertus. Jamais au grand jamais,

qui que ce soit, sauf le balayeur, n'entrait dans
leurs cellules.

De jour, quand les pères étaient au couvent, ils
allaient au parloir, sur les terrasses, dans le parc,
ou ils recevaient leurs visites et se réunissaient
tous ensemble ou par groupes à certains jours.
De nuit, ils habitaient la ville, où chacun d'eux
avait son ou ses ménages ; selon ses appétits chrétiens ou mahométans, africains même au besoin,
disaient quelques mauvaises langues.

Que voulez-vous? La Sicile est européenne ; mais
par un côté seulement sur trois. Deux des faces
de son admirable triangle reçoivent l'une les souffles voluptueux de la molle Asie, l'autre les vents
torrides de la fauve Afrique. Elle a été longtemps
grecque, puis carthaginoise avant d'être romaine.
Elle est sur la route de Constantinople. Elle pratique de nature, même en ses couvents, les mœurs
des trois continents dont elle procède! On ne se
nomme pas Trinacria pour rien.

Ayant ménages en ville, ces Messieurs vivaient
généralement en ville. Où peut-on être mieux
qu'au sein de sa famille? Ils ne venaient guéres au
couvent qu'en manière de passe temps, comme ces
riches négociants, qui vont flâner quelques heures
par jour à leur magasin. Le plus souvent ils
mangeaient dehors. Toutefois, à chaque repas,
quand même le père le prenait au réfectoire commun, un domestique de ville venait chercher sa
ration et l'emportait au ménage ou au sérail. Les

bénédictins de Catane étaient bons époux et aucun d'eux n'eût voulu manger en Lucullus au couvent, tandis que la meilleure moitié de son âme
eût vécu de rogatons. Ils avaient du moins, l'appétit
généreux : ce n'est pas moi qui leur jetterai la
pierre pour cela.

J'ajouterai, à leur actif, qu'ils étaient véritablement aimés en ville et dans le pays, où ils faisaient
beaucoup de bien. Tout le monde les connaissait et
leur parlait, comme à un bon curé chez nous.
On les rencontrait souvent de ci de là, par les
rues ou sur la montagne, seuls ou en compagnie ;
bonifacement montés sur leur mule, à la mode de
leurs voisins, les Maures d'Afrique ; et, de là, sou-
riants aux filles, affables aux hommes, loquaces à
tous ; de bons seigneurs enfin, ayant bien dîné,
dont la digestion est facile et l'âme débonnaire.

Quant à un travail, une propagande quelconque,
des exercices religieux même, ils en pratiquaient
quelques-uns de loin en loin, aux grands jours.
Mais en semaine, à l'ordinaire, ils n'en suivaient
aucuns ! On n'a pas pu me citer un seul frère qui
s'occupât, même à temps perdu, d'une question
quelconque de science ou de religion : de quoi que
ce soit en un mot, excepté bien manger et bien
boire.

Je suis sorti de chez eux, en les remerciant beaucoup, car ils m'avaient admirablement reçu, mais
peu désireux d'y vivre. L'homme est né pour travailler, non pour fainéanter. Toute association

17

dont un labeur quelconque n'est pas le but, sans avoir pour elle l'excuse de la vieillesse ou des infirmités, est un parasite, que toute société bien organisée doit extirper de son sein. De plus, c'est blasphémer Dieu, faire risée de lui, que s'affubler d'une robe de sainteté, sans même le chercher et en transgressant les vœux qu'on a faits en son nom.

Plaise à d'autres de vivre bénédictin, même aux conditions du couvent de Catane, même à Catane, sur l'Etna !

III

Le second cloître que j'ai visité avec encore plus de soin que le précédent était une Trappe : et je n'ai jamais vu nulle part asyle plus digne de sa réputation : quoique d'un tout autre genre que celui auquel je m'attendais. Il y a une poësie quelconque, grandiose, dans le : *frère il faut mourir!* Mais là, dans cette mauvaise cassine délabrée, vulgaire et misérable, il n'y a même pas Diogène et son fier cynisme. Il n'y a que la bestialité d'une paresse misérable et voulue.

Le pays où elle s'élevait et s'élève encore, je crois, n'est ni beau, quoique situé près de la mer, lui aussi, ni fertile quoi que pouvant l'être, s'il était arrosé. C'est une grande plaine désolée, jaunâtre, choisie tout exprès peut-être, à cause de son triste aspect. Les bâtiments s'élèvent là plus que médiocres, peu spacieux, inintelligents ; avec un grand enclos nu, mal cultivé, mal tenu, morne comme ses habitants. L'hôtellerie méritait son nom de Trappe, et les hôtes valaient l'hôtellerie. Il ne devait guère y avoir là que des secrets criminels, tourmentés par le remords ! Mais cela, je l'ignore absolument.

Ce que je sais est que j'y ai trouvé une cinquantaine d'hommes environ, maigres, hâves, flétris, pâles, attristés, maladifs, des ombres marchantes, n'ayant plus la force ni de rien regretter d'ici-bas, ni de rien espérer d'une autre vie. Ils allaient, passant en silence, sans se parler ni se regarder, marchant comme automatiquement ; tués par les jeûnes, l'abrutissement priard et la misère. Je les ai vus manger ; ils n'avaient dans leurs écuelles que des légumes cuits à l'eau et jamais ne mangeaient autre chose. Leur réfectoire était propre, mais ses murs ainsi que ceux des salles étaient affligés d'une litanie de maximes, de sentences, versets qui, à force d'être lus par eux, malgré eux, devaient contribuer à leur abêtissement. Les cellules valaient le réfectoire : des niches à chiens, propres d'ailleurs.

On avait permis à l'un d'eux, le moins étiolé probablement, de répondre à mes questions et je lui en fis beaucoup. J'appris là par lui qu'ils priaient cinq heures par jour ! Comprenez-vous des hommes qui prient cinq heures chaque jour. Quand j'ai prié dix minutes, moi, je l'avoue franchement, je ne me comprends plus, ou je dors, ou je pense à autre chose. Cinq heures par jour ! Il y a de quoi rendre idiote l'âme la mieux organisée !

Entre leurs prières, leurs sommeils et leurs soins de ménage, il reste peu de place au travail, si bien qu'ils ne travaillent qu'à peine. Aussi, quoique pourvue d'un riche domaine, soutenue par l'Etat sous différentes formes et largement sustentée d'aumônes, leur maison était-elle criblée de dettes, malgré le peu qu'elle dépensait. Excepté la culture directe de leurs légumes, tout était fait par des ouvriers du dehors. Ils étaient incapables de façonner même leurs manches de bêches ! C'est ce qui les endettait.

Or, que pensez-vous de cela ? Cinquante à soixante hommes associés, ne vivant que de légumes, ne buvant que de l'eau, et ne se suffisant pas à euxmêmes pour vivre sur un sol et dans un couvent à eux !

N'est-ce pas la condamnation la plus éclatante qu'il y ait de ces cloîtres. Les bénédictins de Catane, au moins, vivaient de leur bien ou de celui de leurs familles, et vivaient grassement, faisaient des aumônes, rendaient des services à la société qui, en échange, assurait leur sécurité. Mais les religieux de la Trappe ! A quoi servent-ils s'ils sont encore dans l'état où je les ai vus. Ils sont même onéreux, au lieu de servir, puisqu'ils ne peuvent seulement pas suffire à leur misérable vie. Il faut qu'on les assiste, qu'on les aide à ne pas mourir ! Mais mou-

rez donc tout de suite ! Ayez donc au moins le courage du suicide ! Ce sera plus tôt fait et nous ne
serons pas forcés de vous nourrir à rien faire.

Pour finir ma visite qui ne dura pas moins de
plusieurs heures, malgré le dégoût croissant que
j'en éprouvais, j'ai demandé à mon silencieux cicerone s'il souffrait de cette vie :

« Dans les commencements, m'a-t-il répondu, j'ai
beaucoup souffert, mais maintenant je ne souffre
plus. »

C'est tout simple : il était mort. Ce n'était plus un
homme, mais un cadavre vivant, physique et moral, qui me parlait en machine, sans douleur, mais
sans vie, comme les morts doivent parler des choses
d'ici-bas.

Je sortis de là avec une sorte d'effroi d'avoir pensé
à m'ensevelir dans cette viduité morte. Le cloître
de mes rêves ne m'était jamais apparu comme un
suicide. On a toujours un pistolet sous la main, et
ce serait si simple, sans le grand *peut-être*? *To
sleep, to dream?* Dormir ou rêver, dit Shakespeare.
J'avais rêvé cette vie pour y trouver le repos, la
paix et Dieu ! Le repos n'est pas l'épuisement. La
paix n'est pas une mort vivante. Dieu n'est point
dans ces sombres demeures. Ce n'est pas pour nous
enterrer là, priant sans penser, que le Maître de la
nature nous a mis sur cette terre de devoirs.

Il y a vingt ans de cette visite, j'ai encore le dégoût d'elle, rien qu'à me la rappeler.

Sur ces deux récits, les cléricaux qui me liront,

et, m'ayant lu, diront tout le mal qu'ils pourront de l'auteur, prétendront que, voyageur romancier, je fais encore du roman sur les couvents. Qu'ils disent.

Mais allant au devant de leurs calomnies, je vous observerai à vous, mes chers électeurs, que je suis romancier à mon temps, écrivant en toute sincérité quand je traite de choses sérieuses. Vous, parmi lesquels bon nombre me connaissent, vous savez bien, d'ailleurs, qu'en racontant des souvenirs de voyage tels que ceux que je vous retrace ici, je suis incapable de vous faire du roman. La vérité est mon Dieu. Si je prenais une devise je prendrais celle de ce livre : A la lumière par la vérité, à la vérité par la lumière.

Revenant à nos deux couvents, j'ajouterai, pour finir, que ce sont évidemment deux exemples à part, excessifs tous deux. La réalité, la moyenne est comme toujours, entre les deux. Mais on peut dire, sans crainte d'exagérer, que toute communauté, quelle qu'elle soit, fonctionne plus ou moins à l'image de ces deux exemples.

Donc quoi qu'on vous raconte, pères et mères de famille, ne poussez jamais au cloître ni vos fils ni vos filles : car tout cloître recèle l'étiolement, le suicide moral et la paresse, cette couveuse de vices! Souvent, trop souvent même, c'est le foyer germinateur de ces hontes claustrales, à usage des prisonniers et des moines : de ces hontes sans nom que l'Orient tolère mais que la France balaye, comme immondices contagieuses dont il faut nous sauver, en fermant les lieux d'où elles sortent ! Ainsi aux heures de typhus, on ferme les étables atteintes du poison.

Elevez vos filles en pensions laïques, au lieu de les laisser sur les genoux souvent scabreux d'une église qui ne leur apprend que des patenôtres et des futilités, afin de les mieux garder en tutelle. Elevez-les chez vous, cela vaut encore mieux : en mères de famille, en ouvrières, en femmes de culture, et non à pianoter et s'attifer sans travailler. Puis, quand elles seront ainsi vraiment élevées, mariez-les à qui vous trouverez d'honnête, fut-ce à des ouvriers. Quelque dure parfois que leur sera la vie, elles seront plus heureuses qu'au couvent. Plus heureuses qu'à regretter les saintes joies de l'amour et de la maternité, dans le fond d'un cloître, s'y consolant en Saphos, la face pâle et les yeux caves, étiolées de jouissances solitaires !

IV

Dans un ordre d'idées de morale humanitaire, n'est-ce pas un fait anormal que ces associations en dehors de la société, sans but déterminé, sans travail fixe, toutes plus ou moins mendiantes, vivant à part d'une vie secrète, derrière leurs fenêtres grillées, leurs murailles mystérieuses ?

S'ils sont étrangers, pourquoi garder et nourrir

à rien faire ces étrangers conspirant contre notre société française ?

S'ils sont Français, d'où vient qu'ils ne sont pas soumis aux charges de la patrie, à la conscription, à la patente, à la loi sur les associations, à toutes nos règles communes ?

On a beau s'agenouiller devant eux pour nous forcer au respect, ils ne sont pas changés des portraits d'eux que nous ont laissé nos ancêtres. On a beau tenter de les rajeunir, en les appelant le frère tel, la sœur telle ; les révérends pères, les bonnes religieuses ; ce sont toujours les moines et les nonnes de jadis. Comme nous sommes toujours les Gaulois, les Francs de Charlemagne, de Louis XIV et de Napoléon.

Ils ont les mêmes inconvénients sociaux, les mêmes vices, le même esprit d'envahissement à la Tartufe : parce que cet esprit et ces vices, sont dans leur essence même, dans les conséquences de leur nature, par fatalité inéluctable. Ils seraient nés tous les plus vertueux des hommes et je ne doute pas qu'il y en ait grand nombre de vertueux. ils arrivent tous forcément à l'état de religieux de tous les temps.

Le *Sint ut sunt, aut non sint* : qu'ils soient comme ils sont, ou ne soient point, ne s'applique pas seulement aux jésuites, il s'applique à tous les hôtes des communautés religieuses. C'est leur fatalité de parasites, de vivre en parasites ; d'être onéreux, envahisseurs et délétères. Pour s'en convaincre et voir au juste ce qu'ils valent au fond, malgré les dehors hypocrites avec lesquels ils s'efforcent de nous donner le change, il n'y a qu'à les regarder et les entendre. Leur costume d'un autre âge, comme leurs mœurs d'autre temps, jurent avec les nôtres. Tout ce qu'ils prétendent pour leur défense est leur condamnation, pareils à ces accusés qui n'ont pas de pire accusateur qu'eux-mêmes, tant chaque heure de leur vie est une heure de mal.

Ils disent qu'ils font du bien, notamment des aumônes nombreuses qu'on n'aurait pas sans eux !

Je dis, moi, qu'ils tarissent, au contraire, nos aumônes dans leurs sources : parce que si nous les faisions directement, nous-mêmes, ou par nos inaccusables bureaux de bienfaisance, outre que nous les répandrions mieux et à de plus dignes, nous les ferions plus larges par entraînement de charité, pente de générosité innée chez nous et dont ils abusent à leur profit. J'en appelle à vous-mêmes, Mesdames, vous, leurs avocats ? Est-ce que vos mères du premier empire et des deux restaurations bourbonienne et orléaniste, avaient besoin d'un moine ou d'une nonne intermédiaires entre elles et les malheureux ? La charité directe n'a jamais sali.des mains de femmes. Faites-la vous-mêmes. Vous seriez si saintement belles, en reprenant le rôle de vos grandes aïeules ; au lieu de courir, attifées en courtisanes, de votre confesseur au couvent qui vous exploitent tous deux.

Ils disent encore, pour justifier leurs communautés sans nombre, qu'elles élèvent mieux les enfants que les maisons laïques ; qu'elles soignent mieux les malades et offrent plus de garanties aux familles.

Oui : cela est vrai. Ils ont tué toute concurrence. Il n'y a plus que leurs maisons. On ne trouve plus en dehors d'eux que pauvres maîtres ou maîtresses qui s'épuisent, ou rôdeuses à vil prix, travaillant à journées de hasard pour tout faire ! Mais si on supprimait leurs établissements, est-ce que dès le lendemain, la veille même de cette suppression, il ne se créerait point dans notre société française si industrieuse, des milliers de maisons libres, pour éduquer les enfants, soigner les malades, avec toutes garanties non-seulement de soins, mais de science et d'habileté.

Au lieu que nos capitaux, dormant faute d'emploi, aillent se jeter dans des emprunts étrangers ou des spéculations aléatoires de bourse qui les engloutissent, ils iraient là. Nous verrions se créer par milliers des pensions, des écoles, des institutions libres, des maisons de gardes-malades, sous direction de professeurs, de médecins, de chirurgiens, de pharmaciens qui les formeraient et les guideraient.

Aujourd'hui, dans notre pauvre société haletante sous leurs chapes monacales, instituteurs et institutrices meurent de faim ou s'exilent. On ne trouve plus, non-seulement de maisons de gardes-malades, mais même de gardes isolées. Autant d'industries

mortes et perdues pour le pays. Or cela pourquoi?
Parce que les jésuites, les séminaristes, les communautés des sœurs aux cent noms, ont tout accaparé et qu'il n'y a plus de place en France, sur ces
deux champs fertiles d'occupations humaines que
pour des nonnes ou des moines, à entreprise de
Rome. Supprimez-les, vous aurez rendu la vie et le
travail à des capitaux, des intelligences et des bras
multiples que le monopole clérical nou-seulement
étouffe, mais empêche de naître.

« Ainsi : disent les cléricaux, avec des cris de
paon et des injures à nous briser le tympan, pour
nous étourdir, un de leurs moyens du jour.

» Vous voulez la liberté et vous nous supprimez!
Nous avons le droit de monter des maisons, d'é-
duquer, de soigner aussi bien que les civils. Nous
réclamons ce droit et nous en userons malgré vous,
parce que nous l'exerçons en vertu des lois de liberté établies par vous-mêmes, pour le bien des
hommes et par la volonté de Dieu. »

Dieu voulant que les sœurs*** ou autres, gagnent
cinq francs par jour et soient nourries à soigner nos
malades !

Le bien de l'humanité engageant les chartreux à
fabriquer de la liqueur en trois qualités, pour mieux
prendre l'argent des buveurs !

La liberté invoquée par les étouffeurs de Galilée,
les descendants de l'inquisition, les sectateurs de
Loyola !

Quis tulerit Gracchos de seditione quærentes !

disaient les romains. Qui supporterait les Gracques reprochant des séditions. C'est à soulever le cœur de dégoût que d'entendre parler de liberté, invoquer la liberté par ceux-là mêmes dont la vie entière s'est passée à confisquer cette même liberté, parce qu'ils ne peuvent vivre que de tyrannie.

Mais en prenant leur thèse même, est-ce qu'il est possible, un seul instant, de l'admettre. Est-ce qu'ils n'entrent pas dans l'arène commerciale munis de toutes armes, quand leurs adversaires sont désarmés ; capitonnés de la cuirasse religieuse, quand leurs adversaires sont nus ? Est-ce que, pour que la concurrence soit possible, pour éviter leur tyrannie costumée de liberté, il ne faudrait pas, au préalable, leur enlever la religion, Rome, le clergé qui les sustentent : le clergé payé par l'Etat : leurs maisons souvent prêtées par l'Etat : tout le casuel religieux, églises, évêchés, séminaires, qui sont les armes de leurs industries ?

Les tolérer, c'est les laisser prendre impunément contre nous le monopole le plus funeste que nous puissions subir.

V

Je résume ces chapitres. Pas plus Rome ou notre clergé que personne, n'a le droit de fonder chez nous des associations, quelles qu'elles soient, sans que ces associations soient autorisées par l'Etat ; les leurs ne le sont pas.

Leurs établissements constituent pour notre race française un danger permanent, par leurs chefs étrangers résidant à l'étranger, par leurs règles monastiques contraires à nos lois, par leurs mœurs en dehors des nôtres, par leur propagande contre notre société qu'ils sapent par tous moyens.

Nous les supprimons au nom de l'équité, de la loi, de nos intérêts sociaux, du salut de la patrie et du bien de l'humanité, comme foyers permanents d'intrigues, de paresse et de corruption. Nous les supprimons comme les ont supprimés tour à tour nos aïeux, nos pères, tous les peuples où leurs impurs essaims s'étaient établis.

L'exécution est facile. Le suffrage universel est le maître. Il n'a qu'à vouloir et parler par la voix du scrutin. Tant pire pour lui, s'il ne le fait pas, car il sera le premier mutilé, puis supprimé tout-à-fait, dès que Rome et ses clergés seront nos maîtres absolus.

Quant à moi, c'était mon devoir de voyageur au service de la France, de vous dénoncer ce filet monacal étendu sur nous par l'astuce romaine et cléricale : le plus dangereux des envahissements de la papauté, partout. Ce devoir accompli, je vous dis pour résumer ce qui a trait aux congrégations : à la suite des fermetures de couvents en Italie, en Allemagne et au Nouveau Monde, notre patrie est devenue, comme le réceptacle, la sentine, où la gent

monacale descend de tous côtés. Encore un peu —
cela commence déjà — ce ruisseau d'impuretés va
nous souiller notre France. Il n'est que temps de le
rejeter dehors, à qui on voudra, sous peine de devenir le dégoût de l'Europe; puis d'en mourir,
comme d'une lèpre mortelle gardée par notre honteuse faiblesse.

Je vous dis cela sans ambages, sans réticences et
d'une conscience tranquille, car je ne fais que
mon devoir en vous signalant le danger. Maintenant, advienne que pourra. Je suis vieux, je m'en
vais. Si prochain que soit le joug de plomb qui
m'apparaît dans l'avenir, apporté par la main des
moines, quand ce joug pesera sur nous, à en mourir ou nous révolter, je serai déjà dans la tombe, la
tombe libre ou si près d'elle qu'à cette heure de
mort les choses de la vie ne sont plus que des ombres. Je suis résigné.

Mais vous, jeunes gens, vous qui venez, qui avez
devant vous vos nids à faire, l'avenir à garder,
croyez-en votre ancien, n'ayant qu'un désir en ces
pages, celui d'éclairer son pays. On ne peut être
heureux ici-bas que par la liberté. Il n'y a point de
liberté sous le joug de Rome. Si vous ne le voulez
pas subir, il est temps. Dans quelques années peut-
être, il sera trop tard ou vous ne pourrez vous
affranchir qu'aux prix d'un schisme funeste et de
luttes sanglantes. Agissez, il est temps, en ordonnant au Gouvernement, par la grande voix populaire, le *vox populi, vox Dei*, d'avoir à supprimer

les communautés : en commençant par les jésuites, comme le cerveau du mal, sur lequel, à ce titre, je reviendrai plus tard en détail.

Eux partis, tout rentrera dans l'ordre peu à peu. D'ailleurs, s'il le faut, nous continuerons. La patrie d'abord. Il y a fluxion. Le jésuitisme est la dent cariée qu'il faut arracher — sur l'heure.

CHAPITRE XVIII

Danger de l'omnipotence ultramontaine au point de vue extérieur.

I. Nature de ce danger. — II. Ses causes modernes. — III. Nécessité d'y remédier promptement.

I

Vous venez de voir, par les chapitres précédents, l'influence décisive que Rome a prise sur notre société française, par son infiltration dans nos mœurs, la désuétude de nos libertés gallicanes et ses couvents. C'est désormais plus qu'une influence, c'est une direction occulte encore, mais déjà souveraine, à laquelle nous ne pouvons plus nous soustraire sans une lutte vive, puisque voici plus d'une année que nous nous rébellons au Parlement, non pas même pour briser cette toute puissance, mais pour l'empêcher de s'étendre encore, et que nous ne réussissons pas. La question des enterrements civils en fait foi.

Ceci étant bien établi, je vais vous montrer les

principaux dangers de cette omnipotence au point de vue de l'extérieur.

J'ai dit plus haut, en quelques lignes, comment, de par son influence dominante et son habileté ordinaire, Rome pouvait nous lancer dans une guerre utile à sa cause et ainsi nous exposer à un grand péril national. Il est donc inutile de revenir sur cet aspect de la question cléricale, malgré sa gravité. Vous le pouvez, d'ailleurs, pressentir aussi bien que moi, sans que j'y insiste par des preuves malheureusement trop nombreuses.

Mais il est une autre face de ce péril, plus difficile à faire saisir : et, sur laquelle, par conséquent, il importe d'entrer dans quelques détails. Le danger n'est pas immédiat, mais il peut le devenir d'un moment à un autre, demain, ce soir, au hasard de l'existence d'un vieillard de 86 ans ! Voici comment.

L'Italie et la France sont présentement en paix et en paix durable, j'espère : par communauté d'intérêts non moins que par consanguinité de races et frais souvenirs d'amitiés éprouvées, de services rendus. Tant que le noble souverain qui préside aux destinées de l'Italie sera le vrai chef de son pays, il n'y a pas de guerre à craindre, je crois, entre la péninsule et nous.

De plus, l'Italie nouvelle et la papauté sont en lutte irrémédiable quant à présent : lutte d'intérêts contraires, de haines accumulées, de combats multiples et incessants entre deux puissances à ins-

18

tincts opposés, qui ne sauraient subsister côte à
côte, sans que l'une écrase l'autre.

Une entente contre nous entre elles est donc peu
probable en ce moment : bien que nous devions
nous en garder, parce qu'il faut ici-bas se garder de
tout, en politique surtout. La prudence même excessive, même envers un ami, n'a rien de déloyal.
Nous ne devons d'ailleurs jamais oublier à ce point
de vue, que Rome et l'Italie moderne ont certains
intérêts connexes, un passé historique commun, une
nationalité commune et des rêves similaires de domination antique restaurée, qui peuvent soudainement les réunir, plus étroitement que nous ne le
pensons et le pouvons désirer.

Mais en dehors de ces hypothèses, le pape a l'âge
de mort. Supposons, ce qui est probable, que Victor-Emmanuel et le successeur du pape actuel, ou
leurs successeurs à tous deux s'entendent entre eux?
Supposons, par surcroît de male chance, un pape
non pas même Anglais, Allemand, mais Italien,
succédant à Pie IX : et l'héritier de Victor-Emmanuel, jeune, ardent, ayant à gagner ses difficiles
éperons de royauté, par suite désireux. de reprendre les provinces qui se sont librement données
à nous, en retour de nos services?

Voyez-vous le danger?

Voyez-vous ce pape allemand, anglais, italien
même seulement, mais italien-allemand : notre ennemi par instinct, habitude et intérêts, faisant
naturellement, par la force des choses, alliance

avec nos ennemis ? Le voyez-vous cédant à l'influence nationale de son roi, de son chef de patrie,
le successeur de Victor-Emmanuel ?

Puis, nous voyez-vous, au moment d'une guerre
avec l'Angleterre, ou l'Allemagne, alliée à l'Italie :
ou en cours de difficultés diplomatiques graves, à
la suite de la question d'Orient par exemple : celle
là ou toute autre, peu importe ?

Pendant ces difficultés mêmes, au plus fort de la
lutte et du danger, voyez-vous ce pape, notre ennemi, lançant contre nous, outre ses foudres spiri-
tuelles, toutes ses milices cléricales : s'immisçant
par elles dans notre politique ; nous entravant par
tous moyens ; nous liant bras et jambes en quelque
sorte au moment du combat ? Nous voyez-vous en
pleine crise nationale et cependant forcés de nous
débattre dans ces luttes intestines ; contre des clameurs cléricales, des agissements, des intrigues
ténébreuses, familières à Rome et aux jésuites ?
Voyez-vous ces 5 à 600,000 prêtres et religieux,
suivis des 4 à 500,000 individus qu'ils mènent à l'a-
veugle, s'acharnant contre nos résolutions, les
entravant, les divulguant pendant que nous sommes à nous masser sur la frontière ?

Nous voyez-vous, pour tout dire d'une seule
phrase, nous battant sur le Rhin, dans une lutte à
mort, menacés dans le dos par un poignard clérical
dont le manche est à Rome ?

II

Jadis, il y a seulement vingt ans, ce danger n'existait pas, ou du moins était presque insignifiant, par deux raisons.

La première est que le pape était indépendant, en droit, sinon en fait. Il avait, outre la tiare, couronne en tête, état particulier, droits régaliens, au même titre que les souverains d'Autriche ou de France, ses ouailles, mais ses frères. Si quelqu'empereur ou roi de la catholicité prétendait lui imposer une ligne de conduite dans n'importe quelle lutte entr'eux, il répondait :

« Vous êtes mes fils, au même titre. Je ne saurais pencher en faveur d'aucun de vous contre son frère. Je suis le Saint-Père. *Non possumus.* »

Nul n'avait le droit de s'en fâcher : parce que son devoir lui prescrivait la neutralité entre ses fils, et que si l'un d'eux avait voulu violenter le père commun, tous les autres eussent été là pour défendre cette neutralité salutaire.

Mais aujourd'hui, les choses ne sont plus ainsi. Le Pape n'est plus roi, ni en droit, ni en fait. Il est sujet du roi d'Italie, citoyen de l'état italien, fonctionnaire même, à certains degrés, du gouvernement italien, car il reçoit de lui une indemnité qui l'enchaîne à l'Italie, plus encore qu'un simple citoyen.

Il me serait facile d'expliquer pourquoi, comment, ces choses sont arrivées ; car personne, probablement, ne les a plus longtemps étudiées et avec devoir de le faire, pendant la période aiguë de cette transformation. Mais j'ai toujours pensé, je pense encore qu'un homme ayant été chargé par son pays d'une mission quelconque, n'a pas la propriété de cette mission : en ce sens qu'il ne doit en parler qu'avec les réserves nécessaires, de même qu'un ministre ayant cessé de l'être, est tenu à toutes réserves vis-à-vis des fonctions qu'il a remplies. Je n'ai donc rien à dire sur ce qui a déterminé ce changement de situation dans l'état de la papauté. D'ailleurs ce n'est pas l'objet de ce travail, bien que cela y touche et m'entraînerait à tout un livre que je ne dois ni ne veux écrire.

Mais, quoi qu'il en soit de ce passé, aujourd'hui de l'histoire, l'état actuel existe. Le pape est un sujet fonctionnaire de l'Italie, donc appartenant à l'Italie et non plus à la catholicité seule. C'est aux états catholiques à comprendre bien cette nouveauté gouvernementale, à en peser toutes les conséquences et à se mettre en mesure d'y parer. Le faisons-nous ? Je ne puis vous répondre, n'étant pas dans les confidences de M. le Ministre des Affaires Etrangères. Mais vu la toute-puissance de la papauté, j'ai peur que non : voilà ce qui m'inquiète.

La seconde raison est que pour glaive-bouclier contre l'ingérence de Rome dans nos affaires, nous avions la virtualité pleine et entière de nos libertés gallicanes. Pour peu que notre gouvernement, alors vigilant de notre situation intérieure, vît la papauté disposée à prendre parti contre nous au profit d'un de nos adversaires, il mettait la main à nos garanties comme à une épée toujours nue et regardait Rome. Le pape s'arrêtait de gré ou de crainte: sachant bien que la France se lèverait tout entière à l'appel de ses chefs, contre n'importe quel pape qui prendrait parti contr'elle.

Il n'y pensait même pas : Rome moderne n'envahit que les peuples vaincus, tels que nous, hélas ! Le temps où la grande papauté luttait pour sa fille aînée, la France, contre sa fille cadette, l'Allemagne: le temps où elle défendait partout les faibles contre les forts, les peuples contre les rois, est passé depuis des siècles, passé tout-à-fait, ou si bien endormi, que rien de notre pauvre patrie ne le pourrait réveiller assez pour nous défendre utilement. La papauté n'a plus le souffle nécessaire pour rien de grand, parce qu'elle n'a plus la foi pour elle, et que la foi ne renaît point, même galvanisée par des charlatans.

Les temps sont passés, surtout dans le reste de l'Europe, ailleurs que chez nous. Il n'y a plus qu'en France, par suite de nos faiblesses coupables que Rome a encore assez de force pour nous être vraiment dangereuse, en une heure de péril national. Nos gouvernants actuels le voient-ils ? Pensent-ils à ce danger de tous les instants ? Sont-ils assez forts pour y remédier ? L'amour précautionneux de leurs

portefeuilles, à garder d'abord, ne les fait-il pas
d'abord s'incliner devant le pape et le clergé dis-
posant des portefeuilles ?

C'est trop de choses me demander, je ne réponds
pas.

III

Quant au péril que je signale en ce chapitre, on
me dira, on m'a même souvent dit déjà lorsque j'en
parlais :

« Il sera temps d'agir quand ce danger surgira.
N'importe qui de France s'insurge contre la France,
au moment d'une guerre, est un traître et sera puni
comme tel. »

Parbleu, je sais bien que nous ne resterons pas là
le nez aux grues, à nous laisser saigner comme
poulets, sans, au préalable, envoyer quelques ennemis préparer nos logements dans l'autre monde !
Je sais bien que quiconque à ce moment, fût-il le
pape même, lèvera la main sur nous, se sera cons-
titué notre ennemi, donc nous ayant mis en légitime défense. Mais au prix de quelles luttes, de
quelles difficultés se fera cette violence intérieure,
rien que pour forcer le clergé au silence ? Et à
quel moment ? Quand nous aurons besoin de toutes
nos forces, de toutes nos ressources intellectuelles
et physiques ! Ce n'est pas quand on va se battre
ou qu'on se bat, qu'il faut avoir à s'occuper de bail-

lonner sa femme et sa fille qui crient ; d'avoir à li-
cencier les couvents, parce qu'on y conspire contre
nous ; à fermer les églises, parce qu'on y prêche
contre la république et la patrie !

Je sais encore mieux, sans qu'on ait besoin de
me le dire, que ce jour-là, l'immense majorité de
notre clergé ferait cause commune avec la France
contre Rome elle-même. Je suis encore plus certain
que nos femmes, si affolées qu'elles soient aujour-
d'hui de cléricalisme, seraient les premières à revenir vers nous, une fois la lutte engagée. Est-ce
que je doute de leur patriotisme immaculé, notre
force au combat ? Non, Dieu m'en est témoin. Mais
je doute de leur clairvoyance et surtout de leur
clairvoyance à temps ! Le mal serait déjà fait, sans
remède, quand les uns et les autres s'apercevraient
que la papauté les a fourvoyés. Il serait trop tard
alors et tous les regrets du monde n'y pourraient
rien.

Il serait trop tard ! C'est pour cela que le devoir
de quiconque voit le danger avant d'y tomber, est
de vous avertir ; ce que je viens de faire, sans
avoir besoin d'insister davantage. Vous le comprenez, n'est-ce pas, et combien il peut être grand ?

CHAPITRE XIX

L'enseignement clérical : histoire.

I

De toutes les conséquences de l'invasion cléricale la plus corrosive sur notre nationalité est celle de l'éducation de nos enfants par le clergé et les congrégations, notamment celle des jésuites. Le bon sens populaire, cet instinct sagace et sûr, qui ne s'égare pas, à beaucoup près, aussi facilement que la prétendue raison de quelques gouvernants, a si bien compris l'importance de la question, qu'il en a fait de lui-même, partout, le foyer principal de la lutte contre le cléricalisme.

Il a raison ; car il y a là, pour notre caractère français, pour nos mœurs, nos institutions, notre société moderne tout entière, un danger tel que, si

nous n'y parons, le mal va devenir une gangrène in-
guérissable peut-être, au moins de notre temps.

Pour s'en convaincre, il suffit d'examiner la
question avec soin ; ce que je vous demande de
faire, en dernier effort, malgré l'état avancé de ce
livre, qu'encore plus que vous, je vous assure, j'ai
hâte de terminer, car j'ai d'autres besognes. Mais
l'affaire a une importance capitale, il s'agit de nos
enfants, de la France de demain, de ce soir presque.
La maladie sévit déjà, je vous le prouverai dans
ce chapitre même. Au nom de la patrie, messieurs
et dames, un peu de courage à notre commun devoir.

Si nous étions au début de ce travail au lieu d'être
à la fin, je vous montrerais une à une les différentes
phases et métamorphoses de cet envahissement
particulier, car je le connais pour en avoir vu le plus
grand nombre naître et se produire de mon temps :
ou, avoir entendu parler des précédentes par des
hommes politiques d'alors, dont les longs entretiens
sur ce sujet sont profondément gravés dans ma mémoire. Nulle question n'a plus préoccupé l'ancienne
chambre des Pairs, de grands souvenirs, que la liberté de l'enseignement.

L'étude serait à la fois curieuse et instructive,
comme celle du développement d'un essaim de sauterelles, par exemple. Vous verriez se dérouler là
tour à tour : leurs agissements d'intrusion originelle : puis leurs marches souterraines, l'œuvre patiente d'une mine en zone ennemie ; enfin, leur

invasion dès que les ailes leur sont assez poussées pour s'abattre sur l'enseignement et l'absorber !

Ce serait la série photographiée de leurs procédés ordinaires d'envahissement, pris en flagrants délits d'opérations secrètes, jusqu'à l'instant aujourd'hui arrivé où nous sommes devenus leur champ de conquête ; car il importe de ne jamais oublier que dans toutes ces invasions, la matière envahie , les moissons dévorées, c'est nous, la France. Les sauterelles dévorantes sont Rome et les jésuites.

Mais nous n'avons pas le temps. Je dois me borner à une esquisse rapide, à grands traits, pour que vous saisissiez du moins l'ensemble de leur campagne.

II

Depuis notre première révolution, où nos pères ont justement enlevé au clergé son monopole enseignant sans raison d'être, le clergé n'a jamais cessé de s'efforcer de le ressaisir. C'était, c'est encore pour lui non-seulement une affaire d'argent, mais de pouvoir, et, pour plusieurs congrégations, une question d'existence. Cela doit vous expliquer son acharnement en l'espèce.

Dès le jour même où Napoléon Ier restaura à la fois le trône et l'autel qu'il ne relevait que pour protéger son trône, le clergé voulut mettre la main sur l'Université. Mais l'empereur ne laissait pas faire, quand il s'agissait de l'éducation de son peuple, comme il disait, et il avait raison. Il ne souffrait point que directement par les congrégations, ou indirectement par nos évêques, la papauté s'ingérât dans nos affaires civiles, dans l'Université surtout. Il avait raison, cent fois raison.

Un jour, quelques jésuites établis au Mont-Valérien, et qu'il y tolérait par une cause dont j'ignore, se mêlèrent à une intrigue politique, je ne sais plus laquelle. La nuit même, une compagnie de grenadiers entoura le *grand mauvais vaurien*, comme l'appelaient les Prussiens du siége. On emballa les R. R. P. en voitures, sans même leur laisser le temps de faire leurs malles, et on les expédia sur la frontière, comme créatures malfaisantes.

A Dieu ne plaise que j'approuve et souhaite revoir semblables procédés gouvernementaux, bien qu'on puisse dire à leur décharge que les jésuites étaient bannis légalement, qu'en conséquence l'empereur avait droit et devoir de les expulser. Mais toute brutale qu'était la mesure en sa forme, elle vaudrait encore mieux que de les laisser plus long-temps chez nous, malgré nos lois inabrogées, nos intérêts d'ordre public, notre salut de patrie et de société moderne. La guerre est ouverte entre la République libérale et le jésuitisme. Le premier devoir en guerre est d'agir, et, quand il le faut, d'expulser, pour ne pas être conquis.

L'empire tomba par ses fautes, comme tous les

gouvernements : par ses excès de pouvoir et de luttes guerrières, afin d'assouvir son inassouvissable ambition. Les Bourbons rentrèrent une première fois, puis une seconde : à la satisfaction générale de la France épuisée, quoi qu'en ait prétendu la légende napoléonienne ! Car un des malheurs des siècles troublés comme le nôtre, est qu'à chaque changement de régime, chaque régime nouveau refait l'histoire à sa façon ; en dénaturant tout, même les faits les plus évidents et ainsi fausse peu à peu le sens moral de la nation.

Avec les Bourbons revenus, le clergé reprit son influence gouvernementale. Les congrégations rentrèrent, jésuites en tête, sous le nom de pères de la foi ; par ironie, sans doute, car nous verrons plus tard la nature réelle de leur foi ! C'était un moyen à leur usage ordinaire d'éluder la loi et de se faire accepter par la France, qui jamais ne les a soufferts que par force et ne les souffrira pas plus longtemps, j'espère. A peine rentrés, ils recommencèrent leurs intrigues, leurs envahissements, tous leurs procédés jésuitiques enfin et surtout leur enseignement de la jeunesse, la base de leur puissance.

Le fin et sceptique Louis XVIII, qui lisait sa messe dans Horace et dont les principes politiques consistaient à faire durer autant que lui son pouvoir personnel, essaya de lutter contre une omnipotence cléricale contraire à ses mœurs non moins qu'à son repos épicurien. Mais les jésuites étaient l'âme du parti des émigrés et de la camarilla du comte d'Artois, plus tard Charles X. Comme toutes les camarillas, celle de la restauration était beaucoup plus ardente que ses maîtres royaux. Le roi était vieux, maladif, fatigué ; il laissa faire son frère, qui encore plus fatigué que lui, laissa tout faire aux jésuites.

Ils prirent le pouvoir, non de haute lutte, mais peu à peu : et peu à peu, à mesure qu'ils grandissaient en force, l'exercèrent de plus en plus à leur manière, c'est-à-dire en l'exagérant, le viciant à leur profit dans le fond comme dans la forme. De leur avénement surtout date le déclin progressif des Bourbons en France : parce que c'est la fatalité logique de cette fatale société d'entraîner à malheur tout pouvoir, qui, non pas seulement les écoute, mais les tolère ! N'importe où ils sont, il leur faut, par essence et habitudes, gouverner. S'ils ne réussissent pas, ils troublent l'Etat par leurs intrigues. S'ils réussissent, ils révoltent la nation par leur égoïste et funeste despotisme. Il n'y a avec eux qu'un moyen de gouvernement, un seul, celui de les expulser et c'est pour cela que partout, toujours, ils ont fini par être expulsés de tous les pays où ils se sont implantés.

Cependant, la France lasse et ne cherchant pas de révolution, mais jalouse de ses libertés civiles, commença de s'émouvoir pour ses rois qui ne s'émouvaient pas. Tout d'abord, étonnée plutôt qu'irritée de cet envahissement sacerdotal imprévu par elle,

elle se prit à le chansonner doucement, à notre manière française de dire la vérité en riant, comme polichinelle. On ne l'écouta pas et les jésuites, poursuivant leur œuvre, essayèrent de mettre la main sur l'université libre jusqu'alors, au-dessus de leurs atteintes.

A ce coup, la France grommela. Le souvenir de l'enseignement clérical d'avant la république était encore frais dans beaucoup de mémoires. Les grands révolutionnaires de la Convention n'étaient pas tous morts et de concert avec les bonapartistes, signalèrent le péril clérical. La chanson, prenant des notes aiguës, devint satyre, grondant çà et là de patriotiques mépris et de colères sourdes. Béranger flagella les jésuites à coup d'épigrammes, qui, bien que chansons encore, les marquaient chaque fois d'une trace rouge :

Hommes noirs d'où sortez-vous ?
Nous sortons de dessous terre,
Moitié renards, moitié loups.
Notre règle est un mystère.
Nous rentrons, songez à vous taire !
Et que vos enfants suivent nos leçons.
C'est nous qui fessons
Et qui refessons
Les jolis petits, les jolis garçons.

La chanson entière est à citer, fourmillant de vérités cruelles pour la célèbre compagnie. Je la voudrais pouvoir donner tout entière ; elle est trop longue, mais, je vous en prie, faites comme j'ai fait

sur ce souvenir. Relisez-la : Chacun des autres couplets est digne du premier :

> Un pape nous abolit,
> Il mourut dans les coliques.
> . . . .
> Enfin reconnaissez-nous
> Aux âmes déjà séduites.
> Escobar va sous vos coups
> Voir vos écoles détruites.
> Au pape rendez tous ses droits.
> . . . .

Et à chaque couplet, le refrain sanglant en
soupçon de Sodome !

> Puis nous fessons
> Et nous refessons
> Les jolis petits, les jolis garçons.

Ne dirait-on pas que la chanson entière est faite
pour notre temps : comme elle est faite contre les
mêmes hommes qu'ont chassés tour à tour nos
aïeux et nos pères ?

Vite, à la française, ces couplets et mille autres
en haine du cléricalisme, se chantèrent dans les
salons, les ateliers, les spectacles, les rues, partout.
Le peuple se mit à crier coah, coah et à montrer
les prêtres au doigt, en les appelant corbeaux. La
France réveillée, sur l'œil, comprenant que ce pouvoir occulte qui gouvernait en voulait à la fois à
ses libertés, à l'éducation de ses enfants, à toutes
les conquêtes de ses pères, se prit à hennir et respirer le vent de la lutte. Or, quand la France hennit,

quel que soit le pouvoir qui la bride, il doit prendre
garde ! ·

« De bons chevaux qu'on mène comme on veut ! »

M'a dit un jour un prélat romain, avec son mépris de prélat romain parlant de nous. Pas si bons
que cela, messieurs ! Prenez garde.

On était alors vers 1819. Sur ces entrefaites, le
duc de Berry est assassiné. Les jésuites sont accusés du crime, sans autres preuves d'ailleurs que
l'adage juridique, *est cui prodest* : c'est-à-dire le
coupable est celui à qui le crime profite. Or, il est
certain que le meurtre du duc de Berry est pour
eux un coup de fortune, parce que le prince entravait leur marche, ne fût-ce que par les idées libérales qu'on lui prêtait pour le jour de son avénement.

Quoi qu'il en soit de l'attentat de Louvel, ou de
celui de Ravaillac et de tant d'autres imputés à
tort ou à raison aux sectateurs de Loyola, le fait est
qu'à partir de cette époque et de l'avénement de
Charles X, arrivé quelques années plus tard, ils
deviennent maîtres du pouvoir, et, littéralement,
piétinent la France, pour la faire rentrer vaincue,
dans l'étable jésuitique et romaine.

Ils circonviennent de plus en plus leur royal pé-
nitent, Charles X, ce doux voluptueux devenu cagot,
qui ne sait plus que leur obéir, croyant obéir à Dieu
même. Ils lui font signer, entre deux chasses, tout
ce qu'ils inventent d'ordonnances illibérales, tout ce
qu'ils osent présenter de projets de lois de même

19

genre à la chambre des Pairs, le grand pouvoir d'alors à lutter pour la liberté civile. Ils empoignent nos mœurs, nos lois, toute notre nationalité, brutalement, de force, à coup de dragonnades, quand il le faut, comme au temps de Louvois. Exactement de la même manière que cela se referait aujourd'hui s'ils se sentaient assez forts ; car ils n'ont pas changé depuis ce temps.

Maîtres absolus du pouvoir et par suite de l'instruction comme du reste, les jésuites vont jusqu'à refaire audacieusement notre histoire, à l'usage de la jeunesse, pour effacer jusqu'aux traces de notre révolution. C'est de cette époque que date ou au moins s'est répandu un de leurs manuels d'enseignement historique les plus accrédités, celui du fameux père Loriquet, introuvable aujourd'hui, parce qu'ils l'ont supprimé comme trop fort ! Si crédules que soient l'humanité et la France en particulier, c'était trop fort en effet de leur présenter l'empereur, de son vivant même, comme le lieutenant-général de Louis XVIII, et le reste *ejusdem farinæ*.

Tombés de l'étranger sur nous, en revenant d'un autre monde et trouvant la France haletante de la tempête napoléonienne, ils comptaient avoir facilement raison de ce frêle nourrisson de 89, qui ne faisait alors que bégayer les principes nouveaux de sa nouvelle existence. Leur audace ordinaire, excitée par les impunités du retour, ne dissimulait qu'à peine, tant ils croyaient nous tenir. Oublieux de 89, ils refaisaient à grands pas la France taillable et corvéable de l'autre siècle : en invoquant, comme aujourd'hui, l'ordre social à préserver, la révolution à combattre, la société toute entière à sauver du flot démagogique. Car malgré leur richesse d'invention, il leur faut, par fatalité de nature, employer contre nous les mêmes mensonges que jadis. Ce qui me passe est que nous nous y laissions toujours prendre et de la même manière : plus oublieux que des poissons sur une ligne !

La seule différence entre alors et aujourd'hui est qu'ils ne s'étaient même pas donné la peine de prendre des prête-noms pour mener leur campagne religieuse contre l'ordre civil moderne, comme ils en ont pris aujourd'hui. Certains du succès, ils se constituaient hardiment, sous costume laïque, les sbires en soutanes de la France vaincue. Evidemment, depuis lors, ils ont perfectionné leurs manœuvres.

Pauvre patrie ! Deux fois sous leur étouffoir en soixante ans : c'est lourd et funeste : mais cela même doit nous faire prendre courage.

Le Créateur, dont ils méconnaissent la main, ne peut avoir fait passer notre France par les dures et séculaires épreuves dont nous subissons en ce moment les dernières crises, pour nous jeter en pâture à quelques Tartufes sans foi ni loi. La France renaissante a d'autres destinées que de périr étouffée sous ces robes noires de fausses femelles. Ce que Dieu a fait pour nous alors, il saura le refaire encore, quand sa volonté nous sonnera l'heure. J'en ai, quant à moi, l'espérance et la foi : parce que j'ai foi dans la force de la vérité, dans notre intelligence patriotique, dans la justice du Dieu de nos pères, l'Etre suprême.

Mais ce Créateur a dit : Aide-toi, le ciel t'aidera. Il faut nous aider et sans retard. Refaire ce qu'ont fait nos pères : secouer de dessus nous, jusqu'à ce qu'il tombe, cet essaim noir acharné sur la France.

Je reviens à la calme histoire :

Les révérends allaient trop vite : comme aujourd'hui. Cela ne pouvait durer. Les chansons avaient cessé ou étaient devenues des chants de combat. L'orage emplissait l'air. Malgré les dangers qu'il y avait à combattre les jésuites, à cause de leur puissance souvent cruelle et à leur manière dissimulée, non moins qu'à raison de certaines populations féroces aux incrédules, le *Constitutionnel* et la presse entière, hors gages, se firent noblement les échos de la clameur publique. C'est toujours là, dans la presse, qu'est le premier battement du cœur national, quand il y a une grande cause en jeu.

La bourgeoisie d'alors, moins vaniteuse que celle d'aujourd'hui, parce qu'elle était moins riche, moins désœuvrée, plus séparée de la noblesse qu'elle ne l'est aujourd'hui, fit chorus aux journaux et se jeta dans la lutte avec sa passion et son brio ordinaires. La noblesse se divisa. Tous les nobles qui n'avaient pas perdu le sens commun dans les souffrances de l'émigration, se rangèrent du parti de la France

contre les jésuites soutenus par Rome. Il n'y eut
guère que quelques vieux gentilshommes, dévots
sincères effarés de sacristies, puis la camarilla royale
ordinaire, la même sous tous les régimes à dévoyer
le maître, qui persista à tenir pour les Baziles cléricaux d'alors. Notre clergé lui-même, se sentant
débordé, suivit la noblesse contre le jésuitisme
romain.

Cependant le peuple était devenu de plus en plus
menaçant. La nation entière était debout, fiévreuse,
irritée, comme à une veillée d'armes.

Rien ne tient, quand la France veut : et, si vous
en doutez, regardez ce qui s'est passé de nos jours
pour l'Assemblée nationale, puis pour les jésuites
même, sous le nom d'ordre moral de combat? Car,
je vous l'ai montré plus haut, dès cette époque,
ils menaient la réaction, comme ils la mènent encore, en se dissimulant derrière les myopes vaniteux des partis tombés.

En 1828, il leur faut plier bagage et fermer leurs
colléges, trop heureux d'en être quittes à si bon
marché ; parce qu'il n'était que temps. Encore un
peu, quelque soulèvement populaire, bien plus grave
que celui de 1830, eut mis à mal, comme en 1793, le
clergé et les jésuites surtout, qui, très-justement,
portaient le poids de la haine publique : de même
qu'ils le doivent encore porter aujourd'hui, parce
qu'ils sont le véritable obstacle au relèvement de
la patrie.

Malgré la cour et la camarilla, leurs colléges

sont fermés. On les croit dehors. Tout s'apaise pour un temps. Mais il ne faut pas les connaître pour les croire jamais partis, jamais abandonnant leurs rêves de despotisme universel et n'intriguant plus pour le réaliser. Que feraient-ils d'autre ? C'est leur vie : et c'est pour cela que la France moderne ne saurait les tolérer, surtout dans l'éducation de ses enfants, parce qu'ils ne cherchent à les avoir qu'afin de les éduquer pour une domination cléricale. Je vous expliquerai cela tout au long dans quelques pages.

Dès 1830, on les voit revenir absolument les maîtres dans l'esprit troublé du vieux roi. Ils lui arrachent les fatales ordonnances, un coup d'Etat selon leur esprit

> Moitié renard, moitié loup,

où le gouvernement viole outrageusement la Charte, la constitution d'alors, tout en ayant l'air de la respecter. Un coup d'Etat à la jésuite enfin, pas même à la Bonaparte. Ceux-là, du moins, ont eu la franchise de leurs violences. Si Dieu veut que notre pauvre patrie subisse encore quelqu'une de ces hontes de bas empire qu'on nomme des coups d'Etat, au lieu de les appeler de leur vrai nom, *des coups de bandit*, veuille Dieu nous envoyer un bandit de force plutôt que de ruse. Mieux vaut un sabre qu'un goupillon. L'un vous laisse l'âme, et on peut, après soumission, causer avec lui. L'autre détrempe **tout**, jusqu'à la conscience !

Moi j'aime mieux être,
Pantin aux mains d'un roi, Sire, qu'aux mains d'un prêtre !
V. Hugo.

III

Les Bourbons sont dehors ; les d'Orléans, c'est-à-
dire le parti libéral — alors — sont au pouvoir. La
France, calmée, croit qu'elle est délivrée pour toujours de la faction cléricale, menée par les Jésuites.
Et, en effet, on ne les aperçoit nulle part, ni sous
leur nom, ni même sous leur dernier déguisement,
celui de pères de la foi, comme en 1815. Mais, pour
être absents en apparence, ils ne sont ni morts, ni
même partis ! N'espérez jamais cela ; tant qu'ils ne
seront pas absolument chassés, et encore ! C'est
comme le charançon dans le vieux blé, on a beau
faire, il y en a toujours. Ils ont changé d'aspect et
de tactique, voilà tout !

Ils sont présentement costumés en libéraux, et
au lieu d'opérer sans bruit, à leur manière habi-
tuelle, poussent telles clameurs de liberté, qu'ils
donneraient le change à tout le monde, s'ils n'étaient
forcés de combattre, et par leurs procédés, de se
faire connaître. C'est d'une impudence à révolter ;
mais plus on y réfléchit, plus on trouve leur manœuvre savamment calculée !

Au premier aspect, et loin de l'époque, comme nous
y sommes aujourd'hui, le déguisement est plus que

drôle, bouffon. Les Jésuites habillés en libéraux !
Bazile portant veston sur sa soutane !

Il faut être en notre siècle de perpétuel carnaval
politique, pour voir semblables palinodies. C'est
comme si aujourd'hui, 1877, ils se faisaient ouvertement républicains : ce que nous allons voir un de
ces jours, selon que la République se consolidera
plus ou moins vite, car ils vont venir à nous, s'ils
nous voient réussir. J'aperçois même déjà chez eux
certaines velléités d'endosser ce nouveau costume,
qui serait bon signe en notre faveur, si ce n'était
plutôt une manière très-usitée par eux, de se faire
républicains pour mieux avaler la République. L'histoire finale du petit Chaperon rouge, où le loup prend
une voix maternelle pour entrer dans la chambre !

En vain, à chaque pas qu'ils font, *le noir*, comme
leurs ennemis italiens les nomment, paraît malgré
eux. Leurs cris de liberté d'enseignement et d'association sonnent faux : en tam-tam cassé. On en rit
tout haut avec notre entrain ordinaire, tant la parade semble grotesque. C'est à qui, dans le monde
politique élevé, où on comprend leur jeu, les acca-
blera de quolibets sur ce changement à vue.

« Loyola-caméléon ! Un serpent qui aboie ! Avez-
vous donc quitté Jésus pour Brahma, le Dieu des
incarnations ? C'est votre troisième avatar en vingt
ans. Père Escobar, vos anciens fessés vont vous reconnaître et crier à la chienlit. »

Il y a des lazzis pour tous les goûts : c'est à qui
leur en dira le plus.

Ils laissent rire et avancent toujours, cela leur est bien égal, pourvu qu'ils réussissent, et quelqu'imprudent que soit le mensonge, quelque grossier le travestissement, vous allez voir qu'il a réussi. Ils l'ont même trouvé si profitable, qu'ils sont encore dedans, et s'en servent encore vis-à-vis de nous. Il nous faut les discuter sous ce domino libéral, endossé à notre seul usage, et qu'ils rejeteront comme guenille inutile, dès qu'ils seront nos maîtres !

Pendant toute la restauration orléaniste, on les trouve à l'œuvre dans ce nouveau rôle.

Ils demandent à cris de clubistes les libertés de réunion et d'association, s'associent de fait ouvertement, et, comme ils ont de l'argent, de même qu'aujourd'hui, soutiennent autant de procès qu'ils peuvent. Mais ils ne veulent encore la liberté de s'associer qu'en vue de tenir pension.

N'ayant pas l'enseignement tel qu'ils l'ont conquis depuis lors, ils portent leurs efforts sur ce point seulement, comme sur la citadelle principale d'où ils rayonneront. Ils n'en sont pas encore aux cercles catholiques, cette seconde étape de leur envahissement, qu'on pourrait appeler leur entrée dans notre société moderne entamée.

Ce sont d'habiles gens avant tout, et 1830 leur a profité. Ils nous eussent effarés, s'ils nous avaient mis la main dessus d'un seul coup. Ils procèdent par degrés. Ayant un pied dans l'instruction et un pied bien mis, ils avancent l'autre dans la société même, par les cercles catholiques ! Mais n'anticipons pas.

Pour pouvoir tenir pensions, ils attaquent violemment l'Université, au nom de la liberté : disant, avec le parti libéral, que le monopole exclusif de l'Etat, dans l'enseignement comme en tout, est injuste et intolérable d'arbitraire : qu'il empêche le père de famille de donner à ses enfants l'éducation qu'il veut, selon son droit de père ; que laisser l'Université sans autre contrôle que le sien propre est, d'une part, s'exposer à voir tous nos enfants façonnés sous une forme unique, invariable, malgré la diversité des œuvres auxquelles ils sont destinés; d'autre part arriver à l'état de tous les monopoles, à une oisiveté de pacha qui, non-seulement ne veut rien faire, mais empêche qu'on fasse autour de lui quoi que ce soit qui dérangerait son absolutisme endormi; et qu'ainsi, par force, nos jeunes générations ne recevront plus, avant peu, qu'une instruction défectueuse à tous les points de vue !

Il y avait beaucoup de vrai dans ces reproches, et le monopole universitaire avait réellement besoin d'être au moins stimulé par la concurrence, en attendant de disparaître. La France écouta. Elle écouta non pas les jésuites, dont elle ne voulait à aucun prix, mais les libéraux dans la peau desquels ils s'étaient glissés et qui, sur la question, faisaient chorus avec eux de cris, d'exagérations, de clameurs de toute sorte contre l'Université ; selon nos habitudes françaises, ainsi que nous l'avons vu au début de ce livre.

Le coup était admirablement porté. L'Université en

fut blessée presque à mort. Les champions cléricaux d'alors, MM. de Montalembert et Lacordaire entrèrent de plain pied, à ce moment, dans le camp libéral. La question de la liberté de l'enseignement devint la grosse machine de guerre, avec laquelle cléricaux et libéraux, unis pour détruire, sapèrent le trône chancelant de Louis-Philippe. Vainement le vieux roi, voyant clair à ces manœuvres, défendit de son mieux l'Université ; ils revenaient à la charge sans cesse, faisant tant de bruit à eux seuls, que, par instants, leur revendication glapissante dominait les grondements de la marée républicaine, qui montait autour du trône de 1830.

IV

La révolution de 1848 arriva. Ils étaient les alliés des vainqueurs et les principaux vainqueurs peut-être ! car le pape d'alors, le même Pie IX, a, plus que personne, en leur faveur probablement, soufflé l'orage révolutionnaire, qui a renversé les d'Orléans et secoué du même coup tous les trônes européens. Veuillez vous rappeler les révolutions de cette époque et Rome attisant le feu partout : si bien qu'une partie de l'ouragan déchaîné par elle a fini par lui revenir et l'emporter. Dieu est juste !

Quoi qu'il en soit, les cléricaux triomphent avec la république. Ils plantent avec elle, à grand orchestre ecclésiastique, des arbres de la liberté de—

vant les églises mêmes. Ils chantent, à gosiers que
veux-tu, des *Te Deum sonores* et des *Domine salvam
fac rempublicam*, avec autant d'entrain qu'ils en
mettent peu aujourd'hui pour les mêmes démons-
trations : ce qui doit nous donner espoir en l'avenir
de la république actuelle, mais en même temps nous
mettre sur nos gardes et nous faire renforcer les
pouvoirs de l'Etat. Car s'ils ne s'allient avec un
gouvernement que pour l'absorber à leur profit, tels
ceux de la restauration et du dernier empire, ils ne
le combattent jamais ouvertement que s'ils le sentent faible, prêt à tomber, afin qu'étant avec les
vainqueurs ils puissent partager avec eux les dépouilles du commun vaincu, comme ils ont fait en
1848. Ils jouent double jeu aujourd'hui, absorbant le
pouvoir tout en le combattant, prêts ainsi pour les
deux hypothèses de notre triomphe ou de notre défaite. Mâtons-les, chassons-les de nos conquêtes libérales, vous verrez alors comme ils se tiendront
tranquilles, pour peu qu'ils aient vraiment crainte!
Ils ne respectent et on ne respecte que ce qui est
fort. Soyons unis, nous serons forts, et alors vous
les entendrez rechanter des *Salvam rempublicam*.

Je les connais bien, allez ! Je les ai tant étudiés !

Tout en plantant et chantant pour la liberté, ils
ne s'oublient pas. Cela ne se serait jamais vu. Rome
s'oublier elle-même, en quoi que ce soit de ses intérêts? La mort oublierait avant elle. Ils rouvrent
leurs collèges partout. La république les laisse faire,
avec une bonhomie béate qui se croit au pouvoir à

perpétuité. Ils prennent toujours et sont si bien les conducteurs de notre coche gouvernemental d'alors, qu'ils le mènent à l'assaut d'une république sœur, la république romaine! Comme si c'était le rôle de la France républicaine d'aller se faire le soldat du pape, la restauratrice du trône pontifical: en imitation des Bourbons de 1823, allant sentimentalement relever le trône bourbonien d'Espagne!

Aussitôt restaurés, remis de leurs alarmes, ils se refroidissent presque soudainement pour leur sotte alliée. La reconnaissance n'est pas une vertu romaine, à moins qu'elle ne soit utile à Rome. Ce n'est pas non plus qu'ils en veuillent à la république de 1848 du service qu'elle leur a rendu, comme tant de gens, honteux vis-à-vis d'un bienfaiteur, lui en veulent de son bienfait. Non. Il faut, sous ce rapport, rendre à Rome toute justice. Elle n'a pas de ces petitesses. Elle a l'esprit, sinon le cœur, trop haut placé, trop préoccupé avant tout de son intérêt absolu, pour descendre à la vulgaire passion de la jalousie ou de l'envie, ce vice stupide qui tue tant de monde chez nous.

Ce n'est pas non plus que les républicains d'alors aient refusé quelque chose à leur catholique alliée. Non. Ils ne refusent rien à personne, les pauvres grisés de 1848. N'importe qui leur demande n'importe quoi, argent et pouvoir, désordre et tyrannie, emplois et droit au travail, expédition de Rome et de *Risquons tout;* ils le donnent sans compter, au premier demandant, à qui en veut, comme des parvenus prodigues qu'ils sont, ayant bon cœur et la main large.

C'est tout simplement que la vieille sagace a vu que cette révolution, au contraire de celle de 1789, ne faisait rien et, par suite ne pouvait durer. Ils savent de longue date qu'un pouvoir nouveau qui piétine sur lui-même, sans avancer, est perdu ; parce que ce n'est jamais pour jucher quelques aboyeurs dans les emplois et les abus des détrônés qu'un peuple fait une révolution. C'est pour que les nouveaux venus le conduisent mieux et dans une voie différente du passé ; pour que, prenant d'une main ferme le gouvernail oscillant, ils lancent l'esquif à son but, le bonheur de la nation ; pour qu'ils gouvernent enfin, pas trop vite, mais faisant de la route sans s'occuper des flots de l'arrière qui mugissent ni du vent de l'avant qui change ; écoutant les sondeurs, la presse ; et, l'œil partout, sans cesse, avec leur conscience pour flambeau !

Avis amical au ministère actuel.

Devinant la mort prochaine de ces révolutionnaires de carton, Rome et le clergé les lâchent sans hésiter, comme les rats quittent un bateau perdu. Vous qui viviez déjà de politique alors, rappelez-vous le revirement de la papauté vers cette époque. Il date de l'avortement révolutionnaire de 1848 chez nous et dans l'Europe entière. Rome jamais ne devance aucun mouvement, elle est trop prudente pour cela. Elle les devine, s'y place pour en pouvoir profiter au moment venu, mais attend l'heure pa-

tiemment, sans rien précipiter ; parce que la fortune
de la politique comme celle des combats est chan-
geante et que la vieille habile le sait bien !

Tout en sentant, comme chacun alors, que le bateau républicain allait sombrer, les cléricaux étaient
fort embarrassés. Où aller ? Pas d'autre navire gouvernemental en vue. Henri V impossible. Les d'Orléans partis, hors d'état, hésitants comme toujours.
Le fou de Boulogne n'existant pas à l'état de prétendant sérieux. Rien, rien en vue. Pas de soleil levant, même probable, vers lequel se tourner fructueusement !

Ils se blottissent dans les positions qu'ils ont conquises sur les faiblesses aveugles de leur alliée républicaine et de là, sans faire de bruit, guettent le
naufrage pour en sortir au mieux de leurs intérêts.
Ils ont beaucoup gagné à la révolution. Ils se fortifient en silence dans leurs nouvelles conquêtes, attendant de l'occasion et du temps le moment d'a-
vancer encore.

Cependant le second empire arrive par la présidence, presque soudainement. La nation entière
vient de l'acclamer sur ses promesses et son nom,
souvenir de gloire, gage d'ordre et de volonté gouvernementale. Il donne habilement quelques satisfactions aux désirs populaires, surtout en rétablissant
le suffrage universel stupidement mutilé par la
réaction de 1848. Il est fort, quoiqu'usurpateur
par un coup d'Etat odieux : fort en fait et en droit,
parce que absous par la nation, il s'appuie vrai-

ment sur elle et ses besoins nationaux de pouvoir à la fois populaire et résolu.

Héritier des traditions napoléoniennes, il ne s'incline encore ni sous la crosse de nos évêques, ni
sous la tiare de la papauté. Au contraire, il fait
alliance avec la jeune Italie. Le clergé fulmine contre
le Piémont, pour le pape, l'Autriche, les ducs dé-
possédés, le roi de Naples. Mais l'Italie veut revivre
en nation. L'Autriche, les ducs, le roi de Naples, le
pape succombent tour à tour, sous les coups de
l'idée nationale de Mazzini, mise en œuvre par notre
appui moral, notre argent et nos armes. Nous nous
arrêtons par diverses raisons, dont, moins que personne, je dois parler. Mais nos défaites de 1870
achèvent l'unité italienne au profit du Piémont.
Victor-Emmanuel entre à Rome.

Cependant, les cléricaux se fortifient dans l'enseignement, sans bruit, comme sous la République
de 1848. Leur heure n'est pas venue et ils le sentent
bien. Ils se contentent de grandir dans l'ombre, en
multipliant leurs colléges, leurs élèves, leur invasion sur tout ce qui est enseignement. A mesure
que l'empereur vieillit, que l'impératrice devient
maîtresse, ils croissent et s'étalent davantage, surtout par leurs congrégations revenues sur la France
comme avant 1789. Vous avez vu cette période
dans les chapitres précédents ; je n'ai pas à y revenir ici.

V

Au plus fort de leurs progrès, la guerre, puis la Révolution de 1870 tombent sur nous comme la foudre. Pas plus eux que personne, nul n'a pu prévoir ce coup. Ils ne sont pas prêts, et, ne sachant cette fois encore, comment les choses vont tourner, ils se tiennent prudemment à l'écart.

Mais la Commune fait rage et les persécute avec une cruauté aussi féroce qu'injuste et inutile. L'Assemblée nationale, triomphante, grâce au chef admirable qu'elle aura l'ingratitude envieuse de renverser, aussitôt le danger passé, est portée pour les cléricaux. Ils se sont habilement constitués dans son sein la soudure des vieux partis, ce qu'ils pratiquent d'ailleurs volontiers, en général, pour se faire restaurer avec le passé, l'anti progrès. Chacun est sous le coup de l'odieux assassinat des otages, en majeure partie pris dans leurs rangs. Ils exploitent savamment notre légitime horreur.

Aux devantures des boutiques d'églises, on ne voit que fac-simile de la mort de l'archevêque : soutanes trouées par les balles : tableaux des morts violentes des derniers archevêques de Paris, tués en haine de la religion, dit la devise d'un de ces tableaux, sans pudeur de le salir par cet odieux mensonge ! Ils jouent du martyr, ils jouent de ces cadavres encore chauds, dont la France se détourne avec tris-

20

tesse, comme du sombre couronnement de ses revers !

Mais avant tout, même avant la patrie en larmes,
ne faut-il pas qu'ils mettent au bilan de la république, tout ce qu'ils peuvent imaginer d'horreurs ;
pour reprendre leurs priviléges d'avant la révolution, jeter bas la république, et restaurer leur théocratie jésuitique sur les ruines de la Société moderne !

C'est peut-être une de leurs palinodies les plus
hideuses ! se servir de ces crimes, de ces saintes
victimes d'une heure de folie farouche, pour s'en
faire une arme de conquête ! Et les imputer à la
république, qui a tour à tour vaincu, puis châtié
les criminels et les châtie encore aujourd'hui, au-
delà même de la clémence ! Il n'y a que les partis
pour inventer et soutenir semblables mensonges
impudents. Mais j'ajoute à l'excuse des cléricaux
que tous les partis sans exception commettent tour
à tour de ces profanations menteuses. Les bonapartistes ont imputé aux Bourbons les sanglantes
fureurs du Midi après 1815. Les républicains de
1830 ont reproché aux d'Orléans le massacre de la
rue Transnonain: quand pas plus la Commune que
ces deux autres colères sanglantes de foules ou de
soldats déchaînés, n'ont été véritablement œuvres
de partis. Mais telle est la furie des luttes civiles,
tel en devient peu à peu l'acharnement haineux,
que de chaque côté, sans respect même de la mort,
on se bat avec des cadavres !

Dès lors, de par ces crimes qui retombent sans raison sur tout le parti libéral, les cléricaux déguisés en universitaires libres et se confondant avec ces derniers par la plus décevante des erreurs, sont devenus tout-à-fait victorieux. L'Université est aux abois. Ils ne s'occupent même plus d'achever de la prendre en y pénétrant davantage. Ils vont de suite par delà.

Continuant à dissimuler leurs projets de monopole enseignant, sous les dehors d'une revendication d'indépendance, qu'ils seront les premiers à supprimer dès qu'ils seront tout-à-fait vainqueurs, ils font présenter à l'Assemblée nationale un projet de loi dit : de la liberté d'enseignement supérieur.

Pour quiconque ne connaît pas les choses de France, c'est une loi toute libérale à laquelle le clergé et les congrégations ne sont pas plus mêlés que le grand Turc à nos affaires. En réalité, c'est à la fois l'arrêt de mort de l'université restaurée par le premier empire ; l'avènement des universités libres, donc, par force, de l'enseignement clérical ; et, enfin, le partage avec l'Etat par ces universités, autrement dit par le clergé et les congrégations, du droit de conférer les grades ou diplômes nécessaires pour exercer toutes les professions dites libérales !

Vainement l'Université cherche à se défendre ; ils sont en elle, dans ses conseils supérieurs et autres ; ils la paralysent. Son grand maître lui-même, le ministre de l'instruction public, est un des leurs. que voulez-vous que fasse une armée, quand son chef, celui qui a charge officielle de la défendre, pactise avec l'ennemi? Tout ce qu'elle peut faire, et ce qu'elle fera, j'espère, est de garder précieusement le nom de ce chef, comme on conserve certains noms symboliques, pour toute autre chose que les honorer !

Vainement, le parti républicain, comprenant un peu tard et pas encore tout entier, que, sous prétexte de rendre l'enseignement libre, il s'agit, en réalité, de le livrer aux cléricaux, lutte pour l'Université. Il ne réussit qu'à empêcher, à grand' peine, que les diocèses puissent s'ériger légalement en personnes civiles, pour posséder *ad œternum*, par leurs universités diocésaines, vrais séminaires laïques, à leur dévotion, autant de biens qu'ils en sauront capter à nos familles. Ils y tiennent peu d'ailleurs, cela est et sera de fait, si ce n'est de loi formelle. Affaire de jurisprudence ! Pour peu qu'on sache s'y prendre dans les conseils de l'Etat, on s'arrange. Or, Tartufe sait s'y prendre ! Il pourrait déjà vous dire, le saint homme, qu'avec la loi comme avec le ciel,

il est..... des accommodements !

L'Assemblée nationale affolée de réaction vote leur avénement, en juillet 1875 : et, dès l'année même on voit apparaître ces universités catholiques autrement dit séminaristes, car ce sera tout un ! les cléricaux ne perdent pas de temps, quand il s'agit d'un empiétement à réaliser.

Sans être grand clerc en prophéties, on peut dire que c'est la dernière bataille de l'Université contre ses ennemis. Ils ont désormais cause gagnée contre elle, par les raisons que je détaillerai dans les sous-chapitres suivants, sur la situation actuelle et ses conséquences. Ce n'est pas encore la consécration officielle du monopole clérical. Nous ne sommes pas assez mûrs pour subir cela, malgré leur toute-puissance ; ils n'ont pas osé l'arracher de ce coup. Mais ce n'est plus qu'une question de temps et de formes. Tenez même pour certain qu'ils auront soin de garder çà et là quelques universités libres, pour attester la liberté : comme Rome garde soigneusement des juifs au Ghetto pour attester leur déicide d'il y a 1800 ans.

Ce sont d'habiles gens avant tout à Paris comme à Rome : tellement habiles qu'il n'y aurait qu'à courber la tête sous plus forts que nous, et à s'en remettre à eux du soin de nous conduire, si leurs intérêts n'étaient pas contraires aux nôtres : et si, pour les renverser, nous n'avions pas avec nous le droit et la force. Le droit : parce que toute nation existante a droit de vie et que nous remettre en leurs mains c'est mourir, en retournant d'abord à la théocratie, puis tôt ou tard, en nous voyant sacrifier, par eux, comme le troupeau par le berger, quand vient l'heure d'une vente fructueuse !

La force : parce que la vraie force ici-bas, bien

plus que le mensonge, si habile qu'il soit est encore
et sera toujours la vérité ! La vérité, dans laquelle,
pour ma part, j'ai foi comme en Dieu même et qui
nous fera, j'espère, triompher de tous les ennemis
menteurs ligués contre une république de patrie, de
droiture et de liberté.

VI

Tel est le résumé succinct des progrès cléricaux
dans notre enseignement, depuis trois quarts de
siècle. J'ai laissé de côté les détails, bien qu'il y en
ait de curieux et si multiples qu'il faudrait un ouvrage entier, rien que pour l'histoire de cet envahissement. Mais tel que vous venez de le voir opérant peu à peu, en se dissimulant et revêtant au
besoin toutes les formes ; allant d'un empiétement
à un autre, comme un indien en guerre, qui tantôt
se rase, tantôt bondit, en se faisant tour-à-tour
homme, animal ou tronc d'arbre ; il suffit pour me
permettre de vous dire : *ab uno disce omnes.*

Autrement dit ; ce que vous venez de leur voir
faire, pour l'enseignement, leur principal point de
mire aujourd'hui, afin d'arriver de là au cœur de
notre société moderne, ils l'ont fait et le feront encore avec les mêmes agissements dissimulés, patients et perfides : leurs agissements d'ambitieux
égoïstes enfin ! car, quels que soient ceux d'entr'eux
qui les guident dans cette invasion, évêques ou laï-

ques, réguliers ou séculiers, ce ne sont au fond
qu'ambitieux dissimulés dont le reste emboîte le pas,
se laissant à la fois entraîner et traîner contre la
patrie ! Une heure viendra comme jadis, je le sais
bien, où nos prêtres regretteront amèrement leur
campagne contre nous, dans ces rangs romains anti-
français ! Mais il sera trop tard ! Rome aura blessé
à mort ce qui restait de catholicisme à la France.

Aussi est-ce à notre clergé surtout, que je m'a-
dresse par cette page, en lui disant :

« Revenez : il est temps. Nous aimons, honorons
et respectons les bons prêtres, les vrais pasteurs
patriotiques, qui dans nos mauvais jours ont fait
tête avec nous à l'ennemi. Mais nous avons haine
et mépris, pour les marchands du temple, les pha-
risiens d'aujourd'hui, comme du temps du Christ,
ne poursuivant ici-bas que le pouvoir et l'argent,
leur seul culte. Au nom du Dieu de la France,
Dieu d'amour et de charité, laissez-les s'aller perdre
seuls et revenez à nous ! »

Quoi qu'il arrive, que nos prêtres égarés revien-
nent ou non, vous voyez par ce résumé succinct du
principal empiétement clérical qu'il est temps de
l'arrêter et à bref délai. Si vous en doutez encore,
malgré tout, je me bornerai à vous dire, en morale
de ce récit, quittez-moi — pour un moment — et demandez à votre enfant les fables de notre bon La-
fontaine. Ce sont histoires de bêtes ; mais ces bêtes
nous ressemblent tant qu'on les prendrait toutes
pour de vrais humains. Lisez celle de *la Lice et sa*

compagne: vous verrez : c'est frappant de res-
semblance avec l'histoire précédente. En voici
quelques vers, pour vous allumer, comme font les
journaux en amorçant les lecteurs avec des cita-
tions d'un livre.

> Une lice étant sur son terme
> Et ne sachant où mettre un fardeau si pesant,
> Fait si bien qu'à la fin sa compagne consent
> A lui prêter sa hutte. . . . .
> . . . .
> La lice cette fois montre les dents et dit :
> Je suis prête à sortir avec toute ma bande,
> Si vous pouvez nous mettre dehors.
> Ses enfants étaient déjà forts.
>
> . . . .
> Laissez-leur prendre un pied chez vous
> Ils en auront bientôt pris quatre.

CHAPITRE XX

L'enseignement clérical actuel.

I. Son état précis dans les diverses branches d'instruction. — II. La collation des grades. — III. Comment arrêter le mal.— IV. Qu'est-ce que l'enseignement.— V. Jésuites et jésuitisme.

I

Les pages précédentes viennent de montrer le clergé et les congrégations ressaisissant l'enseignement que nos pères leur ont enlevé avec les actes de l'état civil et autres affaires de notre société laïque, indépendantes de la religion. Examinons maintenant l'état précis de leur domination, qui devient rapidement un monopole aussi complet qu'autrefois, car, maîtres de la place, de par les mœurs et la faiblesse de l'Etat, ils n'ont plus, pour régner seuls, qu'à laisser faire le temps.

Vers la fin du premier empire, il y a soixante ans, ils n'avaient rien dans l'enseignement, pour ainsi dire :

Quelques pensions dissimulées sous des raisons sociales laïques, vivant inaperçues dans notre société laïque ;

Quelques abbés-précepteurs, clairsemés dans des familles nobles, qui persistent à croire que la révolution n'a pas existé ;

Mais les uns et les autres, soumis sans exception à l'Université, maîtresse souveraine.

Puis c'était absolument tout, sauf leurs séminaires que nous ne leur avons jamais contesté et ne leur contestons pas encore.

Aujourd'hui ils ont :

Indirectement, par influences diverses, la haute main sur la plupart de nos écoles primaires et secondaires ; vous l'avez vu dans le chapitre des empiétements cléricaux en général. Tout proviseur, instituteur, maître de pension même qui, malgré son indépendance particulière, se proclamerait libre penseur, se verrait en butte à une véritable persécution et bientôt forcé de quitter. Nous avons, en droit, la liberté d'élever nos enfants en dehors du cléricalisme : nous ne l'avons plus en fait, except é dans quelques grandes villes.

Directement, par eux-mêmes, ou leur patronage immédiat :

Une partie considérable de l'instruction primaire, peut-être moitié, peut-être plus, par différentes congrégations masculines et féminines, notamment par les frères et sœurs de la doctrine chrétienne, qui d'après leur propre estimation enseignent à eux seuls, 260,000 enfants ;

Une partie considérable de l'instruction secondaire, dont j'ignore la proportion. L'Etat pourrait nous le dire exactement ; mais cela mécontenterait les cléricaux, surtout la célèbre congrégation qui n'aime la lumière nulle part et, dans son enseignement, moins que partout ailleurs. Nous ne le saurons que sur une demande précise — qui sera faite. Tout ce que je puis dire, c'est qu'ils ont des colléges immenses, à centaines d'élèves chacun, tel que Montrouge et plusieurs autres d'importance analogue : puis par milliers, des pensions particulières de quelques écoliers, sous leur direction absolue, quoi que plus ou moins dissimulée.

Dans l'enseignement supérieur, leur ingérance ne date que d'un an. Ils n'ont encore qu'un nombre insignifiant d'élèves, si bien que je vois chaque jour des universitaires se frotter les mains en disant :

« Bravo ! ils ne réussissent point. Jamais les écoles de droit ni de médecine ne seront à eux. »

Comme vous êtes jeunes, oh mes amis, les universitaires ! Et comme l'expérience de ce qui vous arrive a passé sur vous sans déflorer vos illusions ! Si on nous avait dit à tous, il y a vingt ans seulement, que l'esprit clérical règnerait un jour à Saint-Cyr, au frondeur Saint-Cyr de notre jeunesse, est-ce qu'il est un seul de nous qui n'eût pas levé les épaules en riant, comme d'une prédic-

tion de Nostradamus? Nous y sommes arrivés cependant !

Ils n'ont encore que peu d'élèves, parce qu'ils
débutent. Avant dix ans, ils les auront presque tous:
parce qu'ils ont l'argent, le grand nerf de la lutte:
puisque nos femmes, prises d'une sorte d'hystérie
religieuse, leur donnent tout l'argent qu'ils demandent. Parce qu'ils ont l'appui latent du Gouvernement, et presqu'avoué de l'administration, dont
ils font ou arrêtent les carrières. Parce qu'ils ont
les mœurs, la mode, le ton : c'est-à-dire le vent en
poupe. Enfin et surtout parce qu'ils partagent avec
l'Etat la collation des grades.

II

Ils partagent la collation des grades.

Savez-vous tout ce qu'il y a sous ces cinq mots,
le quart d'une dépêche de vingt-cinq sous ?

Il y a l'envahissement de toutes les professions
libérales. Disséquons la phrase : vous allez voir.

Qu'est-ce que la collation des grades ?

C'est le droit de donner des diplômes ou brevets
d'ingénieur, d'avocat, de professeur, de médecin,
etc. Autrement dit des monopoles nominatifs pour
bâtir, plaider, instruire, soigner, etc. ; tout faire en
matière de professions libérales.

C'est le droit de dire à une nation :

« Voici les hommes qui sont en état de te construire des monuments, des usines, des maisons ; de

te défendre en justice : de faire tes actes civils :
d'envoyer ton papier timbré : de t'enseigner les
sciences, les lettres, les arts : de te soigner, purger,
denter, couper jambes ou bras. Et tu ne pourras
ni bâtir, ni te disputer en règle, ni vivre de même,
ni tourmenter ton prochain, ni le mordre, ni même
mourir en due forme, autrement que par les mains
de ces hommes ! »

C'est le droit d'être, par la distribution de ces diplômes, brevets, licences, certificats, les arbitres
de la vie vivante civilement, travaillante, plaidante,
pensante, maladifiante de nous tous : puisque tous
nous avons sans cesse besoin d'architectes, d'avoués,
d'huissiers, d'avocats, de dentistes, de notaires et
de médecins.

Eh bien ! ce droit là, le plus impartageable de
tous, celui qu'un Etat ne saurait céder à personne
au monde, à moins d'abdiquer, notre Etat français
vient de le partager avec le clergé et les congrégations de Rome.

C'est à vous mettre la rage au cœur, quand on
réfléchit à toutes les conséquences de cet abandon
sans exemple. Partager l'existence de son pays ! Et
avec qui ? Avec des jésuites, appartenant corps et
âme à un étranger.

J'en briserais ma plume de colère, si cela m'a-
vançait pour leur reprendre ce droit.

« Mais, me direz-vous, mes chers électeurs, cal-
mez-vous, notre député, ils le partagent ce droit,
ils ne l'ont pas tout entier. »

Oui. C'est cela qu'ils ont dit pour pénétrer dans
la place. Ils partagent ! comme dans la fable de *la*
Lice et sa compagne.

L'auriez-vous déjà si vite oubliée, cette fable, qu'il
me faille vous la remettre sous les yeux ?

> Laissez leur prendre un pied chez vous
> Ils en auront bientôt pris quatre.

Ou si vous préférez du Molière :

> La maison est à moi : c'est à vous d'en sortir!

dit Tartufe. Car on n'a que le choix des apo-
logues en l'espèce. Leurs envahissements toujours
refoulés, toujours renaissants, ne datent pas d'hier
sur notre vieille société! C'est peut-être la dixième
fois qu'ils nous prennent, depuis que la Gaule est
française ; mais jamais, je crois, ni plus vite, ni
plus fort.

Ils ne font que de se loger côte à côte avec l'Etat,
dans la collation des grades. Avant quelques années,
si nous n'avons pas enfin ouvert les yeux, et il n'est
que temps, ils seront si forts avec leur nichée gran-
die qu'ils mettront l'Etat dehors, ou plutôt devien-
dront l'Etat lui-même, notre maître en soutanes.

Quand ils auront le droit de collation des grades:
Allez chercher des ingénieurs qui ne soient pas
les leurs et bâtissent autrement qu'à leur gré, avec
une croix à nos frontons, si cela passe par leur caprice hypocrite!

Allez chercher des avocats, des notaires, des

avoués, des huissiers, des professeurs qui exercent facilement contre eux, enseignent un autre soleil que celui de Josué, d'autre droit que celui des inquisitions ou de la Saint-Barthélemy !

Allez chercher des médecins qui vous guérissent sans une décoction d'*Ave* dans un verre de Paray-le-Monial, ou un bouillon de Salette à leur usage, pour hériter de vous ; puis *De profundis clamavi ad te Domine,* sur notre civilisition moderne !

C'est l'empiétement le plus gros d'avenir pour eux, donc le plus funeste pour nous qu'on ait jamais fait sur les droits régaliens d'une nation, et cela doucement, sans bruit, au nom de la liberté !

Mais, puisque le Sénat, le prudent Sénat, a jugé à propos de leur maintenir ce privilége, malgré le gouvernement et nous ! il n'y a que vous maintenant, le suffrage universel tout-puissant, à pouvoir nous délivrer de cet avenir. Jusque-là, la majorité sénatoriale s'en gardera bien ! Ne faut-il pas avant tout que les passions réactionnaires, liguées contre la République, obéissent à la direction cléricale des Jésuites. Périsse l'Etat, périsse la France, pourvu que les vieux partis rentrent dans leurs emplois, dans leurs béatitudes salariées, impériales ou royales !

Imprudents ! qui, tenant le paratonnerre par notre temps d'orages, ne songez pas à la foudre, parce qu'il ne tonne pas. Imprudents ! qui avez oublié que ce peuple est toujours la France de 93, de 1830, de 1848, de 1870, et que rien d'ici-bas, rien

comme les questions de libertés civiles, n'allume plus
soudaines ses françaises colères !

III

Tel est l'état du pouvoir clérical, en matière d'enseignement.

Si on nous disait :

Nous allons mettre un clou à la situation actuelle,
et jamais, au grand jamais, le cléricalisme ne sor-
tira de ce clou, je répondrais :

Le mal est grand, mais il est arrêté. Soignons-le
par l'amélioration de nos Universités, le rayonne-
ment de la vérité, le changement progressif de nos
mœurs de plus en plus éclairées, par suite comprenant de mieux en mieux les justes bornes de la religion, et la nécessité de diviser les pouvoirs, sous
peine d'un absolutisme sans frein, donc sans bornes.
Essayons d'aller cahin caha, sans rien briser, rien
défaire même du dernier filet clérical de 1875. Notre
République a tant d'ennemis, ne lui en faisons pas
plus encore ! Elle est jeune, elle a besoin de grandir
en paix, surtout jusqu'à ses dents repoussées. Pas
de convulsions : restons ainsi.

Mais il est une loi de nature, invariable, universelle, comme de naître et mourir : c'est qu'aucun
pouvoir, et celui des prêtres moins qu'aucun autre,
ne peut rester stationnaire. Nous l'avons établi au
début de ce livre, et vous n'avez qu'à regarder au-

tour de vous, n'importe qui, n'importe quoi, pour vous en convaincre. Les pierres elles-mêmes se forment, durcissent et s'en vont en poussière.

Non-seulement le cléricalisme croît chaque jour, mais plus il va croître, plus il va s'étaler, en vertu de cette autre loi de nature, que toute invasion, celle du clergé ou d'une rivière, s'étend d'autant plus qu'elle monte davantage et dans des proportions de plus en plus fortes.

Il leur a fallu soixante ans pour s'étendre comme ils sont en ce moment sur la moitié de notre enseignement. Il ne leur faudra pas dix ans pour envahir l'enseignement tout entier d'un bout de la France à l'autre, et la couvrir ainsi du monopole le plus absolu qui soit au monde : celui des Jésuites.

Comment d'ailleurs pourrait-il en être autrement?

Veuillez raisonner cela ensemble, pendant quelques pages, sans plus.

Aurait-on sur les yeux un bandeau plus épais que l'amour lui-même — et Dieu sait comme il en a parfois ! — l'invasion cléricale actuelle est évidente pour tous : aux yeux, à l'ouïe, au toucher, à l'odorat même, bien que je n'approche jamais les moines déchaussés, pour lesquels je professe le respect le plus lointain !

Pour arrêter une invasion quelconque, celle de l'ennemi, d'une rivière, ou du jésuitisme, il faut une force, une digue, un rempart quelconque ?

Ces deux points sont admis n'est-ce pas ?

S'ils sont admis, veuillez me dire quelle sera

cette force, à moins que vous n'interveniez par le
suffrage universel, vous, la France, en chargeant
tous vos mandataires de prendre les mesures nécessaires ?

Sinon, qui les arrêtera ?

Les particuliers constituant des écoles libres,
comme ils en ont le droit ?

Soit. Mais avec quels capitaux ? Car il en faut
pour monter une université.

Voudrez-vous leur en prêter, pour cela ? Pour
lutter avec cette puissance colossale qu'on nomme
le cléricalisme ? Allons. Qui de vous se présente ?

Ne parlons pas tous à la fois. On ne s'entendrait
plus.

Personne n'est-ce pas ? Cela jette même un froid.
On entendrait voler une mouche ou un jésuite.

Personne : et nous n'avons point tort : par la raison commerciale toute simple, que c'est folie à de
petits capitaux d'entrer en concurrence avec des
gros ; car l'avenir est à ces derniers par force. Les
petits croient toujours qu'ils vont tirer leur épingle
du jeu. Ils sont forcément dévorés, anéantis un jour
ou l'autre, parce qu'un jour ou l'autre ils éprouve-
ront quelque perte : or, ils ne peuvent perdre qu'une
fois, deux fois, dix fois. Les gros, au contraire, peuvent perdre mille fois, dans mille affaires : et ainsi
aller toujours en attendant leur veine, comme disent
les joueurs. Cette veine qui finit par venir : quand
on la peut attendre, sans mourir avant !

C'est l'histoire, entrevue plus haut, de nos grands

bazars, dits de nouveautés ; en face du petit commerce parisien.

De gré aujourd'hui pour réclames, de force demain par caprice de mode, ces bazars perdent sur mouchoirs, alpagas, bibelots, etc., pendant un mois de suite. Mais une dentelle de jupon, une faye, se lève à l'horizon de la mode. Ils vendent dix francs ce qui vaut un franc, un franc ce qui vaut un sou : et ils en vendent cent mille mètres.

Quant au petit commerce, il végète, en attendant de mourir, sous un hiver prolongé, une faillite, une mode nouvelle lui laissant quarante mille francs de rossignols : sans autre ressource que de les revendre à neuf dixièmes de perte, au grand magasin qui les baptise d'un nom nouveau puis les écoule dans le courant de sa vogue !

Or, il en sera ainsi dans notre bon Paris, tant que le gouvernement n'aura pas frappé d'une juste patente chaque branche de l'universel commerce de ces universels bazars. Les ogres doivent payer au centuple puisqu'ils mangent cent plats, tandis que les simples mortels n'en mangent qu'un.

Donc, l'enseignement libre ne trouvera que peu ou point d'argent, pour faire concurrence à l'enseignement clérical. Sans argent pas de suisse, dit le proverbe ; mais il aurait pu ajouter, pas d'écoles, ou çà et là quelques-unes, *rari nantes in gurgite vasto*, comme l'école Monge, entr'autres, à qui, pour ma part, je souhaite longue vie et riche avenir, car c'est un des espoirs de la France moderne.

L'enseignement libre écarté, par impuissance, qui ?

Les communes, à l'aide de l'argent des contribuables ?

Soit. Chaque maire, sur encouragement du préfet — chose impossible quant à présent — vous proposera de voter 10, 20 centimes extraordinaires, pour que l'école laïque puisse lutter avec la communauté religieuse d'en face, qui opère gratuitement.

Les voterez-vous, mes chers collègues, conseillers municipaux ?

Vingt centimes par franc, font vingt-quatre sous à payer au lieu de vingt ; cent vingt francs au lieu de cent.

Nos impôts sont déjà lourds, nos communes obérées.

Les voterez-vous ? et pour chaque année, toujours, parce que les cléricaux ne se lasseront pas de sitôt. Ils ont de l'argent, le nôtre, celui de nos bonnes œuvres, qui ne leur coûte à gagner que la peine de le demander à la bourgeoise !

Les voterez-vous ? J'en doute. Quant à moi, maire, et, à coup sûr, n'ayant nulle envie de souffrir qu'une communauté vienne annihiler notre école, je ne sais pas si, pour éviter ce don funeste, j'oserais demander chaque année vingt centimes extraordinaires, à perpétuité ? Notre pauvre commune ne tend pas la main comme les cléricaux, cela nous répugne. Mais la fierté n'enrichit pas.

Qui encore ?

L'Etat ?

Ah ! nous y voici. Il faut absolument en venir là, et de conséquence en conséquence, arriver à un véritable phalanstérianisme d'instruction, c'est-à-dire à la gratuité non-seulement de l'enseignement primaire, mais secondaire, mais supérieur même !

C'est très-bien. Mais avez-vous réfléchi à ce que cela coûterait ? Non pas des dizaines de millions, mais des centaines, mais des milliards ? Et à quoi bon ? A donner gratuitement de l'éducation, à qui ? Aux riches ayant de quoi payer l'éducation de leurs enfants. Car les autres, ceux qui ont besoin de la gratuité, ont encore plus besoin de temps pour jouir d'elle : c'est-à-dire envoyer leurs enfants aux écoles jusqu'à vingt-cinq ans, sans rien gagner, rien que de la science ; de quoi mourir de faim en l'attendant, puis mourir de faim en l'ayant, parce que d'avoir la science ne donne pas les moyens de la placer, surtout quand tout le monde en aura.

Donc, sans aller chercher midi à quatorze heures, par des hypothèses impossibles de phalanstérianisme impossible — heureusement — rentrons dans le bon sens, dans le vrai, la pratique de la digue à trouver. C'est de dire à ces messieurs du clergé et des congrégations :

« Je suis l'Etat. A ce titre, j'ai droit et devoir de veiller sur l'enseignement des enfants du pays qui m'a confié le droit et le devoir de le gouverner. »

« Ce n'est point votre affaire, à vous clergé, mes

fonctionnaires pour religion, d'éduquer les enfants.
Restez à vos autels. »

« Vous, congrégations, vous n'êtes pas autorisées
à vous former en associations ; pas plus pour enseigner que pour fainéanter, patenôtrer, intriguer en
sandales ou en robes blanches, en béguins ou en
coiffes. Les lois sont formelles. Dissolvez-vous, peu
à peu, en vous liquidant tout doucement, chacun
dans votre coin. Dissipez-vous de suite, vous jésuites, parce que la loi vous a bannis. Vous êtes la
cause de tout le mal. Liquidez-vous vous mêmes, sans
retard, ou nous allons, pour que cela finisse plus
vite, charger les tribunaux de vous nommer des administrateurs judiciaires, comme à une société
morte que vous êtes. L'écriteau de suite, sur toutes
vos boutiques. »

« Liquidation, pour cause de dissolution, de la
maison Loyola et Cie. »

Il y a des lois. Elles doivent être exécutées. Si
les Jésuites se croient les plus forts dans l'opinion
du pays et des assemblées qui le représentent,
qu'ils demandent l'abrogation de ces lois, sinon
qu'ils se soumettent et se liquident. Ils sont dissous,
bannis de par la loi : nous ne connaissons que
cela.

Si nous étions redevenus leurs serfs, comme nos
aïeux, vous verriez quelles ordonnances ils feraient,
et surtout comme ils les exécuteraient contre nous!
Ce serait à quitter la France ou à passer dans leur
camp. Il n'y aurait pas de milieu ! Quelles dîmes, mes

pauvres compatriotes, quelles dîmes ! Et avec ces dîmes, quelles noces, en compagnie de nos femmes et de
nos filles, trop heureuses de si sainte société. Chacun
de nous n'aurait plus qu'à chanter avec Béranger :

> Quel honneur, quel bonheur !
> On assure et j'en suis convaincu
> Monsieur le jésuite....
> Que vous me faites.....

Quant à moi, je vous en avertis, si ce temps là
revient, et si je redeviens jeune, qui m'aime me
suive ! Nous nous ferons tous moines, encore comme
dans la chanson :

> Je voudrais être moine avec.....

Vous ne devez pas savoir le reste, ni moi non
plus.

En attendant et pour redevenir sérieux, après
cette risette, nos grands-pères, salut à eux, nous
ont affranchi du joug clérical. Ne nous laissons pas
remettre les menottes. Une fois pris, voyez-vous,
cela ne serait pas gai. Nos bons et braves gendarmes
sont des anges comparés au sbire noir. Puis ils
sont de nous, ayant des femmes, des enfants qui
jouent avec les nôtres : tandis que lui, s'il nous reprend jamais, vous verrez comme il nous mènera,
comme il faudra suer pour lui, s'agenouiller, baiser
sa pantoufle romaine, sa robe noire et ses mains
sales !

Faites surtout qu'il n'absorbe pas l'enseignement,

ce serait le commencement de la fin. J'achève de
vous le démontrer section suivante.

IV

Qu'est-ce que l'enseignement ?

C'est le fait de façonner cette cire molle qu'on
nomme la jeunesse, à prendre telles empreintes que
lui voudront donner ses enseignants.

Quelles sont les empreintes que, naturellement,
par la force des choses, les enseignants sont enclins
à donner à la cire qu'ils façonnent ?

Les leurs, celles de leurs êtres, en vertu d'une
logique irréfutable, qui veut qu'il sorte de l'eau
d'une fontaine, du vin d'un tonneau, des enseigne-
ments militaires de la bouche d'un soldat, des en-
seignements cléricaux de la bouche d'un prêtre.

Chacun pense, écrit, opère, fabrique selon sa nature, plus ou moins. L'homme n'invente rien sur la
terre. Il copie ce qu'il voit, comme il y emploie ce
qu'il y trouve, et applique cela à ses besoins, selon
la nature de la chose trouvée, mais surtout selon sa
propre nature à lui : de même qu'une cuisinière fait
un dîner selon sa capacité.

En d'autres termes, l'homme fait à son image
tout, jusqu'à Dieu même, et, par surcroît de vanité
myrmidone, va jusqu'à prétendre que Dieu l'a fait
à la sienne ! Chaque père, chaque mère, cherche
plus ou moins à faire son fils comme lui, sa fille

comme elle et généralement chacun d'eux réussit. Regardez bien et dites-moi si, le plus souvent, fils et filles ne ressemblent pas à leurs pères et mères, dans les pensées, les goûts, les habitudes, la toilette même, tout ce qui s'acquiert par l'éducation plus encore que par la nature.

Talis pater is est filius, tel père, tel fils. Voilà la règle : le contraire n'est que l'exception et la preuve c'est que cela se remarque. On dit :

« Oh ! quelle différence avec son père ! C'est à croire qu'on l'a changé en nourrice. »

Vous qui confiez vos fils à des prêtres, voulez-vous donc en faire des prêtres ?

Vous qui confiez vos fils aux jésuites, voulez-vous donc en faire des jésuites ?

Non, n'est-ce pas ? Du moins pour l'immense majorité d'entre vous. Vous voulez en faire des citoyens comme vous : bons époux, bons pères, bons agriculteurs, commerçants, fonctionnaires, militaires, avocats, médecins, savants, etc.

Alors confiez-les à des civils comme vous, nourris de sciences, de médecine, de lois, d'agriculture, etc., selon la profession à laquelle vous destinez votre enfant.

Si, demain, les charcutiers instituaient des écoles et qu'à raison d'un amour immodéré de cochonnaille, qui prendrait tout-à-coup notre société, la mode vint de leur confier nos enfants, est-ce que tous leurs élèves ne seraient pas plus ou moins imprégnés d'une senteur de boudin, d'habitudes de

charcuterie, de mœurs de charcutiers ? Quand
même ces Messieurs de Saint-Antoine s'efforceraient
de n'enseigner que les allures les plus parfumées
de la régence ?

Certainement si, n'est-ce pas ?

Eh bien ! c'est la même chose. Et, je ne choisis
pas cette comparaison entre dix qui me viennent à
l'esprit, pour ravaler l'instruction cléricale, mais
pour vous rendre plus saisissants les inconvénients
originels de confier ses enfants à l'esprit jésuitique,
humble, dissimulé, rampant, hypocrite avant tout,
par cela seul que, selon eux, péché caché est à
moitié pardonné. D'où suit qu'en faisant mieux, en
mentant de façon à ce qu'on vous croie vertueux,
on peut pécher sans pécher !

Qu'est-ce que l'instituteur ?

C'est le délégué du père et de la mère. Leur remplaçant pour ce qu'ils ne peuvent pas enseigner
eux-mêmes à leur enfant, par une cause ou par
une autre : manque de temps, ou d'instruction, ou
de faculté de la transmettre. Exactement comme la
nourrice est la remplaçante de la mère qui ne peut
pas nourrir elle-même.

Toute mère vraiment mère, choisit sa nourrice
avec une sorte de piété tendre : bonne, soigneuse,
douce, forte, saine, mère de famille, et la nourrit,
la choye de son mieux, chez elle si elle peut.

Vous choisissez, pour élever vos enfants, qui ?

Des hommes soumis à une règle anti-civile, vivant
dans un monde claustré, ayant une vie à part, en

dehors de la vie de tous ; donc ayant des instincts, des passions, des mœurs, des idées même, d'hommes à part, d'êtres hybrides, sans cesse tourmentés entre leurs instincts naturels et leurs devoirs religieux ; ne sachant rien de la vie réelle, de ses combats, de ses passions, de ses souffrances, de ses joies, de ses nécessités physiques et morales, parce qu'ils ne l'ont jamais pratiquée, jamais connue que par ouï-dire.

Et vous ne comprenez pas que ces hommes donnent forcément à vos enfants des idées étroites, renfermées, moisies: des mœurs, des sentiments à part qui les laissent sans savoir et sans force, pour le jour, où, jetés brusquement dans la vie réelle, ils devront marcher seuls, avec leurs seules forces et leur seul savoir ? C'est-à-dire désarmés, puisque grâces aux tristes maîtres que vous leur aurez donnés, vous ne leur aurez rien appris de la vie réelle.

Vous ne comprenez pas que c'est faire de vos enfants par force :

Ou des révoltés tôt ou tard contre les idées atrophiées qu'ils auront prises dans leurs pensions-séminaires ;

Ou des cafards, passant leur vie à maquiller leurs sentiments vrais, à cacher leurs actions, à dissimuler, tromper sur tout et toujours, comme ils ont vu faire à leurs enseignants ; de jour, se signant quand on leur parle d'une femme ou d'un souper de plaisir ; mais, la nuit, violant à mains fiévreuses, la cave et la cuisinière de la famille, puis, plus tard,

repassant aux piscines des Champs-Elysées les secrètes leçons de leur enfance jésuitique.

V

Vous surtout père et mère des classes riches qui
livrez vos fils aux jésuites, vous n'avez donc jamais
parcouru l'histoire, lu la règle, étudié la vie de cette
société ?

C'est cependant ce qu'on fait en prenant, non
pas seulement un précepteur, mais une simple
bonne pour son enfant, ou même en achetant un
cheval, une maison, quoi que ce soit qui va vous
servir. C'est l'a b c de la vie que de prendre ces
renseignements ! Mais enfin il est clair que vous ne
les avez pas pris ? Car autrement, vous ne leur
auriez jamais confié la chair de votre chair, ce
qu'on aime le mieux au monde, son enfant !

Evidemment, vous ne savez pas l'histoire de cette
société Loyola, du nom de son fondateur, que lors
de son origine, la France a refusé d'admettre
pendant plus d'un quart de siècle ! Et qu'un quart
de siècle après, nous nous voyions forcés de bannir
parce qu'elle troublait l'Etat ! Semblable à ces enfants funestement précoces, nés avec toutes leurs
dents, comme Richard III d'Angleterre, l'assassin,
qui, dès leur entrée dans la vie, mordent de nature
le sein de leur nourrice !

Cette société contre laquelle, dès ses premiers

pas, tout ce qu'il y avait d'instruit en France, la magistrature et l'université, s'élevèrent avec passion, par une sorte d'instinct divinateur, pressentant ce que ce fatal nouveau venu ferait de mal à la France.

Cette société que depuis son origine jusqu'à nos jours nous avons chassée, brisée, dissoute quatre fois !

Pensez-vous que ce soit à cause de ses vertus ou de ses services ?

Cette société que l'Angleterre, le Portugal, la Russie, la Chine, l'Espagne, la papauté elle-même ont chassée tour à tour et çà et là chatiée par les derniers supplices !

Pas non plus, j'imagine, pour ses vertus ou ses services ?

Cette société qu'on a toujours et partout accusée de crimes sans nombre et, pour ainsi dire, sans relâche : intrigues, captations, perfidies, spoliations, séquestrations, vols de tous genres, cruautés de toute sorte, assassinats de ministres, de rois, de papes, de quiconque entravait sa marche !

A tort ou à raison ? Je n'en sais rien. Je ne suis pas corbeau pour être son contemporain de trois siècles et demi ; par suite, ayant pu la voir à l'œuvre pendant tout ce temps. Mais enfin on dit et je crois volontiers qu'on ne prête qu'aux riches et qu'il n'y a pas de fumée sans feu ! Vous concéderez bien que, comme dans les deux cas précédents, ce n'est point à cause des vertus, ni encore moins des bienfaits de cet ordre que l'humanité l'accuse ainsi : tandis qu'on ne fait que des reproches bien moindres aux autres ordres monastiques.

Ce n'est pas davantage à cause de ses vertus théologales ou cardinales, de sa clémence, de sa charité, de sa loyauté, etc., que tous nos grands écrivains voyants : Pascal dans les *Provinciales*, Molière par *Tartufe*, Beaumarchais par *Basile*, Voltaire partout, l'ont tour à tour flagellée, conspuée, démasquée avec des mépris et des colères que je ne comprenais pas autrefois, que je comprends aujourd'hui. Eugène Sue qu'elle fait disparaître peu à peu, comme elle fait disparaître plusieurs autres écrivains que je pourrais citer, n'a rien dit de pire que ses devanciers ; mais ses portraits plus modernes sont plus saisissants pour nous. Relisez-le : vous verrez : la vérité suinte de ses récits, comme d'autant d'histoires réelles.

Est-ce aussi par hasard ou à cause de son innocence immaculée, que ces écrivains parus à longues distances se sont rencontrés pour l'accuser ?

Est-ce par hasard enfin ou pour ses vertus que d'un bout à l'autre du monde règne contre elle une sorte d'horreur craintive, inconsciente parfois, mais justifiée par ce que vous venez de lire ; comme instinctivement on a répulsion du serpent, parce qu'il fait froid au toucher, froid aux regards et qu'on sait que sa morsure tue !

Si vous doutez encore, je vous dirai, regardez leurs portraits dans l'histoire, ou eux-mêmes aujourd'hui, sous leurs chapes noires, leurs chapeaux, toute leur dégaîne enfin, comme affaissée, honteuse d'elle-même. Puis, dites-moi si vous ne murmurez pas les vers du Dante, en songeant au supplice des hypocrites :

Gente dipiata
Che giva intorno assai con lenti passo,
Piangendo e nel sembiante stanca e vinta.

Si tout cela ne suffit pas pour vous édifier, j'ajouterai : lisez leur règle originelle, leurs statuts sociaux, incommutables, comme dit l'un d'eux : *sint ut sunt, aut non sint!* Cette règle dont la base est l'obéissance absolue, sans limites, tout autre que celle du soldat, qui, pouvant du moins penser à son aise, se réfugie dans sa conscience, tandis qu'eux ne peuvent même pas avoir de conscience en vertu de leur régle! Puisque chacun d'eux doit être dans la main de son chef, et chacun de ces chefs dans la main de leur maître suprême comme est une chose inerte : *sicut cadaver* : un cadavre!

Unis entr'eux par un lien de fer qui les fait s'entendre pour marcher au même but, la volonté de ce maître, le plus souvent ils ne se connaissent même pas entr'eux. Provenus de tous les pays du globe et séparés par leur règle, aussi bien de la patrie que de la famille, ils sont et doivent être sans entrailles, comme des condottieri, sans famille et sans patrie. Vivant dans l'ombre, agissant dans l'ombre, sans qu'à part leur chef, personne, pas même eux, sache rien que ce qu'il lui faut savoir de leurs œuvres de ténèbres, ils ne vont dans la vie que par les regards et la volonté de leur possesseur suprême, sorte de Vieux de la montagne, fiché à Rome, d'où ses tentacules de pieuvre s'étendent sur le monde entier et le sucent !

« Mais pourquoi faire » dira-t-on ?

Parbleu, pour faire de l'or et du pouvoir, puis du pouvoir et de l'or encore, de l'or surtout ! comme fait l'ambitieux, comme fait l'avare !

Leur idée originelle, celle de leur fondateur, Loyola, voulant soumettre le mode entier à la religion qu'il croyait divine, au catholicisme, était vraiment grandiose de civilisation. Sous le coup de cette idée et grâce à l'organisation puissante qu'elle a enfantée, les jésuites ont rendu de réels services à l'humanité. Il y a plus, c'est que selon toutes apparences, ils ont été nécessaires à leur siècle originel de luttes, de désordres et de cruautés. Mais il leur est arrivé ensuite, et rapidement à cause de leur organisation excessive, ce qui arrive tôt ou tard à toutes nos chétives créations humaines. Ils ont cessé d'avoir leurs raisons d'être, se sont viciés au cours de leur despotisme sans frein, ont dévié de leur but et, entraînés par fatalité d'essence sur la pente de l'égoïsme humain, en sont arrivés, il y a plus de deux siècles, à l'ordre tyrannique dont je viens de vous esquisser l'histoire et la nature.

Quant à leur foi réelle, qu'ils mettent toujours en avant, je vous dirais bien qu'ils en parlent trop pour que j'y croie beaucoup. Mais vous répondriez, avec raison, que cela ne suffit pas pour justifier mes doutes à cet égard. J'ajouterai même, à l'appui de votre idée contre la mienne, que j'ai cru comme vous — peut-être — à leur foi ardente, et que, bonacement, je mettais tous leurs péchés sur le compte de leur croyance fanatique à la religion qu'ils enseignent. Mais l'histoire que je vais vous conter a été le commencement de mes doutes. Mon passage à Rome m'a rendu tout-à-fait sceptique sur leur fanatisme.

Il y a treize ans de cela, je corrigeais, ici, à Paris même, les épreuves d'une brochure politique que je venais de mettre au jour. Comme tout auteur, j'avais hâte de paraître : et, d'autant plus, que, c'était ma première œuvre dans ce genre. Afin d'aller plus vite en besogne, je me rendais à l'imprimerie tous les jours, pour y corriger mes épreuves. Là, naturellement, je fis connaissance avec l'imprimeur, homme distingué, comme ils le sont en général et les meilleurs conseillers qui soient pour tout écrivain, n'importe en quel genre. Ils en voient tant et de tant de couleurs !

Je trouvai en lui un véritable athée, absolument sans Dieu, ni Providence, ni rien : ne croyant à rien, qu'à la matière et à sa reproduction matérielle. Or, il imprimait nombre de publications religieuses. Cela m'étonna et, franchement, un soir, entre deux cigares, je le lui dis.

« Ah! me répondit-il, cela vous étonne! Mais c'est

précisément à cause de cela : je suis imprimeur des jésuites. Or, ils confessent si nettement entr'eux leur incrédulité religieuse, leur négation de toute morale soit divine, soit humaine même, que peu à peu le doute m'est venu : puis le scepticisme absolu, et enfin la certitude où je suis, comme eux, qu'il n'y a pas plus d'âme et d'autre vie, pas plus de Dieu que sur ma main ! »

Ce fut un charbon de clarté qui s'alluma en moi et grandit vite, non pour brûler mon ferme espoir d'une autre vie, comme d'un Dieu de justice, mais pour éclairer le fanatisme prétendu des jésuites et de bien d'autres, d'une façon très-complète. Je crois à leur foi comme à leur vertu, à leur désintéressement, à leurs sentiments libéraux, c'est-à-dire à rien de tout cela en eux.

Veuillez, d'ailleurs, ne pas conclure de là que je partage, quant à cet ordre, certaines idées fausses qui les font idiots, cruels sans motif, bons à rien, etc., etc.; et qu'en conséquence je voudrais déjeuner de l'un d'eux et dîner d'un autre, tous les jours. Non, non. D'une part j'aime la bonne nourriture, et, d'autre part, je ne méconnais en aucune façon les quelques grandes vertus qu'ils ont. Ainsi, une science profonde de tous les savoirs de l'homme ; une habileté machiavélique excessive, telle que la donne une pratique tricentenaire d'intrigues ; une connaissance parfaite du cœur humain et de l'esprit du siècle dont ils sont ; enfin et surtout une ténacité patiente dont je ne connais pas d'égale ici-bas.

Vous voyez que je leur rends justice. J'ajouterai
même à leur quotient, qu'ils enseignent admirablement les enfants.

« Alors, me dira-t-on aussitôt, comment ne trouvez-
vous pas tout naturel que nous leur confions les
nôtres ? Les bons maîtres sont rares. »

Pardon. Vous allez bien vite. Est-ce que par hasard vous trouveriez qu'il suffit qu'un homme enseigne bien le grec ou le latin, pour lui confier votre
fils ? Ou qu'une femme enseigne bien l'orthographe
et le piano, pour lui confier votre fille ? Et le fond
de l'éducation, la morale, la vertu, qu'en faites-
vous ? Croyez-vous qu'ils l'enseignent aussi bien aux
enfants qu'on a la folie de leur confier ?

Croyez-vous qu'ils leur apprennent l'histoire vraie,
quand il s'agit d'y mêler la leur ?

Croyez-vous qu'ils les imprègnent de vertus bien
hautes, quand ils ne peuvent pas y mêler la conscience, cette base de toutes les vertus ?

Croyez-vous qu'ils leur inculquent une espérance
bien ferme en un Dieu de justice, auquel ils ne
croyent pas ?

Je défie aussi bien à un honnête homme d'enseigner le vice, qu'à un fripon d'enseigner la probité.
Il pourra le faire pendant quelque temps, avec plus
ou moins de dissimulation savante : mais toujours ?
Jamais. Le contraire peut être très-joli à soutenir
dans un article d'aphorismes, à usage de journaux
de passe-temps. J'ai même lu souvent des bluettes
très-bien tournées dans ce genre. Mais, en la réalité

des choses, dans le vrai quotidien de la vie humaine, la source répand de l'eau, le raisin fait du vin. Si le raisin est bon, le vin sera bon. Si la source est empoisonnée, l'eau sera empoisonnée.

Livrez vos enfants à l'éducation cléricale et jésuitique, si le cœur vous en dit, après cela. C'est affaire entre vos consciences et vous. Vous m'avez lu ; vos attentions sont appelées. Informez-vous. Tout ce que j'ajouterais maintenant n'aboutirait à rien. Je me bornerai à vous citer, pour finir, deux faits, dont vous tirerez telles conséquences qu'il vous plaira : mais que je livre à vos doubles méditations de pères de famille et de citoyens.

Dans quatre pays divers : en Amérique, à Rome, à Naples et dans les Marches, non loin d'Ancône, j'ai examiné soit des populations soumises aux jésuites, soit de nombreux élèves d'eux, dans diverses conditions sociales. En voyageur, désireux de m'éclairer et cherchant avant tout la vérité, je les ai examinés avec soin, pour juger les jésuites sur ces échantillons de leurs produits. La Société Loyola je vous le confesse, m'a longtemps tiré l'œil, comme un mystère humain que j'ai mis des années à pénétrer : bien que maintenant je ne la regarde plus guère, parce que je crois la connaître assez. Voici ce que j'ai trouvé chaque fois, sauf quelques dissem_ blances résultant du pays et des classes différentes des échantillons.

Des êtres généralement silencieux, mornes, abêtis, comme écrasés sous le poids d'une domination

sans mesure, la pression de l'homme sur l'animal :
des espèces d'ilotes en un mot, ayant, il est vrai,
un bien-être matériel assez grand, vivant d'une vie
ordonnée en apparence, propre, coquette même çà
et là dans leurs maisons et leur tenue ; mais de
droiture point, de joie expansive jamais, de vie vivante enfin pas davantage et en fait d'âme, de conscience, de vertus réelles, rien. Voici pour les populations.

Quant à leurs élèves, appartenant presque tous
à l'aristocratie, j'ai trouvé des jeunes gens bien éle-
vés et comme il faut, pour la plupart, généralement
instruits, mais pâles, mous, ternes, effacés, sans volonté, sans ardeurs, sans franchise, sans rien de la
jeunesse, des vieillards d'esprit et presque d'apparence fatiguée, sans l'expérience du vieillard. Des
ilotes enfin, comme les populations.

Il est évident que nous n'en sommes pas encore
là. Quelque délétère que soit leur action sur leurs
enseignés et leurs gouvernés, s'ils avaient pu avoir
sur nous ces résultats depuis le peu d'années qu'ils
enseignent chez nous et surtout nous gouvernent,
ce serait à désespérer de la patrie.

Toutefois, veuillez sonder, non la surface, mais
le fond de quelques-uns de leurs élèves : sans en
avoir l'air, sans y toucher. Tout homme, dès qu'on
le touche du regard, fait comme le colimaçon. Il se
renferme ou dissimule : et on ne sait plus rien.
Vous verrez. Je vous dirais bien ce que j'ai trouvé
presque chaque fois , mais ce serait désobligeant

pour les élèves des jésuites, et j'en connais beaucoup.

Vous avez l'idée : pratiquez-la vous-même.

De plus, je pose en fait que depuis quelques années, dès avant la guerre, une sorte de lourdeur attristée, contrainte, gênée, défiante s'est répandue sur notre haute société française : cette société jadis si gaie, rieuse, vive d'allures en vertu de notre essence française, loyale et brave, exprimant tout haut, sans gêne, ce qu'elle pense tout bas.

Je sais bien que depuis des années, la guerre et la politique ont contribué beaucoup à cette contrainte. Notre génération a trop souffert dans son patriotique orgueil pour retrouver de suite sa gaieté d'autrefois ; et la politique nous divise trop pour ne pas nous faire nous observer sans cesse, en vue de nous quereller moins. Mais indépendamment de tout cela, il est facile, quand on compare le passé au présent, de voir qu'une sorte de voile de dissimulation et d'hypocrisie nous enveloppe. On n'ose plus, comme jadis, dire hardiment la gaudriole, ou on ne la dit qu'à l'oreille. Si on parle religion, chacun fait chut. On dirait que quelqu'un partout nous observe et que nous avons peur qu'il ne devine ce que nous pensons.

Ce voile, c'est l'hypocrisie, qui monte peu à peu sur nous, comme une buée malsaine, sortant de l'usine jésuitique. Les établissements insalubres, quels qu'ils soient, quand même ils s'abritent sous une enseigne de religion, doivent être fermés : à peine de vicier la société assez indolente pour respirer ces vapeurs morbides, au lieu de faire, comme je vous l'ai dit, de fermer l'usine.

« Liquidation, pour cause d'insalubrité et de dissolution légale, de la maison Loyola et Compagnie. »

CHAPITRE XXI

Résumé.

I

Ma tâche d'exposition des faits dans la grosse
question du cléricalisme est terminée. Je la résume
en ce chapitre : avant de vous dire les remèdes que
je crois les plus efficaces pour guérir cette maladie
dangereuse, donc qu'il est de notre devoir à tous de
soigner sans retard.

Nous avons d'abord examiné ce qu'était toute religion, sa nécessité sociale et même individuelle
pour l'homme, donc la nécessité de la conserver et,
autant que possible, de la maintenir telle que l'ont
pratiquée nos aïeux.

Nous avons vu que cette religion, dans son intérêt même et pour qu'elle ne dégénère pas en un
despotisme intolérable, tel que celui des peuples
primitifs, devait être contenue dans sa sphère.

Que, de tous temps, notre race, mue par ces idées, avait empêché les empiétements de la religion sur le domaine civil, avec un soin extrême prescrit par notre situation religieuse particulière.

Mais que, de tous temps aussi, la papauté, triplement envahissante par nature humaine, romaine et sacerdotale, s'était efforcée d'accaparer notre société civile française à son double profit d'argent et de pouvoir.

Que, par des causes diverses, dans lesquelles l'ambition du plus remuant de nos évêques joue le principal rôle, notre clergé, contrairement à son passé, faisait cause commune avec la papauté contre notre patrie ; tout en le regrettant peut-être, mais entraîné par ses sentiments respectables d'obéissance, et que, par suite, la lutte avait un caractère de gravité inaccoutumé.

L'histoire à la main, nous avons vu que la phase présente était née de notre affaiblissement gouvernemental, datant d'avant la guerre : qu'elle s'était développée sous nos souffrances nationales, qui nous portent tous, plus ou moins, à recourir d'autant plus à la Divinité que nous avons plus souffert. Nous avons vu qu'à la faveur de nos discordes politiques, de nos préoccupations d'affaires extérieures, de toutes les nécessités urgentes et nouvelles d'un état national nouveau, la papauté suivie de ses cléricaux avait tout à fait envahi notre domaine civil : et qu'elle régnait aujourd'hui sur nos mœurs, nos lois, notre organisation politique, judiciaire, militaire, administrative, etc., sur notre société tout entière enfin.

Nous avons regardé à l'œuvre, sur nous, les milices ordinaires de Rome en pareilles aventures cléricales, ses régiments mâles et femelles, sous noms de communautés, couvents, moines, nonnes, pères, frères, sœurs, de je ne sais quoi.

Nous avons constaté que partout, chez nous, l'invasion est complète ! Doublement fructueuse pour les envahisseurs, car elle leur produit à la fois de l'argent et du pouvoir à flots. Doublement funeste pour nous, car elle nous prend nos libertés et notre argent. Que déjà nous en souffrons gravement : parce qu'avec son habileté ordinaire, Rome et à sa suite les cléricaux, conscients ou inconscients de leur œuvre, il n'importe, avaient soudé les vieux partis en une ligne ardente contre la République : puis s'en étaient fait une armée véritable à leurs ordres et à leurs gages, sous la direction occulte des Jésuites.

Qu'à l'aide de leur concile, de leurs publications, de leurs prêches et surtout de leurs couvents, ils avaient abattu de fait nos chartes de garantie contre Rome, nos libertés gallicanes ; sapaient la République, et s'efforçaient de remplacer l'ordre social moderne par leur théocratie.

Nous avons vu enfin, qu'outre les dangers susdits, cet envahissement présente pour nous, au point de vue national, deux autres dangers plus graves encore :

L'un immédiat, celui de nos relations extérieures et des éventualités diverses de guerre qu'il peut nous attirer, ou précipiter, ou rendre funestes.

L'autre à long terme, mais né et augmentant chaque jour ; celui de la corruption de notre nature française par l'éducation cléricale, et, par suite, de l'enténébrement, puis de l'ilotisme futur de notre race, en vue toujours de nous soumettre et de nous exploiter.

Ces dangers sont imminents : et, si nous n'y parons, il faudra une révolution pour en sortir.

Il y a donc lieu d'aviser de suite, avant d'en être réduits à ce moyen extrême de nos pères, qui est un moyen comme un autre de guérir une maladie, parce qu'il est des maladies qu'on ne guérit qu'avec un remède violent. Mais présentement, il n'y faut point songer, pour deux raisons décisives :

La première est qu'une révolution, même à l'eau de rose, serait certainement funeste, et peut-être mortelle pour notre nationalité, parce que ce serait la négation du suffrage universel, notre ancre de salut.

La seconde est que nous avons d'autres moyens pacifiques, réguliers, légaux, qui, appliqués avec résolution et fermeté, suffiront pour refouler cette invasion.

L'étude de ces moyens fera l'objet du chapitre suivant et dernier de ce livre. Quant à présent, j'achève de bien préciser, en les résumant, les buts divers du cléricalisme.

II

L'invasion formidable dont vous venez de voir se dérouler les phases a, chez Rome et ses principaux satellites, les Jésuites, un but fixe, inné en elle de race et de souvenirs, la domination universelle et jusqu'à la nature précise de cette domination.

Cela est même ce qui fait sa principale force contre nous, libéraux. Tandis que nous n'agissons que pour apporter à l'humanité la plus grande somme de bonheur possible, mais sans but précis, parce qu'il ne saurait y en avoir à ce genre d'efforts; sans règle invariable, parce que nous ne saurions en avoir, pour cette marche en avant, qui consiste à faire le mieux chaque jour ; les cléricaux, au contraire, ont à la fois une marche toute tracée, un but défini qu'ils connaissent, l'omnipotence à tout prix.

Chemin faisant, ils ramassent de leur mieux comme chacun, mais en plus de chacun, en étant aidés de leur double âpreté sacerdotale et romaine, ils ramassent, dis-je, tout ce qu'ils peuvent d'argent et de pouvoir, ces jumeaux si tristement liés l'un à l'autre. Cela est même le seul objectif de la masse d'entre eux : argent et pouvoir, pour eux, pour les leurs, pour leurs communautés, leur cénacle, leur culte, leur papauté. Mais les chefs, les meneurs, ont une idée beaucoup plus élevée en général, et, par cela même, plus dangereuse : parce que sachant au juste ce qu'ils veulent, ils vont à ce but fixe sans se soucier d'autre chose que de l'atteindre, dût une nation en périr. Ils y vont coûte que coûte, par tous chemins, même le crime. Dieu n'est-il pas là pour sanctifier tout, puisqu'ils agissent en son nom, sans croire à lui ?

Ce but, je vous l'ai indiqué plusieurs fois dans les pages précédentes, mais sans le préciser ; je le fais ici pour terminer.

C'est le retour à la théocratie religieuse du moyen âge, avec ses despotismes, ses ténèbres, son omnipotence absolue du prêtre sur l'humanité. Tel est leur objectif unique et incessant, l'idéal constant de leurs rêves, comme l'hallucination d'un maniaque ou d'un fou.

Le moyen âge ! c'est-à-dire une des plus tristes époques de l'humanité, à cause des guerres, des cruautés, des souffrances de tout genre qui l'ont désolée ; mais la meilleure de toutes pour eux, parce que seuls possesseurs alors des traditions, des sciences, des lois, des mœurs, de la civilisation entière, ils façonnaient à leur profit les sciences, l'histoire, les mœurs, tout. L'humanité européenne était sous eux comme sous une cloche sacerdotale qu'ils ne soulevaient qu'à leur gré, de même qu'on fait à volonté la lumière qu'on veut dans une chambre close.

Le moyen âge ! Et dans le moyen âge l'ère papale d'avant les croisades, ou nul ne vivait, n'écrivait, ne cherchait, ne pensait même pour ainsi dire, en dehors de l'église. Où le pape faisait et défaisait les rois : donnait ou retirait des empires, des nations, des mondes même avec tout ce qu'ils contenaient, disent leurs bulles d'alors. L'ère bénie du ciel, selon eux, où notre humanité européenne, étouffée sous leur chape religieuse, usait ses forces intellectuelles et son temps aux disputes scolastiques les plus bizarrement futiles. Ainsi à écrire des centaines de volumes sur la question de savoir si notre mère Eve avait ou n'avait pas de nombril ? L'ère de leur paradis enfin, ou l'église pouvait dire : l'humanité c'est moi.

« Soit, dira-t-on, c'est leur but. Mais alors nous sommes rassurés, car ils ne pourront jamais l'atteindre. »

Et là dessus je devine plus d'un lecteur qui dormira sur les deux oreilles, en se répétant : cela est impossible, absolument impossible.

III

A coup sûr, je ne prétends pas dire que nous allons revoir les croisades avec armures : l'inquisition et ses supplices : le pape régentant les peuples et les rois : l'humanité désapprenant l'écriture, la lecture, l'histoire, les sciences, pour ne plus s'occuper que de discussions religieuses pivotant sur la bible, cette Iliade en vers du peuple juif, dont on a fait la base de l'univers.

Non. Mais Rome, si nous la laissons faire, nous fabriquera quelque chose d'analogue, habillé à la moderne. Une théocratie moderne quelconque, selon le siècle, sous laquelle on ne pourra vivre et penser qu'à la jésuite : qu'il faudra accepter pour tout, ou partir, ou mourir. J'ajouterai même que nous sommes si près de cet état, que nous y touchons. Encore un peu, nous formerons en Europe une véritable Chine religieuse, que nos évêques-mandarins mèneront au doigt et à l'œil, sans que personne ose non pas même répliquer, mais ne point baiser humblement leur bague pastorale !

Tout arrive en France, même le déraisonnable, l'impossible et surtout le passé repeint à neuf. Nous sommes par excellence le pays des recommenceurs : parce que nous oublions, avec la rapidité vertigineuse de nos natures impressionnables et mobiles avant tout, ce que nous avons déjà fait, non pas une fois mais dix fois et presque la veille souvent ! C'est à nous prendre par instants pour des aveugles sans guides, tournant, revenant sur nos voies, refaisant les fautes de nos pères et même les nôtres propres à chaque moment.

De plus, comme par suite de notre richesse nationale, une masse considérable d'entre nous a des loisirs incessants dont nous ne savons que faire : nous occupons volontiers ces loisirs à exhumer le passé, sous noms d'études scientifiques. Or cette étude à outrance, bonne en soi, mais exagérée chez nous, nous a fait prendre, sans nous en apercevoir, l'habitude de constamment ressasser ce vieux passé, le retaper, vivre en lui, de lui, sur lui ; le vanter et finalement le recopier.

Aucune nation ne recherche plus volontiers que la nôtre les choses mortes, les vieilleries d'autrefois : et non-seulement ne se complaît davantage à ce métier de fossoyeur, mais ne reprend ces vieilleries pour du nouveau avec plus de candeur juvénile, et ne les glorifie comme siennes, tout en jurant ses grands dieux que les choses d'autrefois ne peuvent pas renaître. De vrais brocanteurs de vieux ! comme nos marchands de bric à brac, qui pullulent chez nous par suite de cette disposition de caducs.

Les Bourbons restaurés de la branche aînée, ces vieillards enfantins n'ayant rien oublié ni rien appris, raillaient, vers 1825 et suivantes années, les bourgeois qui leur parlaient d'une nouvelle révolution. Volontiers, de leur côté, les bourgeois d'alors eussent recommencé la révolution de leurs pères, sans même en supputer une autre. 1830 et les d'Orléans sont tombés sur leur génération, peu à peu, puis tout à coup, copiant le passé sans l'avoir vu revenir et jurant l'impossibilité de son retour.

« Vous nous donnerez bien encore un an ? » disait en riant, le 25 juillet 1830, Charles X, à un illustre homme d'Etat d'alors, M. de Semonville, qui prédisait au roi la chute de sa dynastie, s'il ne révoquait les fameuses ordonnances.

Les républicains de 1848, auxquels M. Thiers prophétisait l'empire, levaient les épaules en raillant les parades impériales de Napoléon Ier, l'ineptie de son neveu, le prince Louis, et Thiers-Cassandre ! Le fallot de Boulogne, à l'aigle sur le poing, est devenu Napoléon III : l'empire est revenu avec ses chambellans, ses sénateurs et Sedan-Waterloo !

Les chauvins de l'empire niaient, en 1870, la possibilité d'une invasion. Leur grande phrase d'alors sonne encore à mes oreilles :

« La France, disaient-ils, se refermerait d'elle-même sur les envahisseurs. »

Pauvre France ! Six mois durant, l'invasion a désolé nos campagnes, assiégé Paris, campé dans Versailles oublieux et mis notre nationalité à deux doigts de la mort.

« La théocratie religieuse du moyen-âge avec ses despotismes, ses ténèbres, ses servitudes renaissantes d'avant l'ère chrétienne est impossible de [nos jours, » disent les républicains de 1877 !

Impossible !

Comme en 1815, le retour des Bourbons, puis de la loi du sacrilége !

Comme après 1848, l'impériale parade du fou de Strasbourg et de Boulogne !

Comme en 1870, Sedan et l'invasion !

Faudra-t-il, mes chers compatriotes, que les moines modernes devenus tout puissants, viennent prendre jusque dans vos demeures la dîme et vos filles : pour que vous voyiez enfin la théocratie moderne ressaisissant notre malheureux pays, comme en plein moyen-âge ?

Il sera trop tard alors ! Vous serez muselés. Le pli sera pris : le joug forgé, rivé sur vous. Vous ne pourrez le rompre que par la violence, en brisant tout dans une révolution, dont nous ne voulons point, n'est-ce pas ? Ou par les mains de l'étranger, dont nous voulons encore moins !

Impossible !

Mais l'expérience est donc un vain mot ? Mais vous avez donc, comme dit l'Eglise, des oreilles pour ne pas entendre, des yeux pour ne point voir ?

En moins de vingt ans, la théocratie romaine, dirigée par les jésuites, a établi l'Immaculée conception, pour diviniser peu à peu la vierge et ainsi capter mieux la femme, puis nous par la femme :

A, publiquement, à la face du monde entier, arboré son drapeau du moyen âge, le *Syllabus*, au mépris de la civilisation moderne ;

Foulé sous ses pieds nos libertés gallicanes, ce palladium français, auquel nos rois tenaient comme à leur épée : la charte religieuse de nos pères depuis dix siècles ;

Etabli sur nous et nos consciences, l'infaillibilité d'un homme : faisant ainsi de cet homme, sous maints prétextes, un demi-dieu aujourd'hui, quelque nouveau Jésus-Christ dans un siècle, pour nous courber plus bas sous sa sandale ;

Couvert notre pays de couvents et de religieux

relevant de Rome directement ; plus puissants et plus nombreux que la France n'en a jamais supporté, même en plein moyen-âge;

Saisi tout chez nous, mœurs, armée, politique, pouvoir, tout ! L'Etat lui-même s'incline si bas devant les hommes d'église qu'il leur dit : Votre Grandeur : et que naturellement, de par nos mœurs, notre chef, le chef de la république française, irait baiser la mule du pape, s'il plaisait au pape de venir régner à Paris.

Ah ! triste patrie ! les fils de Brennus, de Charlemagne et de Napoléon, baisant à genoux la sandale d'un césar romain devenu prêtre !

Plus bas par terre que les Siamois devant leur empereur ! car du moins cet empereur est un d'eux.

« Quoi, diront mes sensibles lectrices — si j'en ai jusqu'à cette page — vous choisissez l'heure où le pape est à bas, sans royaume — et captif n'est-ce pas, comme il dit ? — pour vous insurger contre sa puissance, une puissance qui n'est point? »

Elle n'est point ! à Berlin, non. Mais à Paris ? Or nous sommes en France : tout est là.

Et jamais le pape n'y a été aussi fort, malgré le peu de foi réelle que nous avons. La France est à lui en quelque sorte, par le cœur des femmes et l'habitude prise des hautes classes. Aucun autre pays catholique, l'Espagne, l'Italie et Rome elle-même aujourd'hui fatiguées du joug égoïste de la papauté, n'a pour lui cette sorte de fétichisme inconscient, devenu peu à peu pour certaines gens comme une vraie religion, aussi funeste que ridicule.

Les papalins sentent même si bien cela, que volontiers ils quitteraient en ce moment l'Italie pour la France. Histoire de voyager un peu sous forme d'exil et en donnant une leçon à leur ingrate patrie ! Ils sont abondamment lestés avec les trésors qu'ils nous ont soutirés. Avignon ou Paris leur ouvriraient leurs portes à deux battants : et de la Cannebière marseillaise aux boulevarts parisiens, on se tuerait pour voir entrer le dieu ! Un vieillard maladif, si détesté de son peuple, qu'il lui faut le quitter.

Quelle sotte chose que la crédulité !

De Paris ou de Rome ils reprendront leur couronne un jour ou l'autre, du moins ils y comptent tous. Et nos évêques y comptent comme eux, puisqu'au risque de nous attirer la guerre — peut-être même pour l'attirer — ils crient à tue-tête leurs espoirs et jusqu'à leurs projets de restauration papale.

« Nous sommes sortis de Rome cinquante-deux fois, donc nous y sommes rentrés cinquante-deux autres fois ; encore une, cela fera cinquante-trois. » disent publiquement les prélats romains.

Remonter sur leur trône pontifical, comme nos prétendants sur leur trône royal : voilà ce qu'ils veulent, sans souci de quoi que ce soit d'autre, dussent-ils, pour cela, faire de la France un marche-pied de cadavres ! Ne sommes-nous pas leurs gladiateurs ?

Maintenant vous êtes avertis. Vous devez comprendre qu'il faut agir, et de suite.

Si, convaincus enfin, vous me demandez comment faire pour secouer ce joug à demi rivé ? Je vous dirai simplement, quant à présent :

« Tournez la page : ou, la conclusion au chapitre suivant. »

CHAPITRE XXII

Traitement du cléricalisme.

I. Remède sur les mœurs. — II. Sur la politique : Expulsion des jésuites. — III. Nécessité d'opération immédiate. — IV. Mode d'opérer. — V. Pourquoi, comment et a quelles fins, cette campagne anti-cléricale.

I

Je serais le pire des écrivains politiques, si, vous ayant inquiétés, en vous montrant notre état morbide, je ne vous indiquais pas les moyens de retrouver la santé. En d'autres termes : nous savons le mal et ses dangers, cherchons le remède.

D'abord, nos mœurs dépendant de nous avant tout, c'est à chacun de nous, dans sa famille, ses amis, son entourage, à modifier ces mœurs: ne fut-ce qu'en expliquant bien la question, chaque fois qu'il le peut faire utilement.

Démontrons à nos femmes, mères, sœurs, amies, le danger et le ridicule de leur exaltation religieuse qui trouble tant de ménages.

La main sur la main, la prière à la bouche, faisons-leur comprendre que la papauté n'est pas Dieu : que ses prêtres-soldats ne sont pas la religion : qu'ils sont hommes comme nous et que leur prétendu mandat divin n'a pas plus de raison d'être que si les médecins, les avocats, les notaires se disaient, eux aussi, envoyés par Dieu, pour diriger nos santés, nos procès, nos affaires : qu'ils ne se donnent comme mandataires célestes que pour capter notre confiance, avoir notre argent, et s'emparer de notre nation.

Faisons-leur comprendre que le Créateur de tout, Voyant de tout, Maître de tout, ne se révélant pas à nous d'une façon perceptible par les facultés qu'il nous a départies, ne veut évidemment pas être pénétré par nous : et que, malgré toutes les traditions faussées qu'on invoque, les mensonges, les miracles qu'on invente, nul n'a droit de parler au nom d'un Créateur, si au-dessus de nos formicales impuissances de créature, que notre esprit borné n'arrive même pas à le rêver !

Que notre devoir d'êtres créés est de rendre hommage à ce Créateur incompris, bien qu'évident à mon sens; mais sans perdre dans cet hommage insignifiant pour la toute-puissance divine, l'intelligence, les forces, le temps, les ressources qu'il nous a départies pour mener notre vie humaine et celle de nos enfants; en un mot, faire ici-bas notre devoir d'hommes, c'est-à-dire le plus de bien, le moins de mal que nous pouvons.

Expliquons-leur que ce Dieu, en nous créant, a mis au fond de chacun de nous, par nature ou éducation, n'importe, un guide certain, notre conscience, qui nous dit incessamment :

« Fais ceci, pas cela : fais de ton mieux. »

Et que c'est à lui seul que nous devons obéir ; parce qu'en dehors de lui, rien ne vaut que comme simples conseils. Etes-vous donc une bête, un cheval, un mouton, pour avoir sans cesse besoin d'un berger ? Les cléricaux vous le disent, afin de se faire vos maîtres et de vous exploiter comme le berger exploite ses moutons : en les tondant, parquant, puis un beau jour les menant à l'abattoir. Mais c'est la négation de la raison de l'homme aussi bien que de ses intérêts. Nos seuls maîtres sont nos consciences et les lois de la nation, ou famille sociale dont nous sommes.

En dehors de ces guides-maîtres, tout est mensonge ou erreur, empiétement hypocrite ou présomptueux de l'homme sur son semblable. Vous femmes, aussi bien que nous hommes, pouvons, à certaines heures troublées de la vie, demander conseil à un médecin de l'âme, comme il y a des médecins du corps, c'est-à-dire à un prêtre; mais c'est folie de s'en remettre à cet homme de nous diriger absolument, parce que notre guide véritable est en nous, en vous. Dans la famille dont vous êtes le sanctuaire et la base, dans la bonté que Dieu vous a départie comme un instinct, dans la douceur avec laquelle vous ferez toujours de chacun de nous ce

que vous voudrez; mais au nom de la raison et non
d'un sentimentalisme faussé par les *marchands du
Temple*, en vue de nous exploiter tous.

Enseignons-leur qu'en ce moment surtout, depuis
une douzaine d'années, ces marchands infâmes,
jadis chassés de l'église par le Dieu même qu'elles
adorent, s'y sont installés en maîtres, et de là tra-
fiquent sur elles, comme sur une marchandise; font
gains de leurs cœurs; se servent d'elles, sans pitié
ni pudeur, faisant de chacune d'elles à son insu,
une pourvoyeuse en recrue d'argent et de pouvoir
à destination de Rome.

Que nous ne leur demandons qu'une chose, de
modérer leur cœur un moment, pour écouter leur
raison, leur bon sens d'épouses et de mères. Elles
comprendront alors que si les choses continuent
pendant quelque temps seulement, il se passera
par force pour notre génération, ce qui s'est passé
en mêmes occurrences cléricales, pour les générations précédentes ; à savoir qu'un jour, voyant la
patrie s'effondrer tout-à-fait sous le jésuitisme, nous
nous soulèverons dans une de ces colères farouches,
qui sont comme l'essence même de notre race !
Une de ces révolutions soudaines, au bout desquelles
il n'y a pour la nation, donc pour chaque famille,
que sang et misères. Et que cette révolution sera
leur œuvre !

Dites-leur tout cela, tout ce que vous suggérera
votre affection, la prière aux lèvres et dans les yeux,
le cœur au cœur : comme on prie sa mère, sa fille,

sa sœur, sa femme ou sa maîtresse. Dites-leur cela longuement, sans cesse, par paroles, par livres, par exemples, pendant des mois ou des années même s'il le faut, quand vous les verrez prêtes à revenir.

A celles que les maudits auront trop affolées pour qu'elles comprennent, ou qui ne voudront pas comprendre, imposez vos volontés.

Enlevez résolûment vos enfants, fils ou filles, aux jésuites, aux congrégations, aux pensions-séminaires, aux couvents, aux abbés, aux nonnes, aux sœurs, à tout ce qui a profession de religion : parce que ce n'est point leur métier d'élever vos enfants et qu'en conséquence ils les élèvent mal. Confiez vos fils et vos filles à des colléges, des pensions, des demi-pensions laïques, des hommes choisis, instruits, mariés, entendez bien! présentant enfin toutes les garanties que doivent présenter les enseignants de ce que vous avez de plus précieux au monde, vos enfants.

Fermez résolument votre caisse et votre porte à quiconque viendra, sous prétexte de religion, troubler la famille dont vous êtes le chef créé par Dieu. Puis, si le marchand d'église essaie d'entrer chez vous, malgré vous, par force ou par ruse, montrez-lui la porte : et dehors, sur l'heure. Charbonnier est maître chez lui.

Quant à vos femmes qui prendraient parti pour l'étranger, froc ou soutane, vous savez ce que vous avez à faire, selon votre situation vis-à-vis de chacune d'elles. Mais foin des maris qui ne savent pas

ordonner; quand il le faut! Foin des hommes qui ne
savent pas l'être, quand le repos de leur famille,
l'avenir de leurs enfants et celui de la patrie exigent
leur volonté — même contre son cœur ! Le devoir
avant le sentiment, parce que le devoir est la conscience.

Voilà pour le remède intérieur, intime, à usage
des mœurs. Il suffira, je crois. Dans le cas où le
mal serait déjà si invétéré qu'il faille des moyens
plus puissants, nous aviserons. Si bas tombés que
nous soyions, nous n'en sommes pas encore à ce
que ces Tartufes nous prennent nos familles et que
nous courbions la tête en disant : Amen.

II

Quant aux remèdes à usage d'envahissement politique, ils sont nécessairement plus compliqués,
mais pas plus difficiles à administrer que le précédent, si vous avez la volonté de l'employer : ce qui
vous regarde puisque vous êtes les maîtres.

Tout d'abord, il faut rappeler poliment au pape,
qu'il n'est le chef reconnu et admis du catholicisme
en France, c'est-à-dire de notre religion dominante;
qu'à certaines conditions que la France le prie
d'exécuter. Tous les conciles du monde auraient
été ou seraient convoqués à usage de son infaillibilité, ou plutôt de celle des jésuites, ses guides :
ils ne sauraient prévaloir contre nos lois françaises.
Nous sommes maîtres chez nous.

Ainsi, ni lui ni ses lieutenants directs ou indirects, les moines ou nos prêtres, ne doivent s'ingérer en aucune façon dans nos affaires politiques et civiles: n'adresser quoi que ce soit à nos évêques de contraire à nos lois et, pour que cela ait une sanction, ne leur rien adresser qui n'ait passé par l'examen du gouvernement français.

Le prier de dissoudre ses congrégations, afin que cela se fasse le plus doucement possible, sans troubles préjudiciables à la France, à la religion et à la papauté. Le prier, en même temps, de rappeler à des sentiments plus doux ceux de nos prêtres et de nos cléricaux parlementaires ou publicistes, qui, par leurs violences, nuisent à l'Eglise, au lieu de la servir ; de modérer leur zèle miraculant et trafiquant surtout, ayant le même effet ; de moins oublier enfin, que la religion doit planer en dehors et au-dessus des partis.

Il sera bon, en même temps, d'envoyer à nos évêques une circulaire aussi nette que ferme, pour leur dire en substance qu'ils sont à la fois citoyens et fonctionnaires français : donc soumis non-seulement aux lois de la France, mais aux ordres du ministre dont ils relèvent. Qu'ils n'ont pas le droit d'aller prendre le mot du pape, publier ses encycliques, lancer des mandements politiques à ce sujet, etc., etc.; bref, enfreindre nos lois, comme s'ils étaient au-dessus d'elles.

Si, parmi ces lois, il en est, ce qui peut être, de contraires aux intérêts de la religion à cause du

progrès du temps, ils peuvent demander l'abrogation ou la modification de ces lois. Les Chambres se
feront un devoir d'examiner leur demande, et, s'il
y a lieu, d'y satisfaire. Mais jusque-là, toute loi,
même et surtout celles connues sous le nom de libertés gallicanes, doivent être observées.

Puis, sans autres ambages ni pourparlers, agir
sur tous les points. Retirer au clergé toute ingérance quelle qu'elle soit dans nos affaires civiles, politiques, administratives, etc., que la loi ne prescrit
pas. Quant à celles que la loi prescrit, demander
des lois aux Chambres qui décideront.

En ce qui touche les congrégations, attendre la
réponse du pape à l'égard du rappel demandé : mais
ne pas même attendre cette réponse pour les Jésuites. La loi est formelle, précise, en ce qui les
touche. Le temps presse avec eux, parce qu'ils sont
la cheville ouvrière non-seulement de l'invasion
cléricale, mais de nos difficultés politiques. Nous
avons pour nous l'*équité*, le *droit*, la *raison* et la
nécessité de salut national. Il n'y a pas plus à
hésiter qu'à différer, pour en finir de leurs intrigues délétères.

Nous avons l'*équité :* parce qu'étant avec eux en
guerre ouverte, sociale et nationale, il est de toute
justice que nous nous défendions contre leurs at-
taques. Il est évident pour quiconque connaît leurs
procédés, que l'alliance intime des trois partis mo-
narchiques, les mannequins fantômes du péril social, les terreurs, les gémissements religieux, toute

cette fantasia combinée pour nous donner le change et dissimuler leurs envahissements en les justifiant, sont leur œuvre. Ils nous ont combattu à outrance, tant qu'ils ont pu, sous le nom d'ordre moral de combat. La France les a rejetés aux élections dernières. Ils luttent encore, continuant à menacer à la fois nos institutions, nos lois et notre organisation sociale tout entière. Nous usons de notre victoire et d'une façon, à coup sûr, beaucoup plus clémente qu'ils ne l'eussent fait. Dieu nous garde d'une réaction cléricale victorieuse.

Nous avons le *droit*, parce que la loi contre eux est formelle, inabrogée. Ils sont bannis, dissous, donc morts civilement. C'est le droit de l'État de les dissoudre et au besoin de les expulser, sur l'heure, si cela devient nécessaire.

Nous avons la *raison* et la *nécessité de salut national*. Je vous l'ai démontré dans le cours de ce livre, du mieux que j'ai pu.

Il n'y a donc plus qu'à agir, ce qui est l'affaire du gouvernement, et sur quoi nous reviendrons plus tard, en examinant le côté d'application de ces mesures.

Tels sont les remèdes que je crois les meilleurs au point de vue politique. Ils ne sont, comme vous voyez, ni difficiles, ni nombreux, ni même violents, à part un seul qui n'est que l'application de la loi, dont on peut même, dans son exécution, adoucir les rigueurs.

J'ai lieu de croire que ces moyens suffiront. L'invasion frappée à la tête dans la personne de son chef secret, mais certain, les Jésuites, reculera et nous laissera la patrie libre, quant à eux. Le reste ira peu à peu de soi-même, au courant du temps.

Lorsqu'au lendemain de nos désastres de 1815, la Restauration, qui a plus fait pour la France que l'histoire contemporaine n'a voulu le reconnaître, se trouva en présence de troubles graves, notamment de la rébellion de l'armée débandée de la Loire, pouvant, d'un moment à l'autre, nous amener une troisième invasion : elle n'hésita pas. Elle alla droit à la tête du mouvement insurrectionnel ; prit son chef dans la personne du plus compromis des révoltés, le maréchal Ney; le mit en jugement; et, dès qu'il fut condamné — très-justement, malgré ce qu'on a dit — le fit exécuter, quoi qu'il en coûtât au roi, malgré ce qu'on a dit encore.

Il est, surtout dans les temps troublés, des nécessités légales, devant lesquelles il faut savoir fermer son cœur, quoiqu'il en souffre.

Tout rentra dans l'ordre.

Il ne s'agit ici de fusiller personne, pas même les Jésuites, quoique devant Dieu, je pense, ils soient bien autrement responsables que le maréchal Ney, affolé par ses souvenirs du passé, car ce n'est pas leur cœur à eux qui les mène, c'est leur ambition. Or voici déjà sept ans qu'ils étouffent la France, pour la garder à eux !

Il s'agit simplement de leur appliquer la loi et de

l'appliquer de suite, parce que cela devient chaque jour plus urgent : voici pourquoi.

III

Pour être équitable, ¡nécessaire et opportune, la mesure que je conseille ici, entraînera, je ne dis pas des troubles dans le pays, je ne le crois point, mais une certaine perturbation, plus apparente que réelle, parmi les hautes classes. Tartufe s'est si bien implanté dans la maison, que ce sera la croix et la bannière pour le mettre dehors. Il est souple, insinuant, perfide, ardent à sa proie : il fera ce qu'il pourra pour la garder. La France est un morceau de roi pour des corbeaux romains. Or, plus nous tarderons, plus il s'implantera chez nous, et plus l'opération sera difficile.

Il en est de la société Loyola, comme de tous les parasites, les tumeurs, tout ce qui vit aux dépens d'un corps quelconque. Dès l'opération résolue, il faut la faire de suite : parce que, plus on attend, plus elle vicie le sang d'une part, et d'autre part se cramponne, s'étend, pousse, s'incarne, s'enracine, si bien que l'opération devient de plus en plus dangereuse.

Plus nous tardons, plus le péril grandit à l'intérieur, comme à l'extérieur.

Ils sentent aussi bien et mieux que nous-mêmes, parce qu'ils sont mieux informés, que la France s'irrite

de plus en plus chaque jour, les menaçant chaque jour
un peu plus, comme en 1828. Pour essayer de rester, ils sont parfaitement capables de tenter — non
par eux-mêmes, ils n'ont point d'armée person-
nelle — mais de faire tenter par un de leurs partis
aux abois, quelques soulèvements, préludes de
guerre civile. Or, nul ne saurait prévoir ce qui peut
arriver, à la suite de troubles, chez nous. Ils poussent même à cela en dessous-main évidemment, peu
à peu, à leur manière, en tâchant peu à peu de faire
dériver l'aventure à une guerre religieuse : pour le
jour où ils se croiront certains de triompher en fin
de lutte.

Si vous en doutez, veuillez simplement vous souvenir que ce n'est pas leur faute, si en 1874, sous
leurs inspirations et leurs efforts latents, l'Assemblée n'a pas déclaré la monarchie, à une voix au
besoin, comme disaient les meneurs ! Si le comte de
Chambord avait voulu monter sur ses principes
comme sur un marche-pied, le tour était joué, à la
face et au mépris de la France !

Veuillez vous souvenir que si le président actuel
de la République avait écouté leurs suggestions
occultes, il y a déjà longtemps que quelque coup
renouvelé des ordonnances de 1830 se fût produit
sur leurs conseils. Et qu'enfin, à nos portes, si nos
voisins les Belges, les sages des sages, ne sont pas
en pleine guerre civile, religieuse, à coup sûr ce
n'est pas la faute de l'invasion cléricale, menée là
comme chez nous, par les révérends pères !

24

Il faut agir de suite, pendant que nous sommes
en paix, parce que nul ne tient le temps. La guerre
a surgi en Europe, courte peut-être et décisive,
comme un coup de feu mortel, je l'espère, mais peut-
être aussi, longue à n'en pas voir la fin, telle que
les guerres d'il y a deux siècles en Europe. Aujour-
d'hui comme alors, il s'agit de régler une grosse
succession en déshérence. Si cette guerre s'étend à
nous, dès que nous serons jetés dans ses hasards, il
ne sera plus temps d'opérer contre les jésuites, autrement que par violence, par quelque coup dicta-
torial, ou nous résigner à faire la guerre sous leur
bannière et leurs inspirations ! Le pire de tout, parce
qu'ils nous mèneraient dans leurs intérêts romains,
sans plus se préoccuper de nous que de leurs anciens soldats barbares retrouvés.

Il faut agir de suite enfin, parce que plus les
affaires s'embrouilleront en Europe, plus ils espé-
reront pêcher en eau trouble : plus ils auront intérêt à nous lancer dans quelqu'aventure mortelle
peut-être à notre nationalité, mais où ils verront
chances pour leur restauration à Rome : leur
rêve !

IV

Quant à la manière d'appliquer ces mesures, ou
plutôt de les faire appliquer par le gouvernement,
elle est encore plus simple que les remèdes mêmes,

si vous voulez. Mais il vous faut vouloir ! Tout est là, mes chers compatriotes. Vouloir, c'est pouvoir, très-souvent.

Il est plus que probable, certain, que l'application de ces mesures, toute bénigne, juste et nécessaire qu'elle soit, rencontrera des difficultés énormes.

Sans accuser un ministère que, pour ma part, je suis disposé à soutenir bien plutôt qu'à combattre, je doute qu'il ait le pouvoir d'opérer cette réforme. J'espère pour lui qu'il en a la volonté : mais l'énergie ? c'est autre chose. Comme je n'en finirais pas à vous dire mes raisons pour craindre cela, j'aime mieux ne point vous en donner du tout. En maintes occasions — et celle-ci en est une — le silence est d'or.

Mais, malgré mon silence, j'ai lieu de croire qu'il en sera comme je viens de vous le dire. En d'autres termes, on ne fera rien du tout, que leur donner un avertissement si tendre, qu'il équivaut dans toutes les langues à :

« Ma chère amie, tu fais bien du scandale ! Mais tu es la maîtresse, je t'aime trop pour te contrarier. Fais à ta guise, sans bruit. »

Sur cette jolie semonce, madame saute au col de son doux époux, qui se pâme de satisfaction et le soir même, lui donne... quoi ? Un des inutiles diamants de la couronne pour le pape prisonnier ? Le portefeuille des cultes pour un évêque ? La voix décisive dans le cénacle de la collation des grades ?

J'en ignore, n'étant pas dans le secret des dieux

ni de leurs intimes. Mais je tiens pour certain que ce soir là même, les cléricaux recevront quelque cadeau pris sur le bien de la famille, autrement dit de la France, de nous, qui paierons les frais de la réconciliation de Monsieur l'Etat avec Madame l'Eglise. C'est toujours ainsi que se termine ce genre d'altercations conjugales, entre maris subjugués et femmes habiles.

Un portefeuille de ministre est donc chose bien séduisante, charge bien douce à porter, pour que tant de gens lui fassent à l'occasion tant de concessions de tout genre ! Notez que je ne parle ici qu'au passé; ou en prévision craintive de l'avenir.

En d'autres termes, pour nous résumer : on ne fera rien.

Donc c'est à vous d'agir : voici comment.

Nous sommes en mai, c'est pour cela que je me presse, à en écrire à la diable, pour arriver à temps. Nous aurons : en août, des élections de conseillers généraux et d'arrondissement; en novembre ou fin d'année, des élections de conseillers municipaux.

Vous savez, dans chaque canton et commune les candidats républicains qui sont ou ne sont point cléricaux. Cela se sait, se sent, plus encore que l'opinion politique de chacun, qui se transforme sans cesse au courant des intérêts et de l'expérience politique. D'ailleurs, demandez-le carrément à chaque candidat : c'est non-seulement votre droit mais votre devoir.

Ecoutez bien sa réponse ; regardez bien son air, ses yeux, toute sa personne quand il vous répondra. Ils ont beau faire : lorsqu'ils sont de la sacristie, il y a toujours, dans leurs allures ou leurs paroles, quelque chose à les trahir, un habit, un regard de renfermé qui les révèle. Cela se devine neuf fois sur dix, rien qu'à première vue.

Si c'en est un, ne le nommez point : quand même il vous promettrait une loge au paradis. Il n'est pas du ciel quoi qu'il dise : il pourrait d'autant moins vous la donner qu'il n'ira pas lui-même. Dieu doit être trop vrai pour aimer les fourbes.

Nommez, au contraire, sans exception, des hommes nets de cléricalisme et décidés à le réprimer.

Si vous faites cela d'un bout à l'autre de la France — et c'est son salut de le faire — soyez tranquilles. Ils n'en mèneront pas large, comme on dit. Le gouvernement obéira, je vous l'ai prouvé plus haut. Je ne saurais trop vous le répéter, pour que vous régliez toujours bien vos volontés et avec ensemble.

« Rien ne tient quand la France veut. »

Le gouvernement obéira de suite, je vous en réponds. Ce sera son intérêt. Je ne serais même point étonné qu'il ne demande pas mieux que d'avoir la main forcée. Mais ils crient si fort ! Ils font si bien croire à tant de monde qu'ils sont légion, tandis qu'en dehors de leurs clients d'église, ils ne seraient peut-être pas cent mille en France. Le gouverne-

ment en a crainte et se soumet ou patiente : voilà
pourquoi surtout il ne fait rien.

Faites, vous, vous verrez. L'année même ne finira
pas sans que nous ayons l'immense soulagement de
voir l'écriteau béni sur toutes les boutiques de jésuites :

« Maison à vendre pour cause de départ. »

Et je vous jure que ce jour-là, il y aura des battements de mains, de bout en bout non-seulement
de la France, mais de l'Europe entière. Nous
sommes aimés, malgré nos folies, ou à cause d'elles
peut-être ! Chacun, nous sentant délivrés, respirera
pour nous et nous applaudira.

V

Quant à moi, mes chers concitoyens, ma tâche
est accomplie. Je rentre dans le rang, dans la
simple exécution à la Chambre de mon mandat de
député, auquel, tout en l'exerçant, j'ai cru devoir
ajouter le surcroît de ce livre, voici pourquoi :

Je vous avais dit, dans ma circulaire de 1876,
lors de mon élection :

« Quoi qu'il arrive, je ferai de mon mieux... Mon
but, en demandant vos suffrages, n'est pas de re-
chercher des places ou des honneurs, mais de contribuer de tous mes efforts au relèvement de la
France, ce que je désire plus que tout au monde. »

J'ai fidèlement tenu ma promesse.

Dès mon arrivée à la Chambre, c'est-à-dire en pouvoir d'examiner notre état politique de plus haut, donc jugeant mieux, j'ai soigneusement recherché quelle était, en ce moment, la question capitale pour notre nationalité.

Il n'y a pas eu besoin de regarder longtemps, je vous assure ; c'était l'envahissement clérical. Le danger était évident, palpable en quelque sorte, croissant de jour en jour, dans des proportions effrayantes. Toutes nos affaires intérieures, extérieures même en partie, étaient plus ou moins arrêtées ou en péril par le fait du cléricalisme, devenu l'étouffoir vivant de la France moderne et du progrès qu'elle cherche.

Les hasards de ma vie m'avaient fait, dans un intérêt politique français, étudier la question à fond pendant des années consécutives, soit ici en France, soit en Italie et à Rome même. Je la sais, ou tout au moins crois la savoir bien.

J'avais donc un double devoir de m'occuper de cela avant tout.

Mais comment le faire utilement, lorsqu'il s'agit de s'attaquer à si grande force ?

Par des propositions à la Chambre, et, à chaque discussion, des efforts de tribune pour exposer le danger ?

C'était le moyen le meilleur pour des orateurs accrédités, tels que M. Gambetta, dont chaque parole est comme un marteau de forge sur la question qu'il frappe. Mais pour un obscur comme moi,

n'ayant ni la science, ni la coutume des discours
en public ! Tout au plus pourrais-je hasarder une
voix perdue dans la mêlée? Encore, si j'échouais,
je nuirais à notre cause au lieu de la servir !

L'idée m'est venue d'un livre. C'était dans mes
cordes ; et puis les livres restent. Je me suis mis à
la besogne par le chemin des sous-préfectures, en
ébauchant peu à peu la question cléricale, au fur et
à mesure de mes rencontres cherchées avec elle.
Ai-je bien ou mal fait d'entreprendre ce travail?
Est-il bon ou mauvais? Je n'en sais rien. Mais je
sais que j'ai le sentiment d'avoir fait mon devoir de
mon mieux, souvent même au-delà de mes forces
en cette tâche.

Quant à l'avoir entreprise à la légère, sans en peser les conséquences, ni savoir ce que je faisais, où
j'allais et à quoi je m'expose? Non. J'y ai réfléchi
longtemps avant de me décider. Ce n'est pas d'aujourd'hui que je vois la marée cléricale s'avancer
sur nous et tout submerger sous son flot destruc-
teur. Mais j'attendais : j'hésitais par maintes raisons, bien que l'hésitation ne soit pas le fond de ma
nature.

C'est chose si difficile que de frapper le cléricalisme, sans frapper en même temps la religion qu'il
compromet, tout en paraissant la défendre. Il s'est
si bien incarné dans elle, en vraie tumeur, que l'o-
pération pour l'extraire est plus que difficile, mortelle peut-être : si elle ne se fait point par Rome
même, à l'aide de l'une de ces grandes réformes

qui sauvent aussi bien les religions que les nationalités. Or, bien que libre penseur — je ramasse le
mot parce qu'ils en ont fait un outrage — je ne
voulais point, je ne veux point nuire à la religion
de mes pères et de mon pays, mais simplement
l'empêcher d'envahir notre domaine civil.

C'est chose grave, pour un homme politique,
quelque perdu qu'il soit dans la foule, que de remonter le courant des mœurs du jour. Outre qu'on
s'y brise le plus souvent, on voit se détourner de
soi maintes connaissances, amis, parents même qui,
suivant le flot, par une raison quelconque, vous re-
gardent comme un misérable ou un fou, de ne pas
rouler avec eux vers l'abîme.

C'est chose périlleuse que d'attaquer une puissance quelconque en temps de trouble, surtout une
puissance aussi grande et vindicative que celle des
jésuites. Non à cause des foudres religieuses dont
ils disposent, il y a longtemps que je suis fixé sur
leur valeur de toute nature, mais à cause de leurs
foudres insaisissables, forgées de calomnies, de
diffamations secrètes, d'insinuations détournées, de
combat à la jésuite enfin. Cela ne me trouble pas,
j'en ai vu bien d'autres : mais il me coûte de jeter à
l'orage des passions politiques mon nom d'écrivain
jusqu'à ce jour endormi dans des récits de
voyage.

Enfin c'est toujours un ennui que de travailler à
perte probable d'argent aussi bien que de gloire. Or,
dans ce labeur comme dans cette question, il n'y a

guère à récolter que des injures et de la dépense. Le journal a tué le livre politique.

Mais, par ces raisons mêmes, c'était d'autant plus mon devoir d'écrire les pages précédentes. Qui le ferait si je ne le fais ? Puisque je sais ; que j'ai jadis étudié la question pour la France ; que présentement vous m'avez chargé de vos intérêts politiques et qu'il n'y a pas une question politique, à beaucoup près aussi importante que celle-là, importante en tous temps, mais aujourd'hui plus que jamais peut-être, dans notre histoire.

Quant à la forme familière, semée d'anecdotes et inaccoutumée, je le sais, en pareille matière essentiellement grave : forme qui me sera probablement reprochée plus encore que le fond même de ce livre, j'ai pris cette méthode par maintes raisons.

D'abord, je crois que la plus convaincante, donc la meilleure manière d'écrire, est d'écrire tout ce qu'on pense et comme on le pense ; de se mettre en un mot sur le papier tel qu'on est, de façon à ce que le lecteur voie bien qu'il a affaire à un homme de vérité avant tout. Je n'écris pas pour poser, mais pour faire partager mes convictions. Je ne suis point un acteur en scène, mais un écrivain.

Ensuite, j'ai pensé que j'avais plus de chances de vous moins fatiguer, donc d'être plus lu, en opérant de façon à ce que cette matière aride par nature fût habillée de distractions.

J'ai laissé subsister enfin, même en me relisant à froid, les lignes passionnées que mon livre a par

moments : parce qu'il m'a paru que vous appré-
cieriez d'autant mieux la sincérité de mes convictions, et qu'ainsi j'avais plus de chances de faire
passer cette conviction dans vos âmes.

Je sens si bien, je suis si fermement convaincu
qu'il y a là pour notre nationalité une question de
vie ou de mort peut-être, à cause des circonstances
exceptionnelles de l'Europe et des difficultés de
tous genres que nous traversons ; je sens si bien que
l'avenir de la république, donc de la France, est lié à
ce que vous allez décider par les prochaines élections, non-seulement en vue du Sénat, mais de la
question cléricale ; je sens si bien que tout est là en
ce moment, que je ne saurais écrire d'une façon in-
différente, comme on fait pour tel ou tel chemin de
fer à accepter ou non.

Vous pouvez voir aisément, d'ailleurs, par ce
chapitre même, que si, dans le cours de ce livre,
j'ai rendu ma pensée de la façon la plus vive que
j'ai pu trouver, je ne l'ai fait ni pour blesser qui
que ce soit dans des convictions que je respecte
profondément quand elles sont sincères ; ni encore
moins pour pousser à des violences qui ne sont pas
plus dans mon cœur ou mes mœurs, que dans les
mœurs de notre époque.

Nous demandons le refoulement de l'invasion
cléricale, aussi doucement, mais aussi vite qu'il se
pourra, et d'une façon complète, parce que c'est
l'intérêt vital de la patrie. Nous demandons la dissolution, et au besoin l'expulsion des jésuites, la

tête de cette invasion. Cela ne veut dire en aucune
manière que nous voulions dévorer les jésuites,
tuer nos prêtres et supprimer la religion. Non,
mille fois non. La république moderne ne veut le
sang, ni l'exil, ni même les biens de personne. Mais
elle exige le respect des lois par tous, par le culte
catholique lui-même : sans vouloir pour cela gêner,
troubler, ni surtout changer notre religion, qui est
celle de nos pères, celle d'un Dieu de pardon, d'a-
mour et d'espérance

Nous voulons même aussi bien maintenir ce culte
que l'honorer. Or nous l'honorerons d'autant plus
que ses ministres, comprenant leurs vrais devoirs,
donc leurs vrais intérêts, s'occuperont de leurs
églises et non de nos affaires, de prières et non de
politique, de calmer nos cœurs et non de les dé-
sunir.

Leur négoce n'est pas de ce monde, Jésus l'a dit,
on ne saurait trop le répéter ici. Donc en son nom
vénéré mettons dehors, sans rémission, les marchands du temple. Ils le souillent et troublent nos
prières avec leurs marchandages. Nous ne les
payons point pour tenir boutiques de Chartreuse
ou d'eau de Lourdes : pour se faire marchands de
soupes catholiques : pour soutirer l'argent de nos
vieux parents, de nos femmes et de nos filles :
troubler ces dernières aux questions occultes du
confessionnal et *germiner* le vice hypocrite au
cœur de nos enfants : tenir officine de pèlerinages,
de miracles et de guérisons frauduleuses : couvrir

la France de moines sans nombre à mendicités ouvertes ou latentes : libeller la haine dans leurs publications venimeuses et par leurs jésuitiques ferments nous affoler comme la Belgique aux discordes religieuses, préludes d'une guerre civile! Nous les payons pour faire œuvres de bons prêtres désintéressés et doux, détachés des insignifiances d'ici-bas et serviteurs pour nous d'un Dieu d'amour et de paix.

Echenillons Dieu, a dit Victor Hugo : échenillons la religion, pour la rendre plus grande, plus forte, plus vraiment consolatrice : pour la garder mieux, telle que la pratiquaient nos pères.

Faisons pour elle comme pour nos sous-préfectures. Emondons-la, sarclons-la de ses parasites délétères, en repoussant ses ingérances dans l'Etat. Nettoyons enfin et rajeunissons notre lourde machine religieuse, politique et administrative, encrassée par le temps, dégondée par l'usure, détraquée faute de soins, pendant nos jours de faiblesses et de malheurs. Mais en ne la brisant point, car nous n'en avons pas d'autre à mettre à la place !

Or, il faut quelque chose pour rattacher les administrés à l'Etat, l'homme à l'espérance.

Puis, que Dieu nous juge tous! M. de Montalembert disait que les fils des Croisés ne reculeraient pas devant les fils de Voltaire. Il ne s'agit de nos jours pas plus de Pierre l'Hermite et de ses folies, que de Voltaire et de ses sarcasmes. Il s'agit de

patrie, de liberté, de vérité, de lumière. Leurs apôtres modernes ne faibliront pas devant des sorciers
de ténèbres et de mensonges. Puis, que Dieu décide entre eux et nous!

TABLE

2ᵉ Partie.

VERSAILLES. — IMPRIMERIE CERF ET FILS, RUE DUPLESSIS, 59.

www.ingramcontent.com/pod-product-compliance
Lightning Source LLC
Chambersburg PA
CBHW050748030726
47505CB00002B/447